O melhor de
# Mário de Andrade

O MELHOR DE
# MÁRIO DE ANDRADE

CONTOS E CRÔNICAS

© 2015 by herdeiros de Mário de Andrade

Produzido em conjunto com a Equipe Mário de Andrade do Instituto de Estudos Brasileiros da Universidade de São Paulo (IEB-USP), coordenada por Telê Ancona Lopez.

Direitos de edição da obra em língua portuguesa no Brasil adquiridos pela EDITORA NOVA FRONTEIRA PARTICIPAÇÕES S.A. Todos os direitos reservados. Nenhuma parte desta obra pode ser apropriada e estocada em sistema de banco de dados ou processo similar, em qualquer forma ou meio, seja eletrônico, de fotocópia, gravação etc., sem a permissão do detentor do copirraite.

EDITORA NOVA FRONTEIRA PARTICIPAÇÕES S.A.
Rua Candelária, 60 – 7º andar – Centro – 20091-020
Rio de Janeiro – RJ – Brasil
Tel.: (21) 3882-8200

**Créditos da fixação dos textos:**

*Primeiro andar* em *Obra imatura*: Estabelecimento do texto Aline Nogueira Marques.

*Os contos de Belazarte*: Estabelecimento do texto Aline Nogueira Marques.

*Contos novos*: Estabelecimento do texto Hugo Camargo Rocha e Aline Nogueira Marques.

*Os filhos da Candinha*: Estabelecimento do texto e notas João Francisco Franklin Gonçalves; Revisão do texto estabelecido Aline Nogueira Marques.

*Táxi e crônicas no Diário Nacional*: Estabelecimento do texto Telê Ancona Lopez e Leandro R. Fernandes.


CIP-BRASIL. CATALOGAÇÃO-NA-PUBLICAÇÃO
SINDICATO NACIONAL DOS EDITORES DE LIVROS, RJ

| | |
|---|---|
| A568m | Andrade, Mário de, 1893-1945 |
| | O melhor de Mário de Andrade / Mário de Andrade. - 1. ed. - Rio de Janeiro : Nova Fronteira, 2015. |
| | ISBN 978-85-209-2381-8 |
| | 1. Conto brasileiro. I. Título. |
| 15-22111 | CDD: 869.93 |
| | CDU: 821.134.3(81)-3 |

# Sumário

*Apresentação* .................................................................... 7

## Contos
Conto de Natal ............................................................. 13
Caso pançudo ............................................................... 22
História com data ......................................................... 32
O besouro e a Rosa ....................................................... 56
Jaburu malandro ........................................................... 68
Frederico Paciência ....................................................... 88
Menina de olho no fundo ............................................ 111
Túmulo, túmulo, túmulo ............................................. 131
Primeiro de Maio ........................................................ 148
O peru de Natal .......................................................... 161
Briga das pastoras ....................................................... 169
Vestida de preto .......................................................... 182
Tempo da camisolinha ................................................ 193
O poço ........................................................................ 205

## Crônicas
Tempo de dantes ......................................................... 227
Guaxinim do banhado ................................................ 230
Ensaio de *bibliothèque rose* ......................................... 232
Educai vossos pais ...................................................... 236
A sra. Stevens ............................................................. 240
O Diabo ..................................................................... 244
Assim seja! ................................................................. 251
Fábulas ....................................................................... 254
Meu engraxate ............................................................ 257
Idílio novo .................................................................. 260
Café queimado ............................................................ 263

O mar .................................................................................. 266
Caso de jabuti ................................................................ 270
Esquina ............................................................................. 274

# APRESENTAÇÃO

A coleção **O melhor de** tem início com um de nossos maiores escritores, ícone do movimento modernista, o autor de *Macunaíma, o herói sem nenhum caráter*, publicado em 1928: Mário de Andrade. Reconhecidamente um polígrafo, Mário dedicou a vida a escrever sobre os mais diversos temas, adotando para tanto todos os gêneros literários. Devotado a um projeto literário de vasta abrangência, moveu-se com desenvoltura pela música, pelo folclore, pelas artes plásticas, pelo cinema, pela poesia e pela prosa de ficção.

Incansável, revisitava seus textos, estudava-os, modificava-os; em 1925, chegou a escrever para Manuel Bandeira afirmando que nunca haveria de produzir obra definitiva. Talvez essa característica, a fronteira entre a insatisfação e o perfeccionismo, seja a marca dos grandes escritores. E talvez por isso seja tão difícil selecionar seus textos mais significativos, ou os "supostamente melhores".

Para nosso trabalho de seleção percorremos a obra de Mário de Andrade de uma forma geral. Escolhemos seus textos mais conhecidos, os que trazem seu projeto literário de forma mais marcada, os que brindam o leitor com histórias especialmente saborosas. Partimos dos escritos da juventude, reunidos pelo próprio autor em *Primeiro andar*, título indicativo de uma cronologia que se afasta completamente da ideia de evolução. Aliás, vale observar que, para acompanhar o percurso criativo do autor, adotamos a ordem cronológica de publicação, embora nada em Mário tenha lugar fixo e definitivo.

Na segunda edição da obra, por exemplo, o autor adverte que aquele é quase um livro novo, posto que ele eliminou contos e remanejou outros, o que significa que diversas fases de sua produção acabaram contempladas ali. Desse livro, escolhemos a narrativa mais antiga do autor, "Conto de Natal", escrita quando ele tinha apenas 21 anos, além de "Caso pançudo", "História com data" e "Briga das pastoras", produzida 25 anos depois daquela primeira.

Ainda para integrar a parte de contos, selecionamos "O besouro e a Rosa", "Jaburu malandro", "Menina de olho no fundo" e "Túmulo, túmulo, túmulo", de *Os contos de Belazarte*, e os mais conhecidos "Frederico Paciência", "Primeiro de Maio", "O peru de Natal", "Vestida de preto", "Tempo da camisolinha" e "O poço", de *Contos novos*.

As histórias de Belazarte têm origem nas *Crônicas de Malazarte*, publicadas na revista *América Brasileira* entre 1923 e 1924. Reunidos em 1934, os textos sofreram modificação para a segunda edição em 1944. Nesses contos já se notam algumas características da literatura de Mário, como o destaque dado à linguagem do povo, ao falar "brasileiro", bem como o tema das contradições da sociedade e da modernização.

Já em *Contos novos*, publicados postumamente, em 1947, há forte presença do realismo interior, humano — universal e brasileiro —, e a percepção funda do presente, características que talvez tenham sido determinantes para a popularidade alcançada pelo livro.

Passando à segunda parte, apresentamos 14 textos hoje publicados em *Os filhos da Candinha* e *Táxi e crônicas no Diário Nacional*, que abrangem uma década de produção, de 1929 a 1939, e são uma fatia representativa em meio a todas as crônicas publicadas por Mário durante a vida. O que não foi pouco, vale lembrar. Mas, com um *corpus* tão farto, o que destacar?

Escolhemos escritos menos voltados para dados factuais e que podem ser tomados como mais próximos do conto, embora, em geral, ao escrever suas crônicas, Mário tenha flertado com a ficção. Nesse conjunto encontramos elementos marcantes de sua escrita: traços nítidos da crítica social e política, o viés memorialista, o experimentalismo linguístico.

É o caso de "Tempo de dantes", publicada inicialmente na série resultante de sua viagem ao Nordeste, símbolo legítimo da faceta de turista aprendiz do autor. Ou de "Guaxinim do banhado", em que o animalzinho faminto exclamava "Que terra inabitável este Brasil!" na versão de 1929, e, na de 1942, em plena Era Vargas, quando Mário se debruça novamente sobre o texto, acentuava a crítica e acrescentava "que governos péssimos, fixe!".

Nestas histórias, Mário constata a realidade decadente, a solidão de seus personagens, a vida vivida pela metade. Ficam patentes sua habilidade para explorar o hibridismo — traço característico da crônica bem-feita —, sua consciência crítica e sua elaboração artística. Não à toa Mário é, para muitos, o porta-voz do Modernismo.

Sem entrar em detalhes sobre cada uma delas, ressaltamos o último texto desta antologia — "Esquina" —, escrito no Rio de Janeiro, no quarto andar de um apartamento no Catete. De forma programática, em suas anotações, Mário de Andrade escolheu esse texto para encerrar o volume *Os filhos da Candinha*. É certo que aqui convergimos para esses pontos de encontro, essas esquinas literárias que se somam a uma esquina derradeira: a do fim do livro com a contracapa. Mas há também uma coincidência decisiva para a escolha de encerrar nossa compilação com "Esquina". Se os escritos de juventude foram acomodados no primeiro andar, nessa crônica é do alto de um quarto piso que se olha a rua e se vê a vida lá embaixo. Não é disso que trata o texto, mas a metáfora da construção da obra em andares, revisitados com frequência, parece se acomodar perfeitamente ao trecho "Estranha altura este quarto andar em que vivo... Não é suficientemente alta para que a vida da esquina se afaste de mim [...]; mas não chega a ser bastante baixa pra que eu viva dessa mesma vida da rua e ela me marque com seu pó."

# Contos

## Conto de Natal

a Joaquim A. Cruz

Seriam porventura dez horas da noite...
 Desde muitos dias os jornais vinham polindo a curiosidade pública, estufados de notícias e reclamos de festa. O Clube Automobilístico dava o seu primeiro grande baile. Tinham vindo de Londres as marcas do cotilhão e corria que as prendas seriam de sublimado gosto e valor. Os restaurantes anunciavam orgíacos revelhões de natal. Os grêmios carnavalescos agitavam-se.
 Seriam porventura dez horas da noite quando esse homem entrou na praça Antônio Prado. Trazia uma pequena mala de viagem. Chegara sem dúvida de longe e denunciava cansaço e tédio. Sírio ou judeu? Magro, meão na altura, dum moreno doentio abria admirativamente os olhos molhados de tristeza e calmos como um bálsamo. Barba dura sem trato. Os lábios emoldurados no crespo dos cabelos moviam-se como se rezassem. O ombro direito mais baixo que o outro parecia suportar forte peso e quem lhe visse as costas das mãos notara duas cicatrizes como feitas por balas. Fraque escuro, bastante velho. Chapéu gasto dum negro oscilante.
 Desanimava. Já se retirara de muitos hotéis sempre batido pela mesma negativa: — Que se há-de fazer! Não há mais quarto!
 Alcançada a praça o judeu estacou. Pôs no chão a maleta e recostado a um poste mirou o vaivém. O povo comprimia-se. Erravam maltrapilhos aos grupos conver-

sando alto. Os burgueses passavam esmerados no trajar. No ambiente iluminado dos automóveis esplendiam os peitilhos e as carnes desnudadas e aos cachos as mulheres-
-da-vida roçavam pela multidão, bamboleando-se, olhos pintados, lábios incrustados de carmim. Boiando no espaço estrias de odores sensuais.

O homem olhava e olhava. Parecia admiradíssimo.

Por várias vezes fez o gesto de tirar o chapéu mas a timidez dolorosa gelava-lhe o movimento. Continuava a olhar.

— Vais ao baile do Clube?

— Não arranjei convite. Você vai?

— Onde irás hoje?

— Como não! Toda São Paulo estará lá.

— Ao *réveillon* do Hotel Sportsman.

— Vamos ao Trianon!

— Por que não vens comigo à casa dos Marques? Há lá um *Souper-rose*.

— Impossível.

— Por quê?

— Não Posso. Vou ter com a Amélia.

— Ah...

Tirando respeitoso o chapéu, o oriental dirigiu-se por fim ao homem que dissera "ir ter com a Amélia" e perguntou-lhe com uma voz tão suave como os olhos — caiam-lhe os cabelos pelas orelhas, pelo colarinho:

— O senhor vai sem dúvida para o seu lar...

De-certo um louco. Não, bêbedo apenas. O outro deu de ombros. Descartou-se:

— Não.

— Mas... e o senhor poderia informar-me... não é hoje noite de Natal?...

— Parece. (E sorria.) Estamos a 24 de dezembro.

— Mas...

O homem da Amélia tocara no chapéu e partira. Desolação, no sacudir lento da cabeça. Agarrando a maleta o judeu recomeçou a andar. Tomou pela rua de São Bento, venceu o último gomo da rua Direita, atingiu o Viaduto. A vista era maravilhosa. À direita, empinando sobre o parque fundo, o Clube Automobilístico arreado de lâmpadas de cor. A mole do edifício entrajada pelo multicolorido da eletricidade parecia um enorme foco de luz branca. Do outro lado do viaduto na esplanada debruava a noite o perfil dum teatro.

O judeu perdia-se na visão do espetáculo. Aproximava-se do largo espaço da esplanada onde no asfalto silencioso escorregava outro cortejo de autos. Cada carro guardava outra mulher risonha a suportar toda a riqueza no pescoço. Feixes de operários estacados aqui e além. O rutilar daqueles monumentos, o anormal da comemoração batendo na pele angulosa dos vilões fazia explodir uma faísca de admiração e cobiça. Toda a população dos bairros miseráveis despejara-se no centro. Viera divertir-se. Sim: divertir-se.

O sírio entrou por uma rua escura que entestava com o teatro. Incomodava-o a maleta. Num momento, unindo-se a uma casa em construção, deixou cair o trambolho entre dois suportes de andaime. Partiu ligeiro, atirando as pernas para frente, como pessoa a quem chamam atrás e não quer ouvir.

Obelisco. E na subida vagarosa, lido numa placa de esquina: Rua da Consolação. Aqui o alarido já se espraiava discreto na surdomudez das moradias adormecidas.

Subiu pela rua. De repente parou diante da porta. Bateu e esperou. Acolheu-o uma criada de voz áspera:

— Por que não tocou a campainha? não tem olhos? Que quer?

— Desculpe. Queria falar com o dono da casa...
— Não tem ninguém. Foram na festa.
Partiu de novo. Mais adiante animou-se a bater outra vez. Nem criada. E na aspiração de encontrar uma família em casa, batia agora de porta em porta. Desesperação febril. Persistência de poeta. Uma vez a família estava. Que divino prazer lhe paga o esforço! Mas o chefe não podia aparecer. Lamentações lá dentro. Alguém está morrendo. Deus o leve!
Mais ou menos uma hora, depois de ter subido toda a rua, o judeu desembocou na avenida. A faixa tremente da luz talhava-a pelo meio mas dos lados as árvores escureciam o pavimento livre das calçadas. Entre jardins onde a vegetação prolongava sombra e frescor, as vivendas enramadas de trepadeiras, como bacantes, dormindo. Sono mortuário. Apenas ao longe gritava um edifício qualquer num acervo de luzes. O judeu parou. O pó caiara-lhe as botinas e a beirada das calças. O cansaço rasgara-lhe ruga funda sob os olhos e os lábios sempre murmurantes pendiam-lhe da boca secos e abertos. O pergaminho rofo do rosto polira-se de suor. Limpando-se descuidado, recomeçou a andar muito rápido para o lado das luzes.

Atravessados quase em carreiras vários quarteirões chegou ao trecho iluminado. Era uma praça artificial construída ao lado da avenida. Alguns degraus davam acesso à praia dos ladrilhos, onde passeavam pares muito unidos. Sob ósseos carramanchões de cimento armado agrupavam-se em redor da cerveja homens de olhares turvos, bocas fartas. Entre o zum-zum da multidão brincavam nas brisas, moderadas pela distância, melodias moles de danças. Por toda a parte a mesma alegria fulgindo na luz.

Daquele miradouro via-se a cidade irrequietamente estirada sobre colinas e vales de surpresa. Os revérberos confundiam-se na claridade ambiente e nos longes recortados um grande halo mascarava de santa a Pauliceia. Apoteose. Mas o judeu mal reparou nos enfeites com que o homem recamara aquela página da terra. Olhava apenas a multidão, perscrutava todos os olhares. Procuraria alguém?... Quase que corria no meio dos passeantes ora afastando-se ao contato de uns ora atirando-se para outros como que reconhecendo. Desiludia-se entretanto e procurava mais, procurava debatendo-se na turbamulta. Enfim desanimado partiu de novo. Ao descer os degraus do miradouro notou duas escadinhas conducentes ao subsolo. Espiou. Outro restaurante! Fugiu para a rua. A fila imóvel dos autos. Corrilhos de motoristas e a guizalhante frase obscena. Passou. Ia afundar-se de novo no deserto da avenida. Mudou de resolução. Retornou de novo para a luz. Era um espelho de suor. Caíra-lhe o chapéu para o lado e uma longa mecha de cabelos oscilava-lhe na fronte como um pêndulo. Os motoristas repararam nele. Riram-se. Houve mesmo um prelúdio de vaia. Nada ouviu. Entrou de novo no miradouro. Desceu os degraus. Um negrinho todo vermelho quis recusar-lhe a entrada. O oriental imobilizou-o com o olhar. Entrou. Percorreu os compartimentos. O mesmo desperdício de luz e mais as flores, os tapetes... Bem-estar! Numa antítese à brancura reta das paredes o sensualismo de couros almofadados. E o salão nobre. E a orgia escancarada.

    Todo o recinto era branco. Dispostas a poucos metros das paredes as colunas apoiavam o teto baixo no qual os candelabros plagiavam a luz solar. Esgalgos espelhos no entremeio das portas fenestradas eram como olhos em pasmo imóvel.

As flores feminilizavam colunas e alampadários, poluíam seu odor misturando-o à emanação das carnes suarentas e nessa decoração de fantasia apinhava-se comendo e bebendo sorrindo e cantando uma comparsaria heterogênea. Bem na frente do judeu sentados em torno duma mesa estavam dois homens e uma mulher. Falavam língua estranha cheia de acentos guturais. Seriam ingleses... Os homens louros e vermelhos denunciavam a proporção considerável da altura pelo esguio dos torsos e dos membros mas a perfeição das casacas dava-lhes à figura um alto quê de aristocracia. A mulher era profundamente bela. Trajava preto. Gaze. A fazenda envolvia-lhe a plasticidade das ancas e das pernas, dando a impressão de que o busto saísse duma caligem. O vestido como que terminava na cintura. Um tufo de tules brancos subia sem propriamente encobrir até parte dos seios, prendendo-se ao ombro esquerdo por um rubim. Sobre a perfeição daquele corpo a cabeça era outra perfeição. Na brancura multicor da pele queimava uma boca louca rindo alto. As narículas quase vítreas palpitavam voluptuárias como asas de pombas. Os olhos eram da maior fascinação no arqueado das sobrancelhas, na ondulação das pálpebras, no verde das pupilas más. E colmava o esplendor uma cabeleira de pesadas ondas castanhas.

Já tonta, meneando o corpo, estendendo os braços virgens de joias sobre a toalha, oferecia-se à contemplação abusiva da luz. E era também no alaranjado de sua carnadura que os dois ingleses apascentavam os olhares.

Em torno de todas as mesas, como refrão do prazer rico repetia-se a mesma tela: homens rudes acossados pelo desejo, mulheres incastas perfeitas maravilhosas.

Do outro lado do salão a orquestra vibrou. Ritmo de dança, lento brutesco. Balançaram dois ou três pares num círculo subitamente vazio. Um dos ingleses e a mulher de preto puseram-se a dançar. Inteiramente abraçada pelo homem ela jungia-se a ele, agarrava-se-lhe de tal jeito que formavam um corpo só. Ondulavam na cadência da música: ora partiam céleres como numa fuga, parando longamente depois como num espasmo. Ora se afastavam um do outro num requebro, ora mais se uniam e o braço esquerdo dela rastejava como um crótalo no dorso negro da casaca. Dançavam com os sentidos e a mulher na ascensão do calor e da volúpia, mostrava na juntura esquerda dos lábios um começo de língua.

O judeu continuava a olhar. Seguia os pares no baloiço do tango, esforçando-se por disfarçar com a imobilidade a excitação interior. Mas seus olhos chispavam. Mas juntas nas costas tremiam-lhe as mãos mordidas pelos dedos.

Enfim vibrados os últimos acordes os dançarinos pararam. A inglesa seguida pelo parceiro, arrebentando os olhares que lhe impediam a passagem, viera sentar-se. Incrível! O judeu bufando enterrara o chapéu na cabeça, abrira o fraque com tal veemência que os botões saltaram e tirando dum bolso interno uma trífida correia de couro fustigara a espádua da mulher. Tal fora a energia da relhada que o sangue imediatamente brotava no vergão enquanto a infeliz uivava ajoelhando. O golpe arrebentara a gaze junto ao ombro. Seio lunar!

Mas o judeu malhava indiferente todas as formosuras.

Um primeiro imenso espanto paralisou a reação daqueles bêbedos. O fustigador derribando cadeiras e mesas atravessava os renques de pusilânimes, cortava caras braços nus. Tumulto. Balbúrdia dissonante. O mulherio berrava. Os homens temendo serem atingidos pela correia do louco fugiam dele na impiedosa comicidade das casacas. Arremessavam-lhe de longe copos e garrafas. Mas ele percorria em alargados passos o salão, castigando todos com furor. Onde a correia assentava negrejava um sulco, chispava um uivo.

Nos primeiros segundos... Depois, açulados pelo número, os homens já se expunham mais aos golpes na esperança de bater e derrubar. O círculo apertava-se. O oriental teve de defender-se. Vendo junto à parede um amontoado de mesas saltou sobre ele. Abandonara o chicote, empunhara uma cadeira, esbordoava com ela os que procuravam aproximar-se. Impossível atingi-lo. Seus braços moviam-se agílimos tonteando cabeças, derreando mãos.

As mulheres agrupadas à distância reagiam também. As taças pratos copos atirados por elas sem nenhuma direção, acertavam nos alampadários cujos focos arrebentavam com fofos estampidos soturnos. As luzes apagadas esmoreciam a nitidez do salão e as sombras enlutavam o espaço, diluindo os corpos numa semiobscuridade pavorosa.

Mais gente que acorria. Os passeantes do miradouro atulhando as portadas saboreavam em meio susto a luta. Os motoristas procuravam roubar bebidas. A polícia telefonava pedindo reforços.

Mas o oriental já começava a arquejar. Seus lábios grunhiam entrechocantes. Uma garrafa acertara-lhe na fronte. O chapéu saltando da cabeça descobriu na empastada desordem das madeixas a rachadura sangrando. O sangue carminava-lhe o rosto, cegara-lhe o olho esquerdo, entrava-lhe na boca e escorrendo pelo hissope da barba, espirrava sobre a matilha gotas quentes.

Afinal alguém consegue agarrar-lhe a perna. Puxa-o com força. Ele tomba batendo-se. Todos tombam sobre ele. Ninguém lhe perdoa a desforra. Os que estão atrás levantam os punhos inofensivos para o alto esperando a vez. Desapareceu. O molho de homens.

Chega a polícia. A autoridade só com muita luta usando força, livra o mísero. No charco de champanha sangue vidros estilhaçados ele jaz expirante pernas unidas, braços estendidos para os lados, olhos fixos no alto, como querendo perfurar as traves do teto e espraiar-se na claridade fosca da antemanhã.

Levaram-no entre insultos.

Todo jornal comentava o caso no dia seguinte. O público lia, rebolcado no inédito do escândalo, as invenções idiotas, as mentiras sensacionais dos noticiaristas.

Entanto, nas múltiplas edições dos diários, relegado às derradeiras páginas, repetia-se o estribilho perdido que ninguém leu. Homessa! curioso... Um guarda-noturno achara rente a uma casa em construção uma pequena mala de viagem. Aberta na mais próxima delegacia, encontraram nela entre roupas usadas e de preço pobre uma tabuinha com dizeres apagados, quatro grandes cravos carcomidos pela ferrugem e uma coroa feita com um trançado de ramos em que havia nódoas de sangue velho e restavam alguns espinhos.

**1914**[1]

---

[1] Escrito em 1914, "Conto de Natal" foi publicado nas duas edições do livro *Primeiro andar*. Na nota para a 2ª edição (1943), Mário comenta que resolveu preservar o conto "por curiosidade o mais antigo que não destru[iu], feito lá pelos vinte e um anos". (N.E.)

## Caso pançudo

a Pio L. Corrêa

Nhô Resende era dono de propícias terras lá para as bandas de Apiaí. Não se importava com o café pois a porcada e as plantações de arroz iam-no mais do que arranjando enriquecendo. Seus campos marginavam a Ribeira em doce aclive onde as reses ruminavam distraindo a monotonia dos pastos sob a arrogância ouriçada dos pinheiros. Mais para o alto fugindo aos alagadiços a mata recobria a crista das colinas. Na filigrana das ramagens os macacos e os tucanos em convívio anunciavam com a matinada loquaz cada novo dia sempre portador de novo lucro e bem-estar.

Há quinze anos já que nhô Resende se afazendara naquelas paragens preferindo buscar no chão da terra esteio mais seguro que o das filosofias aderentes às cartas de bacharel. Entre o rubi e a enxada optara pela segunda desgostando a coronelice ingênita do pai mas a preferida lhe dera os orgulhos da honestidade e a serena paz dos patriarcas. Também entre a pianista de alameda paulistana, chopinizada de alma e corpo, e a cabocla aguentada nas aleivosias do clima, endireitara para o amor desta mais submisso e mais virgem. E o nono filho aí estava como a nona exceção à gente amarelecida que os rodeava, rijo sacudido crestado sujo lindo olhos inquietos.

— Chiquinho, sai daí, peste! Eu te bato, hein!

Mas Chiquinho tinha apenas três anos, duvidava ainda da argumentação das palmadas e enrodilhava-se à perna do pai puxando-o.

— Quê que ocê qué, minino!
—Vem, papai! vem...
— Olha só o tal! Então você pensa que vou te servir de ama-seca... Tá solto!
— Vem papai, bicho... e a voz fazia-se suplicante no pedir.
— Aonde é que tu me leva, minino!
— Bicho!...
— Tá bom: vamo vê o tal bicho...
E largando a navalha que afiava carregou Chiquinho nos braços, dirigiu-se ao portal.

Mesmo embaixo dos degraus de pedra que escachoavam para o terreiro uma linda porca negra de malhas brancas deliciava-se devorando avencas e begônias.

— Ora dá-se! Não é que a porca do Felipão tá aqui outra veiz! Ocê gostou da passeata, sua fia-da-mãe! Espera um pouco que já te dou comida pra ocê comer!

E ao filho que saía do paiol:
— Martinho, acerca daí! Não deixe ela fugir.

Largou o Chiquinho no patamar. Dum salto, como prova ainda do vigor e elasticidade dos músculos caiu junto da porca e segurou-a pela perna.

— Sirvina! venha vê o que a porca do Felipão feiz nas suas prantinha... Essa diaba tá querendo mas é bala.

Contudo ao mesmo tempo regalava beatificamente os olhos na belíssima porca. Já por várias vezes tentara comprá-la mas o dono emperrara na recusa e só era dado a nhô Resende, assim como em pecado contra o nono lamber com o olhar grosso as formas e cores do animal.

— Minino, quê que tu tá fazendo aí parado, seu palerma! Venha segurá a porca pra mim. Ocê vai levá ela no Rio Novo e fale pro Felipão que é a úrtima! Se a maiada passá pra cá outra veiz eu mato ela. Juca vá com seu irmão. Tá bom: é mió vocês não dizê nada. Não, é mió dizê!... Repita bem pr'ele que se a porca torna a passá pra cá outra veiz eu atiço a cachorrada nela.

Enquanto o Martinho partia mal se aguentando com os arrancos da porca, Silvina inda falava ao marido:

— Nhô Resende, quem sabe se é mió não mandá dizê nada. Felipão é home bravo, pode zangá...

— Que zangue! Só fujo de cuisarrúim. Felipão pensa que tem o rei na barriga mas comigo ele tem que se havê! Ora se!...

Felipão vizinhava com nhô Resende iam fazer quatro anos. Desde que para ali viera não havia mais sossego na vizinhança. Quebrara o dúlcido encanto do ramerrão. Cabra facinoroso, avelhentado já, embora ostentasse todo o vigor duma juventude sempiterna, a barbicha rala e grisalha a espetar para frente como esporão de galera, justificava tão somente pela altura o aumentativo que lhe realçava o nome. Não se sabia muito bem como lhe tinham vindo a pertencer os miúdos alqueires do defunto Joaquim Esteves mas largos incômodos trazia já tal parceiro para se lhe indagar o porquê da falcatrua. Só, eternamente com a pica--pau nos dedos e o cigarro luzindo no sardônico risinho, como último fauno sobrevivente nos sombrais da América nem mulatinha ou preta ou branca por ali vivia que não se sentisse violentada por seus olhares desejosos.

Na aparência Felipão criava porcos. E na vara brilhava com real destaque sobrepujando facilmente em beleza todas as melhores crias dos vizinhos a porca malhada tão amiga de avencas e begônias alheias. Talvez cônscia dos seus singulares dotes de perfeição outorgara-se ela o direito de passear por domínios estranhos, de por lá amesendar-se e vizinho não havia a que não amargasse e não fosse pessoalmente fazer as cócegas da inveja. Felipão revia-se orgulhosamente na porca não por certo em dotes de beleza mas no desrespeito à propriedade alheia. Reputava de nenhuma importância matar caça nos banhados de outrem ou usar-lhe dos caminhos sem licença e nhô Resende o mais destorcido dos fazendeiros da comarca ansiava por se ver livre de tão nojenta companhia.

Os meninos voltaram dizendo que Felipão os tinha xingado duma porção de nomes feios.

— Pois que xingue! que xingue! Mas se a porca dele passá pra cá, já sabe...

Quinze dias depois, sereno de ânimo, nhô Resende jantava quando viu a endiabrada porca devorando abóboras no pomar.

— Qual o quê! isso não tem jeito não!

Seguido pelos rogos da Silvina, que lhe suplicava deixasse a porca em paz agarrou da espingarda desceu ao quintal chegou-se para a porca. Esta olhou-o mansamente com ares de quem vê ninguém ao pé de si e recomeçou o banquete. Silvina entreassustada pedia ainda misericórdia. As crianças divertidas assistiam das janelas à execução.

Nhô Resende chegando a boca da espingarda junto ao rabinho da porca desfechou. Enquanto este em arrancos de lombriga decepada rolava no chão a malhada desaparecia num voo.

E o fazendeiro desfechou o segundo tiro no ar para que o estrondo reboando nas socavas a espavorisse ainda mais.

As crianças às gargalhadas disputavam-se o rabinho. A própria Silvina não deixou de sorrir ao inesperado da lição.

— Taí, porca do inferno, agora vamo vê se tu vem comê abobra outra veiz!

No dia seguinte com o brotar da aurora nhô Resende lavava o rosto na sala de jantar quando aos "Papai, Felipão taí" da criançada ouviu um tossido de aviso no terreiro.

— Bom dia Felipão.
— Nhô Resende, vim buscá minha porca.
— Que porca essa!
— A maiada. Eu sei que ela onte veio pr'estes lado.
— Mas ela não tá aqui!
— Oia, nhô Resende, é mió mecê não se fazê de desentendido. Me dê minha porca que vou s'imbora muito calado. Noutros causo...
— Noutros causo o quê, Felipão? Já disse que sua porca não tá aqui.
— Mecê se arrepende...
— Ora não me amole! Sua porca não tá aqui disse e arrepito. Onte ela andou no pomá comendo abobra. Então dei um tiro no rabicho dela e outro pro á. Só pra assustá.

Mas Felipão partia abanando a cabeça:
— Tá bom. Mecê vai se arrependê.

Um meio susto assombrou a fazenda nesse dia. O próprio nhô Resende não sabia senão praguejar. Achou duro o feijão, o milho não apendoava, os filhos... cada tamanhão! é só comê, comê... Trabaiá mesmo!... como se o mais velho deles não contasse apenas doze anos. Foi preciso que outra madrugada surgisse com o coral das alegrias, radiosa, para que a má impressão surdinasse um pouco.

Nesse dia quando ao verãozinho da tarde imóvel nhô Resende chegava da invernada encontrou a mulher na porta.

— Uai! Mecê não levou o Martinho!

— Eu não, Sirvina. Então havia de levá um crila de sete anos, pra quê!

— Pois ele desapareceu.

— Que tu tá falando aí, Sirvina? Deixe de história! Há-de está por aí mesmo.

— Já cansei de percurá, não dá ar de si. Mandei vê ele na casa do compadre, mandaram dizê que ele lá não apareceu.

As crianças espantadas grudavam-se umas às outras contemplando o pai.

— Ora sabe que mais? vamos jantá! Quando Martinho senti fome aparece.

Entrou barulhento na sala. E o jantar arrastou lúgubre. As palavras de nhô Resende não tinham ecoado em nenhum coração. Nem no dele. Ninguém pensara nada mas todos sabiam muito bem que Martinho não banzava a tais horas, nem se perdera. Um estremeção de medo combalia aquele pugilo de corações palpitantes de rude amor.

Empurrando de repente o prato em meio nhô Resende levantou-se. Se os lábios lhe tinham desaparecido dentro da boca numa expressão voluntariosa de energia, os olhos alargavam-se retos de perplexidade e terror. Pôs o chapéu. Foi buscar a égua. Silvina muito baixo:

— Mecê vai lá?

—Vou.

— Quem sabe se é mió levá o Belarmino.

— Não perciso que ninguém me amostre a estrada.

Pouco a pouco saltitante ao trote curto sua figura diminuiu, diminuiu até esconder-se por detrás dos pinheiros ao longe. Os pinheiros de braços alarmados.

— Boas-tardes. Ocê tá com o Martinho aí, Felipão, e vim buscá meu fio. Já falei dez veiz que não tou com a sua porca!

— Que historiada é essa de Martinho!... Não tenho ninguém comigo! Mecê pode entrá na casa se quisé, corrê tudo que não acha senão porco.

— Felipão, dexe dessas brincadera que ocê tá ferindo um sentimento de dentro de meu coração! Me diga onde escondeu Martinho e eu não faço nada!

— Ora dá-se, nhô Resende! e minha porca!

— Já te disse que não tou co'a porca, Felipão! Não me faça perdê a cabeça!

— Mecê pode perdê quantas cabeça quisé! Martinho não tá aqui! Também ando percurando a maiada e inda não achei! Sabe que mais? Mecê ache minha porca que eu acho Martinho. E deixe-se de muita corage que pra forte eu sou mais forte que mecê e também sei usá meus tiro...

— Felipão, tu tá me fazendo perdê a carma!...

— Quem sabe se mecê não qué me matá!... Daí é que eu quero vê quem acha Martinho!

A lua temporã presenciava a disputa. Nhô Resende desconhecia-se tomado pela primeira irresolução que jamais o perturbara. Pediu ameaçou. Implorou. Felipão queria a porca.

E foi, olhos esgazeados fragílimo impotente ao defrontar aquela proposta de troca que nhô Resende deixou a égua reconduzi-lo à fazenda.

Já noite. Tremeluzem as estrelas. O curiango. Cantochão das rãs. O luar andejo arranhando-se nas árvores põe malhas de sombra na estrada. O fazendeiro julga distinguir a cada instante junto às patas dianteiras da cavalgadura a porca do Felipão.

Em casa a notícia levantou choro e lamentações que ultrajavam a placidez benigna do noturno. Nhô Zé Fernandes padrinho dos nove filhos de nhô Resende, ali aparecido para o cavaco, era o único a conservar algum critério na família. Nhô Resende, o pobre! idiotizado não chorava não dizia nada incapaz de mover palha.

O compadre é que dispôs as coisas. No dia seguinte todos partiriam em procura de porca e de Martinho enquanto ele dava já um pulo até a cidade para ver se o delegado mandava prender Felipão. Depois: "era só obrigá ele a confessá." Partiu.

Felipão deixou-se prender sem luta mas recusou-se a apontar o esconderijo de Martinho. Devassaram-lhe o domínio palmo a palmo desentulhando valos esmiuçando grotas: nada. O delegado bacharelíssimo depois dos interrogatórios via-se manietado pela indecisão. A cada nova instância junto do facínora este pedia a porca. Um cabo letrado indicava a tortura.

No tragicômico do caso deu nota comovente a Silvina vindo lançar-se aos pés de Felipão. Este pareceu sensibilizar-se. Depois pediu a porca. Nhô Resende ofereceu-lhe suas porcas, toda a criação. Por fim acenou-lhe à cobiça com dez contos. Felipão pediu a porca. Não era ambição que o mantinha era birra. Dessem-lhe a maiada e contaria o paradeiro do Martinho. Todo mundo das fazendas, da cidade procurava Martinho ou porca. Passavam-se as horas. Que aflição! O menino devia ter fome. Teria sede... Choraria de medo... Qual! ninguém acha mais!... Também dr.

Vieira não faz nada! Fosse comigo, havia de ver se Felipão contava ou não!...

Afinal, depois de porfiada devassa no arredor, já pela tarde, um dos agregados de nhô Resende voltou com o cadáver inda quente da porca. Fora encontrá-la expirante a debater-se num lodaçal.

Felipão contemplou silencioso o cadáver da porca. Duas lágrimas bem choradas entraram-lhe na coivara da barba. Depois olhando com raiva a Silvina, derrubou dos dentes:

— Desgraçados! Agora é que eu não conto!

O delegado temendo à chegada de nhô Resende uma agressão ao preso, recolheu-o incomunicável à prisão. Fê-lo guardar pelos soldados. Felipão pertencia à sociedade e não à família de nhô Resende. A Justiça se encarregaria de fazer justiça.

E aos gritos da Silvina, às súplicas de nhô Resende, às instâncias da justiça Felipão gritava fechado:

— Não conto taí! Ocês mataram minha porca, pois agora é que eu não conto!...

Vidrilhar de estrelas já. É a longa noite de Catulo, cheia de imagens, de perfumes, de tragédias. Que luar, oh gente, o do sertão!... Na testa livre das baixadas ondula a mantilha de prata das águas. A Ribeira tem curvas gentis. Duas léguas abaixo da fazenda de nhô Resende caracola que nem potro novo. Há mesmo o trecho em que se espraia mais larga e esquece a viagem, brincalhona, sobre as pedras. Na outra margem no escuro pouco denso da mata há uma pequena furna. Essa pedra fecha-lhe a entrada. Lá dentro sobre o chão verde liso está Martinho adormecido. Relaxa-lhe a expressão aterrorizada do rosto o sorriso cheio de sonho. Ao lado da bilha um último pedaço de pão a esfarinhar-se. Ratos.

**1918**[1]

---

[1] Mário de Andrade escreveu "Caso pançudo" em 1918 e o publicou nas duas edições de *Primeiro andar*. A versão que trazemos aqui é a de 1943. (N.E.)

# História com data

a Antonio V. de Azevedo

Agitação desusada no hospital. Telefonemas e telefonemas. A todo instante chegavam automóveis particulares. Numa das salas a cena difícil das pessoas que perderam alguém. As lágrimas já cansadas paravam pouco a pouco nos olhos de irmãos tias e da sra. Figueiredo Azoé mãe do "infeliz rapaz".[1] Entrelaçavam-se na penumbra do aposento soluços desritmados, suspiros frases vulgares de consolo.

—Viverá.
— Tenha esperança, minha amiga.
— Meu filho... meu filho!
— Sossegue!
— Quanto tempo!... desespero!...
— Tome um pouco de café.
— Não.
— Tome!
— Não quero.
— Tome... Reabilita.

O pai acabou tomando o café. Telefonemas e telefonemas. A todo instante chegavam automóveis particulares.

Tratava-se de Alberto de Figueiredo Azoé 25 anos aviador, descendente duma das mais antigas famílias do Jardim América. Nessa manhã de 13 abrira asas no Caudron. Ao realizar uma acrobacia a pouca altura o motor não funcionara a tempo. O avião se espatifara na rua Jaguaribe a 20 metros do Hospital. Pronto-socorro. Te-

---
[1] *Jornal do Comércio,* 14 de fevereiro de 1931.

lefone. E fortificados pelo pedido da família os três grandes cirurgiões tomaram conta do "imprudente moço".[2]

Era ainda um desses exemplos do que Gustavo Le Bon chamou a "ironia dos desastres."[3] Nenhuma lesão no corpo. Apenas um estilhaço de motor esmigalhara parte do cérebro do "arrojado aviador."[4] Transportaram-no ainda vivendo pra sala das operações.

Dois médicos perplexos:

— Morre. É inútil.

— Morre.

O terceiro curioso inventivo. Riquíssimo subconsciente.

Um homem pobre ultrapassando talvez os 40 anos morria duma lesão cardíaca no hospital. Ninguém que o chorasse. Linda morte.

O terceiro operador falou. Repulsas. Risadas. O terceiro operador mesmo sorrindo insistiu com mais energia.

— ...Porque não! Ele morre mesmo. O outro morre fatalmente, sem lesão alguma no cérebro. Poderemos salvar ao menos um. Vocês parecem estar ainda no tempo do doutor Carrel... E Chimiuwsky, com o coração?... Tenta-se!

Depois deu de ombros e derrubou a cinza do charuto. Houve perguntas para fora da sala de operações. As freiras correram. Transportes.

A madre superiora abriu a porta da sala-de-visitas. A ansiosa interrogação dos olhos, das mãos de todos. A

---

[2] *Estado de S. Paulo*, 14 de fevereiro de 1931.

[3] G. Le Bon: *La Psychologie du hasard*, p. 836. Alcan.

[4] *Gazeta*, 14 de fevereiro de 1931.

comovente interrogação das lágrimas da sra. Figueiredo Azoé.

— Vai tudo bem. A operação acabou agora. Dr. Xis garante a salvação.

Pouco depois o dr. Ípsilon amigo da família apareceu. Rodearam-no puxaram-no. Ensurdeceram-no de perguntas.

— Sossegue, dona Clotilde. O caso é gravíssimo, não posso negar mas a operação foi bem. Alberto é forte, perdeu pouco sangue... Fizemos. Uma trepanação... Esperemos que se salve...

Pendiam-lhe dos óculos umas vergonhas hesitantes.

Em trêmula sequela a mãe, o pai, os irmãos foram ver de longe Alberto a dormir. Depois o dr. Xis exigiu o afastamento da família até a cura do rapaz. A comoção, explicava, provocada pela revivescência das imagens poderia causar até a morte[5] ou no mínimo uma idiotia de 1º grau. Quanto a qualquer possível lesão que o mecanismo cerebral apresentasse sempre seria tempo de "constatá-la" (sic).

O período da morte passou. Alberto convalescia rápido.

Nada quase falava. Beijava comovido a mão da freira que o tratava. Tinha lágrimas de gratidão para os médicos.

Fato curioso registrado pelas freiras é que à medida que Alberto sarava o dr. Xis tornava-se mais e mais inquieto. Agitação contínua. Cóleras sem razão. Perguntas esquisitas que espantavam a enfermeira. Se o doente ia tão bem! Passava os dias mirando as próprias mãos. Nada de anormal.

---

[5] Vide a totalidade dos romances do séc. 19.

Mas o dr. Xis sentado à cabeceira do rapaz. Que dedicação! O sr. Felisberto Azoé ouvi que pretendia presenteá-lo com um cheque de 40 contos (quarenta contos de réis). E tão dedicado quanto inflexível. Nada de permitir que a família se aproximasse do moço. Por uma das janelas do hospital apenas o viam passear agora pelo braço do dr. Xis nos pátios de sol.

O dr. Ípsilon é que esfregava as mãos satisfeitíssimo. Um dia perguntara a Alberto:

— Lembras-te de mim?

O outro chorando lhe beijara a mão:

— Lembro sim senhor.

Desde então o dr. Ípsilon esfregava as mãos satisfeitíssimo.

— O nosso trabalho foi admirável. Quando o comunicarmos à Sociedade de Medicina e Cirurgia creio que o mundo inteiro se espantará. Dona Clotilde, seu filho está salvo!

E ao dr. Xis três vezes por dia:

— Não começaste ainda o relatório?

— Espere.

Alberto estava bom. Caminhava por si.

Dr. Xis estava mal. Hesitava.

Um dia no entanto encontrou o moço gesticulando suecamente. Sorriu. Alberto parara a ginástica.

— Seu doutor, já estou bom. Queria sair.

— Sairás breve. Agora vamos dar uma volta pelo jardim.

Alberto caminhava firme alegre. O dr. Xis seguia-o lateralmente um pouco atrás. Na aleia de trânsito junto à porta um automóvel. Alberto parou olhando a máquina.

Caminhou para ela. Sentou-se no lugar do motorista. A máquina moveu-se rápida habilíssima. Fez a volta do gramado e descansou no ponto de partida.[6] Dr. Xis acendeu o charuto.

— Sabes guiar automóvel?

— ...sei?... murmurou espantadíssimo.

Depois de olhar muito as pernas vago quase sorrindo Alberto murmurou:

— Parece que espichei, seu doutor!

Era curiosa a agitação do dr. Xis. Dedos de gelatina. Até deixou cair o charuto.

— Não é nada. Voltemos.

— Não começaste ainda o relatório?

— Vais dizer ao sr. Azoé que lhe levo o filho amanhã. Que a casa esteja como sempre sem modificação alguma.

E o dr. Xis fez o barbeiro entrar no quarto do rapaz.

— Vai fazer-te a barba...

Alberto sentou no lugar que lhe indicavam. O barbeiro trabalhou entre dois silêncios.

— Agora vem lavar o rosto no quarto pegado. O lavatório de lá é maior.

No quarto de Alberto o dr. Xis fizera substituir o lavatório por uma mesa onde se depusera bacia e jarro.

Alberto foi. Ao inclinar-se para lavar o rosto viu-se refletido no espelho. Parou: Depois, quase a gritar horrorizado guardando os olhos no braço:

— Não!

Imediatamente o médico se fechara por dentro com o rapaz.

---

[6] Ebbinghaus: *Der Gedachtnis und der Muskel*, p. 777. Schmidt und Gunther.

— Não... Não sou!...
Entressorria medroso. Depois começou a chorar. Dr. Xis seguia-lhe os movimentos, Alberto voltou ao espelho. Fugiu dele apavorado. Quis partir. Foi esconder-se no corpo do dr. Xis como uma virgem.
— Quem é, seu doutor!... Quem é esse homem...
— Sossega, meu rapaz. Sou eu.
— Não, o outro!
— Estamos sós. Vem comigo!
Atraía-o para o espelho. Alberto com lindas forças venceu o médico.
— Não quero!
— Sossega, Alberto!!
— Alberto?... quem é Alberto!
— És tu.
— Eu!... Não! deve ser o outro... o moço!...
Apalpava-se desesperado. Os olhos giragiravam no limite das órbitas, infantis como num esforço para ver o rosto a que pertenciam.
— Acalma-te. Qual é teu nome então?
— ...o outro... Não! Eu... eu sou José!
Dr. Xis aguentou a custo o golpe. Ficou gelo. Voltando do espavento: acalma-te e escuta. És Alberto.
— Não! Sou José!
— Escuta primeiro, já disse! Estiveste muito doente ouviste? Segue bem o que te digo. És Alberto de Figueiredo Azoé. És aviador. Tua mãe é dona Clotilde de Figueiredo Azoé ouviste? Caíste do aeroplano. Quebraste a cabeça. Fizemos uma operação muito difícil. Por isso estás assim como quem não se lembra. Pensas que és outro. Mas tu és Alberto de Figueiredo Azoé. Vamos, repete o teu nome!

— Alberto de Figueiredo Azoé...
— Sou eu que te digo, ouviste bem? Teu médico. Que te salvou da morte. És filho do sr. Felisberto Azoé teu pai. És aviador. Não te lembras... És muito rico. Alberto, Alberto ou José? escutava. O médico parou observando-o. Desenhou-se um sorriso malfeito nos lábios do moço. Sacudiu a cabeça desolado. Apertava as faces com mãos desesperadas. Não sentia[7] Alberto de Figueiredo Azoé.
— Agora estás mais calmo. Vem ver o teu rosto no espelho.
— Não, seu doutor! pelo amor de Deus! faz favore... no!!
Empuxado, reagia quase com grito.
—Vem! Quero que sejas Alberto de Figueiredo Azoé.[8]
— Não! non ancora!... Io...
Parou indeciso. Escutou as últimas palavras que saltitavam fugitivas no aposento. O doutor:
— Lei parla italiano?
— Si! Sono proprio d'Italia!... ma... não... Não!
As palavras saíam perturbadas com acento inverídico de quem não sabe falar italiano. De boca desacostumada a pronunciar o italiano.
— Descansa. Vamos pro teu quarto.
E lá:
— Deita-te. Fico a teu lado. Pensa bem, Alberto: tua cabeça ainda está doente pelo choque. Perdeste a memória. Só

---

[7] Ribot: *Pathologie frénétique des changements de personnalité*, Alcan, p. 83.
[8] Bergson: *Le Règne de la volonté*, Garnier, p. 135; W. James: *The Irradiations of Wish*, Century Co., p. 14 e 15.

te lembras de coisas de que ouviste falar.[9] Pensa bem no que te digo: és Alberto Figueiredo Azoé. Amanhã verás teus pais e irmãos de que não te lembras. Deves conhecê-los ouviste? Sofrerão muito se te mostrares esquecido. Pensa agora em tudo isto. Não és José ouviste bem! responde que estás ouvindo, acreditando... Responde, Alberto!...
Alberto ou José moveu lábios sem frase abúlico.
E o doutor sentado à cabeceira do moço falou e continuou falando. Meia hora depois inda remoía persuasões. Alberto adormecera entre elas. Duas fundas rugas penduradas das abas do nariz guardavam como parênteses as frases que aquela boca falaria e não lhe pertenceriam.
Às 17 horas acordaram-no para o jantar. Comeu bem. Era pequeno o abatimento. O dr. Xis quando ambos sós tentou a experiência:
— Alberto!
— Que é?
O médico sorriu agradecido. Aproximou-se. Pôs-lhe sob os olhos o livro aberto e apontou para as letras.
— Conheces isto?
— Como não!... são letras.
— Sabes ler?
Os olhos de Alberto fixaram mais as letras, correram fácil e exatamente pelas linhas. Espantado o moço murmurou como se perguntasse:
— Não?...
E voltou a seguir as linhas do papel numa ânsia de reconhecimento. Dr. Xis fê-lo sentar-se junto à mesa. Deu-lhe o lápis.

---

[9] Ribot: op. cit., p. 249.

— Escreve.

Sobre as folhas esparsas o moço traçou a princípio firme, com letra esportiva:

"Rose mon chouchou 120 cavalos Part Alberto 30 record Rose-Roice mon chouchou Caudron Grevix[10] mon choudron..."

Dr. Xis arrancou-lhe o lápis da mão.

Às 20 horas deu-lhe uma beberagem. Alberto adormeceu. Foi transportado, assim dormindo, para casa.

— Minha senhora, seu filho sarou. Mas a lesão foi muito grave... Ficou com a memória um tanto perturbada...

— Meu filho está louco!

— Sossegue. Não se trata de loucura. Apenas a memória... Abandono parcial de memória. Mas sara. Sarará! É preciso aos poucos incutir-lhe no espírito quem ele é. Por um fenômeno que... se dá frequentemente nesses traumatismos acredita ser outra pessoa... Naturalmente cuja história o impressionou.

— Meu filho!

O pranto necessário.

— Afirmo-lhe que sara. Devemos aos poucos reeducá-lo. Esqueceu-se um pouco por exemplo... de ler. Mas a memória voltará. É preciso que tudo se passe como antigamente.

— Meu pobre filho! Naturalmente nem se lembra de sua mãe!...

— Minha senhora, descanse em mim! O quarto dele está pronto?

— Sim. Não alteramos nada.

---

[10] Célebre boxista senegalês da época. V. *La Vie au grand air*, dezembro 1932.

— É preciso fazer-lhe reviver os costumes antigos...
— Era eu que ia acordá-lo sempre quando ele não se (soluço) levantava muito cedo para ir nadar... Levava o café para ele...
— Pois a senhora continuará a levar-lhe o café. Irá acordá-lo amanhã. Estarei aqui. Não: prefiro passar a noite aqui, nalgum quarto pegado ao dele, não tem?
— Não tem.
— Pois terá a bondade de ordenar que me deixem uma poltrona junto da porta. Dormirei nela.
— Doutor! quanta bondade!... Doutor...
Alberto dormia sossegadamente.
Às nove horas do dia seguinte a senhora Figueiredo Azoé num penteador muito roxo acordou o médico. O sobressalto do dr. Xis espantou-a:
— Que é!
— Desculpe, doutor. Apareço assim porque era assim que ia acordá-lo. Alberto gostava de roxo...
— Fez bem.
— Geralmente acordava às nove... Já são oito e três quartos... Trago o café...
Num arranco de desesperada aventura o médico largou:
— Pois vamos!
Entraram. Ela entreabriu uma das janelas. O raio curioso esquadrinhou o aposento.
— Era assim mesmo que ele dormia.
O rapaz tirara a coberta leve que lhe tinham posto sobre o corpo e de pernas abertas pousando a cabeça num dos braços era como um lutador cansado.
— Alberto! Alberto!...

O "digno sucessor de Edu Chaves"[11] se moveu mole, abriu os olhos. Consertou a posição dormindo outra vez. Dona Clotilde estava com medo do filho. Venceu-se:

— Alberto!... Sou eu! Tua mãe...

Parava indecisa. Esforçava-se por repetir as frases costumeiras. Não se lembrava. Tudo agora lhe parecia tão artificial, tão inexato!

— São horas... Trago o café!!

O moço resmungou inconsciente. Abriu os olhos acordado. O reflexo do espelho iluminava o corpo da "ilustre dama".[12] Alberto sorriu-lhe como sempre e murmurou o eterno:

— Ora, mamãe!...

Escutou-se atraído. E fixou mais a mulher. E num pulo sentou-se na cama. Dona Clotilde recuou amedrontada. Dr. Xis aproximou-se.

— Bom-dia, Alberto.

Agarrado ao médico, doído, pedindo proteção:

— Seu doutor!

— Sou eu, Alberto.

— Alberto!?...

— Sim: Alberto. Esta senhora é tua mãe.

— Não tenho mãe!...

— Esta senhora é tua mãe. Lembra-te do que te disse ontem, Alberto. Estiveste doente! Esqueceste!

— Não, seu Doutor! Quero ir s'embora! vamos!

---

[11] *Diário Popular*, 22 de março de 1931.
[12] *Cigarra*, 20 de dezembro de 1929. Sob uma fotografia da Liga das Senhoras Católicas.

E no espelho do guarda-casacas viu um moço quase conhecido agarrado ao doutor. Olhou para este. Procurou-lhe em torno... Encontrou suas próprias, não, mãos longas musculosas agarradas ao paletó do médico. Começou a chorar todo infeliz.

A senhora Azoé chorava também, sem naturalidade uma das mãos ocupada com a xícara. O duplo sofrimento das mães! Sofrem a dor dos filhos e a sua dor de mães! Como se não lhes bastassem as deformações prematuras e o castigo luminoso dos partos como outros tantos pelicanos...

O dr. Xis procurou dar fim à cena. Ia pronunciar o "sossega, meu rapaz" mas reparou que já dissera essa frase muitas vezes e mudou:

— Acalme-se, Alberto! Precisas acostumar-te à tua nova situação. Não te recordas por que estiveste doente.

O médico falava dificilmente agora. Devido ao caso do "sossega", sem querer, contra a vontade mesmo começara a policiar a própria fala. Em vez de "lembras" corrigira para "recordas". Foi Alberto que terminou a situação cansado de reagir:

— Não me lembro de nada disso tudo que seu doutor está dizendo... Eu não tinha... mãe. Sou José... Eu me lembro de mim sozinho (aqui fazia esforços de rugas para lembrar). Em criança fiz viagem... Tinha um homem com um dente na boca que fumava um cachimbo fedido... não me lembro!... O homem com uma ferida sarada parecia de navalha na cara... Outro homem dizia que era meu tio... Meu tio e minha tia... Depois na colônia... Eu fugi mocinho...

A senhora Figueiredo Azoé soluçava alto.

— ...Minha mãe...?

E José, não, Alberto, Alberto ou José? queria lembrar sofria. Muita coisa nos olhos nas mãos que dizia que parecia que era assim mesmo.[13] Mas se sabia que não era assim!

— Alberto, estás martirizando tua mãe. Cala-te! Contas alguma história que te impressionou. Sossega, meu... Veste-te. Estou aqui!

Alberto cedeu como quem cede para o aniquilamento. Desceu da cama pela direita onde moravam as chinelas. Abriu as torneiras do lavatório. Lavou-se. Penteou-se. Foi buscar as meias limpas na gaveta exata. E calçava as calças depois as botinas depois pôs a camisa o colarinho a gravata... Parava às vezes indeciso, outras envergonhado de saber... Então era preciso que o doutor lhe desse as calças... e depois o colarinho... Alberto continuava maquinalmente entregue à dura sorte feliz.

— Estás vendo como te lembras?... Se fosses esse outro como saberias onde estavam as meias as botinas?... Agora precisas de paciência ouviste? Irás de novo aprendendo o que esquecestes, verás.

Alberto procurava qualquer coisa. Devia ser o paletó... Assim ao menos pensava o dr. Xis dando-lhe o paletó. Alberto vestiu-o. Exausto foi tirar duma gaveta a escova de roupas. Esfregou vivamente as calças, unicamente as calças como se o paletó não merecesse limpeza. Depois jogou a escova sobre a cama e abrindo o guarda-roupa tirou o pijama de seda roxa. Começou a vesti-lo sobre o paletó. Parou percebendo o engano. Envergonhado olhou o médico. Guardou o pijama de novo.

— Agora, Alberto, vais ver teus irmãos, teu pai, Felisberto Azoé.

---

[13] Ribot: *Les Reconnaissances musculaires*, Alcan, p. 101.

Ao saírem do aposento houve do outro lado da galeria um esvoaçar fugitivo de saias passos que desciam a escada. Alberto olhava desconfiado para o dr. Xis. A família estava toda no *hall*. Impaciência irreprimível em cada olhar. Talvez dor. Aquela reunião tantas pessoas o criado que espiava... O moço sentiu-se em terra estranha. Fez um movimento de recuo.

— Teu pai, Alberto. Não te lembras? tua irmã, teus irmãos...

— Seu doutor, vamos embora!...

Apertava a mão do operador. Criança a proteger-se. E baixinho dolorido:

— Não... não... Não lembro!... sou o outro... sou...

— Cala-te, Alberto! Já te disse que não és o outro! Esta é a tua família... teu pai...

Alberto chorava sem largar o médico. A família chorava. O dr. Xis... Mas o rapaz levantara a cabeça resolvido. Cessaram-lhe as lágrimas.

—Vamos embora! Não fico mais aqui!

— Sossega, Alberto. É tua famíl...

— Não é minha família! Sou o outro. Sou José! Quero ir embora!!

— Ir para onde, então!

— Para casa!

— Aonde?

— Para minha casa, com a Amélia. Minha mulher... rua Barbosa... Quero ir!

E procurava alguma coisa. Dirigiu-se enfim para a porta que dava no jardim interior. O médico alcançou-o.

— Espera um pouco. Mando buscar tua mulher. Verás que a não conheces. Espera!

— Quero ir com Amélia![14]

— Escuta, Alberto, estou falando! Já disse que mando buscar essa Amélia! Vais esperar. Esperas comigo, não te deixo. Rua Barbosa... que número?

— Rua Barbosa... não tem número. Última casa da direita.

Ninguém sabia onde era a rua Barbosa.

— Onde fica a rua Barbosa, Alberto?

— Na Lapa... Atrás da fábrica de louças.

Um dos Azoés partiu rápido. Alberto esperava impaciente. Parecia não ver ninguém. Andava pela sala. Sentava-se. Erguia-se. Reparava em todos francamente. Depois envergonhava-se. Vinha para junto do médico. Um momento, com gestos largos cheios de liberdade sentou-se na grande cadeira preguiçosa. Assobiou dum modo especial. Logo os latidos dum cão. E o enorme policial apareceu. Que festas para o dono! Alberto quis reconhecê-lo. Seus lábios juntaram-se abriram-se como querendo dizer um nome... Teve medo daquele cão. Quis erguer-se. Defendeu-se.

— É Dempsey, meu filho!

— Tirem esse cachorro! Me morde!...

Foi preciso tirar Dempsey dali. E daí em diante os uivos do cão compassando as cenas.

Trinta minutos depois o automóvel voltava. Luís fez entrar a mulata forte com as mãos gretadas pela aspereza das águas no ofício de lavar. Entrou olhando sem medo. Saudou consertando o xale preto.

— Conheces, Alberto? É Amélia.

---

[14] Convém notar que esta Amélia não é a mesma do "Conto de Natal".

Alberto correu para ela. Segurou fortemente o braço da admirada.

—Vamos embora, Amélia! Não fico aqui!

— Largue de mim, moço!

— Sou eu, teu homem!... José...

— Meu homem morreu na Santa-Casa... Deus Nosso Senhor Jesus Cristo lhe tenha!

— Não morreu! Sarei! Sou eu, José!

Amélia recuou amedrontada:

— Esse moço está doido, credo!

Alberto agarrava desesperado raivoso suplicante:

— Não me deixe aqui! Estão caçoando de mim... Sou José!

O dr. Xis que se aproxima toma um soco no peito.

— Me largue, moço! Que é isso agora!

— Amélia, não te lembras! Me leve!... Teu...

— Me largue já disse! Meu pobre José está no Araçá! Foi então para isso que me cham... ahm... me largue!

Debatia-se nas mãos do rapaz. Dois fortes a lutar. Esfregavam-se na parede junto à porta.

—Tirem esse moço daqui. Eu grito! Socorro!

Acudiram. O sr. Azoé o médico os rapazes. Alberto não largava a mulata. Desenvencilhou-se repentinamente do irmão que o agarrara por trás, moveu o cacho de gente, empurrou-o para o centro da sala. Correu para a porta. Fechou-a. E olhou todos com olhos duplicados da loucura de resolução.

— Não queres me levar, desgraçada! Eu conto tudo! assassina!... me leva?...

Amélia resoluta armara-se dum vaso onde uma palmeirinha lutava por viver. Que saudades do aclive aquoso

sempre verde, onde junto das irmãs e das avencas faceiras escutava noite e dia o reboo pluvial da cascata! Nas tardes, quando o céu arco-irisado...
— Segurem o moço que eu atiro!... atiro mesmo... se ele vier outra vez...
A senhora Figueiredo Azoé levantou-se diante do filho, como a estátua do devotamento e do sacrifício, protegendo-o. O sr. Azoé os rapazes lutando com a lavadeira.
— Ah!... (rascante) É assim? Não queres me levar, desgraçada!...Vou para a correição... Mas tens de ir também. Não ficas com o Júlio, já sei! Ela matou! Assassina! Matou os dois filhos... Quando nasceram. Matou os dois filhos! Não queríamos crianças... Ela enterrou no quintal. Em Moji. O outro antes de nascer. Assassina! Vou parar na cad...
— Cachorro!
O vaso, desviado, se espatifou no meio da sala. Coitada palmeirinha!
— Prendam ela!... Figlia dun cane (cão)! É verdade... lo... juro!...
— É mentira! Não conheço esse homem!
— Prendam! Assassina!... No jardim perto da escada...
— Não!... não conheço!... Não me prendam! não fiz nada!... Foi ele que quis... Perdão!... Não conheço esse moço... nunca vi... Foi o outro, foi José que quis... Perdão!
— Fui eu! mas foi ela também!
Atirou-se sobre a mulata. Ela voltou-lhe uma punhada na cara. Alberto desviou com gesto grácil de boxista.[15] Atracaram-se de novo. Ela dilacerou-lhe a mão com os dentes. Prendam!... Sujo! Maldito!... Foi um custo. Assas-

---

[15] Woodworth – *Gesture and Will* – Macmillan & Co., p. 88.

sina! Com o barulho os criados, o motorista acorreram. Prendam! Ela também!... Me largue!... Braços punhos. Embrulho. Barulho. Foi difícil. Afinal os homens conseguiram separar os dois. Amélia liberta fugiu por uma porta. Desapareceu. A cólera de Alberto, Alberto ou José? foi tremenda. Berrava termos repetidos numa língua infame. Socava os que o prendiam. Machucara fortemente um dos irmãos. Depois diminuiu a resistência pouco a pouco. Suor frio lhe irisava a fronte. A palidez. E desmaiou.

O esforço para livrá-lo do desmaio continuava... A campainha tocou. Um repórter. Mandado embora. Depois do desmaio a prostração. A campainha tocou. Outro repórter. Mandado embora. A campainha tocou. O primeiro repórter insistia. Mandado embora. Desordem. Criados comentando... Automóvel de prontidão. O motorista lia desatento uma passagem do romance em folhetos *A filha do enforcado*. O conde de Vareuse, devido a velho ódio de família fora enforcado por um sobrinho. Apenas o filho corcunda de Jacquot fiel criado do sr. de Plessis amigo íntimo do conde presenciara o assassínio. Aconteceu porém que justamente na noite do delito Germaine a filha do conde era roubada por uns ciganos espanhóis. Isto se deu no reinado de Carlos V. Germaine tinha nesse tempo apenas cinco anos. Ora o corcundinha irmão de leite do sobrinho assassino hesitava ainda em contar o que vira quando é roubado também pelos ciganos. Mas ele não conhecia Germaine. O procurador ou coisa que o valha, da imensa fortuna do conde de Vareuse, mestre Leonard vendo a condessa viúva enlouquecer com a perda da filha concebe um plano diabólico. Apossa-se da personalidade do conde de Vareuse com o qual muito se parecia más línguas davam-no mesmo como filho-postiço do velho pai do conde ainda vivo mas cego e paralítico numa velha propriedade no Languedoc. O procurador pois apossa-se de todos os papéis do conde e muda-se para a Inglaterra onde se domicilia. Atinge logo uma das mais fulgurantes posições na elite londrina. Casa-se com a filha de Lord Chaney[16] e tem desta uma filha. Passam-se doze anos. O filho do assassino do conde então com vinte-e-três anos brilhantíssima inteligência parte numa comissão diplomática para a Rússia. É nesse instante justamente que a condessa de Vareuse que o procurador mandara para a casa duns antigos apaniguados seus na Boemia recobra a razão ao ouvir um lindo moço de seus vinte anos mais ou menos e que aparentava grande riqueza e sangue puro, viajante recém-chegado na aldeia entoar uma balada. Ora o interessantíssimo do caso é que essa balada fora composta pela própria condessa, exímia tocadora de harpa que porém não a revelara a ninguém. (A balada) Somente cantarolava-a às vezes para adormentar a filha, que era doentia e sofria de insônias. E se a condessa jamais cantava perto de qualquer pessoa essa balada, era porque dizia a própria história dela. Tratava-se duma moça que se deixara levar pelos encantos dum estudante e que diante da impossibilidade de casar com o namorado pois era de grã nobreza (a condessa) entregara-se voluntariamente a ele num assomo de paixão. Nasceu um filho que a família encobrira e fizera desaparecer. Nesse tempo Germaine com o corcundinha desesperadamente apaixonado por ela conseguiram livrar-se das garras dos ciganos e fugir

---

[16] Não confundir com Lon Chaney.

para a Itália num navio de vela pertencente a mercadores marselheses. No mesmo navio seguia também um rapaz nobre italiano que fora chamado urgentemente a Nápoles onde uma terrível conspiração se organizava entre os membros duma sociedade secreta indiana, os Treze Irmãos da Pantera Vermelha, para assassinar Carlos V. Ora o príncipe Lotti que tal era o nome do moço viajante a bordo da *Reine Marie* estava disposto a se dedicar pelo rei por gratidões de família que não interessam aqui. Eis que a *Reine Marie* é atacada por piratas tunisianos. Prestes a entregar-se já. O príncipe defendia Germaine heroicamente tendo ao lado o fiel Jean o corcundinha. Mas surge a todo pano velejando uma fragata de guerra francesa. Fogem os piratas. A maruja da *Reine Marie* canta vitória. Germaine e o príncipe Lotti pois que a guerra lhes revelou o mútuo amor estão abraçados ouvindo as últimas palavras de Jean agonizante. Jean que durante toda a vida se calara por não criar um sentimento de ódio na alma pura de Germaine pretendendo ele só vingá-la mais tarde vê-se obrigado agora a revelar tudo o que sabe. O príncipe Lotti e Germaine ainda trêmulos de horror vão para bordo do navio de guerra francês onde os recebe justamente quem! o filho do assassino do pai de Germaine, o jovem diplomata que por desfastio se partira para a Rússia por caminho que a fantasia aconselhava. Mas imediatamente o filho do assassino concebe infinito amor por Germaine. Esta, o príncipe e o filho do assassino descem em Gênova. E justamente para a hospedaria onde vão está a condessa de Vareuse e o filho. No momento em que Germaine é perseguida pelo filho do assassino e surge o irmão para defendê-la um criado vem conversar com o motorista.

—Vamos almoçar. É quase meio-dia.

O dr. Xis, que dedicação! sempre ao lado do doente. Falara-lhe longamente, persuasivamente. Contou-lhe então toda a aventura. Era a última esperança: dizer tudo. O dr. Xis disse tudo: o desastre, a operação, a substituição de cérebros e descreveu-lhe por fim a fortuna dele, José, cérebro de José, agora moço rico feliz...

Alberto abandonado sobre o leito como que ouvia e aceitava. Muito calmo. Quando o operador parou maior momento Alberto ou José abanou a cabeça.

— Não... Sou José. Quando eu... o outro agora me lembro estava morrendo fiz uma promessa para S. Vito de contar tudo se salvasse. Estou vivo. Sinto que estou vivo... Mudei... Não! não sou eu!... Este não!... Sou o outro!... Sou o outro!... Sou o criminoso!... Este é inocente!... não matou meus dois filhos... Foi o outro, eu, José... Dio!...

Soluçava horrorizado desesperado. Neste momento o dr. Xis viu o rosto do dr. Xis refletido no espelho. Era um homem de trinta anos no máximo. Ardido aventureiro mas trazia nos lábios abertos em pétalas de rosa qualquer coisa dessa sensualidade que faz ser bom, ser nobre e sentimental. Perturbado por esses vinhos parecia ao médico que os raios da luz elétrica formavam na superfície do espelho uma grade de prisão. Por trás da grade um moço. Inocente?... Criminoso?... Tão linda a operação! mas o cérebro é que sente... que manda[17] mas o corpo... aviador... avião... memória muscular o incidente do automó-

---

[17] Lombroso: *Criminologia degli irresponsabili.* t. 11, p. 240; F. Treves, Milano.

vel... é melhor... É MELHOR!... sim, é melhor. Acaba-se duma vez...

E o dr. Xis pôde tirar os olhos do dr. Xis porque firmara a decisão. Telefonou para o aeródromo. Mandou ordens ao motorista.

— Como vai?...

— Alb... ele está calmo agora.

— O doutor precisa tomar alguma coisa... Vinte-e-duas horas já...

— Aceito um café... café bem forte.

— Não quer uma almofada? doutor... Passar mais uma noite assim! Como lhe poderemos pagar tanta dedicação!...

— Não fale nisso, minha senhora. Quero muito bem Alberto... Estimo-o muito (aos arrancos) muito mesmo... como... Porque, minha senhora, na minha profissão há momentos maravilhosos... Sentir-se diante dum homem moço ainda que morrerá por certo... e confiante orgulhoso diante da fatalidade... combatê-la... vencê-la pela inteligência... oh! como eu o amo... minha senhora... como a filho!... sim, perdão, como se fosse meu filho também!...

E escarninhas brilhantes alegres lépidas fugiram dos olhos do dr. Xis as duas primeiras lágrimas da sua cirurgia.

— Amanhã tentarei uma prova... uma prova decisiva! A senhora verá! Alb... ele já aceita o que eu digo... As roupas de aviador estão aqui?

— Guardava-as no aeródromo...

— Está bem.

O dr. Xis inflexivelmente mau para consigo escrevendo passeando fumando contou o tempo até seis da manhã.

— Acorda... meu rapaz!

Como no dia antecedente Alberto se vestiu mais ou menos bem. Começava sempre certo e firme. Depois invariavelmente na continuação dos gestos parava indeciso. José não sabia onde estavam as botinas. Indicava-as o "imprudente e glorioso cientista".[18] Alberto continuava certo e firme.

— Seu doutor, vamos embora!

—Vamos!

O auto esperava à porta.

— Para o aeródromo.

O caudron de Alberto, 120 cavalos, riscava uma sombra de avantesma na relva aguda do prado. O mecânico esperava. José admirado deixou-se vestir. Menos admirado deixou-se sentar no aeroplano. As mãos ágeis hábeis manobraram a máquina. O mecânico impulsionava a hélice lustrosa. O dr. Xis entrava para o lugar do passageiro... O caudron deslizou subiu numa linha oblíqua macia... Os dois "ilustres representantes da ciência e do esporte paulista"[19] foram se espedaçar muito longe nos campos vazios.

**1921**[20]

---

[18] *Gazeta* desse dia, 22 de março de 1931. (Nota MA)

[19] *Correio Paulistano,* 23 de março de 1931.

[20] "História com data", escrito em 1921, foi publicado nas duas edições de *Primeiro andar* que Mário de Andrade acompanhou em vida. O texto, tal como publicado aqui, toma como base a versão revista pelo autor para a 2ª edição, de 1943. (N.E.)

## NOTA

Este conto é plagiado do "Avatara" de Teófilo Gautier que eu desconheceria até hoje sem a bondade do amigo que me avisou do plágio. Mas como geralmente acontece no Brasil o plágio é melhor que o original. Quanto a Germaine conseguiu casar com o príncipe Lotti depois de mais vinte-e-três fascículos a quinhentos réis cada.

## O BESOURO E A ROSA

*Belazarte me contou:*
Não acredito em bicho maligno mas besouro, não sei não. Olhe o que sucedeu com a Rosa... Dezoito anos. E não sabia que os tinha. Ninguém reparara nisso. Nem dona Carlotinha nem dona Ana, entretanto já velhuscas e solteironas, ambas quarenta e muito. Rosa viera pra companhia delas aos sete anos quando lhe morreu a mãe. Morreu ou deu a filha que é a mesma coisa que morrer. Rosa crescia. O português adorável do tipo dela se desbastava aos poucos das vaguezas físicas da infância. Dez anos, quatorze anos, quinze... Afinal dezoito em maio passado. Porém Rosa continuava com sete, pelo menos no que faz a alma da gente. Servia sempre as duas solteironas com a mesma fantasia caprichosa da antiga Rosinha. Ora limpava bem a casa, ora mal. Às vezes se esquecia do paliteiro no botar a mesa pro almoço. E no quarto afagava com a mesma ignorância de mãe de brinquedo a mesma boneca, faz quanto tempo nem sei! lhe dera dona Carlotinha no intuito de se mostrar simpática. Parece incrível, não? porém nosso mundo está cheio desses incríveis: Rosa mocetona já, era infantil e de pureza infantil. Que as purezas como as morais são muitas e diferentes... Mudam com os tempos e com a idade da gente... Não devia ser assim, porém é assim, e não temos que discutir. Mas com dezoito anos em 1923, Rosa possuía a pureza das crianças dali... pela batalha do Riachuelo mais ou menos... Isso: das crianças de 1865. Rosa... que anacronismo!

Na casinha em que moravam as três, caminho da Lapa, a mocidade dela se desenvolvera só no corpo. Também saía pouco e a cidade era pra ela a viagem que a gente faz uma vez por ano quando muito, finados chegando. Então dona Ana e dona Carlotinha vestiam seda preta, sim senhor! botavam um sedume preto barulhando que era um desperdício. Rosa acompanhava as patroas na cassa mais novinha, levando os copos-de-leite e as avencas todas da horta. Iam no Araçá aonde repousava a lembrança do capitão Fragoso Vale, pai das duas tias. Junto do mármore raso dona Carlotinha e dona Ana choravam. Rosa chorava também, pra fazer companhia. Enxergava as outras chorando, imaginava que carecia chorar também, pronto! chororó... abria as torneirinhas dos olhos pretos pretos, que ficavam brilhando ainda mais. Depois visitavam comentando os túmulos endomingados. Aquele cheiro... Velas derretidas, famílias bivacando, afobação encrencada pra pegar o bonde... que atordoamento meu Deus! A impressão cheia de medos era desagradável.

    Essa anualmente a viagem grande da Rosa. No mais: chegadas até a igreja da Lapa algum domingo solto e na Semana Santa. Rosa não sonhava nem matutava. Sempre tratando da horta e de dona Carlotinha. Tratando da janta e de dona Ana. Tudo com a mesma igualdade infantil que não implica desamor não. Nem era indiferença, era não imaginar as diferenças, isso sim. A gente bota dez dedos pra fazer comida, dois braços pra varrer a casa, um bocadinho de amizade pra fulano, três bocadinhos de amizade pra sicrano que é mais simpático, um olhar pra vista bonita do lado com o espigão de Nossa Senhora do Ó numa pasmaceira lá longe, e de sopetão, zás! bota tudo no amor que nem no campista pra ver se pega uma cartada boa. Assim é que fazemos... A Rosa não fazia. Era sempre o mesmo bocado de corpo que ela punha em todas as coisas: dedos braços vista e boca. Chorava com isso e com o mesmo isso tratava de dona Carlotinha. Indistinta e bem varridinha. Vazia. Uma freirinha. O mundo não existia pra... qual freira! santinha de igreja perdida nos arredores de Évora. Falo da santinha representativa que está no altar, feita de massa pintada. A outra, a representada, você bem sabe: está lá no céu não intercedendo pela gente... Rosa si carecesse intercedia. Porém sem saber por quê. Intercedia com o mesmo pedaço de corpo dedos braços vista e boca sem mais nada. A pureza, a infantilidade, a pobreza-de-espírito se vidravam numa redoma que a separava da vida. Vizinhança? Só a casinha além, na mesma rua sem calçamento, barro escuro, verde de capim livre. A viela era engulida num rompante pelo chinfrim civilizado da rua dos bondes. Mas já na esquina a vendinha de seu Costa impedia Rosa de entrar na rua dos bondes. E seu Costa passava dos cinquenta, viúvo sem filhos, pitando num cachimbo fedido. Rosa parava ali. A venda movia toda a dinâmica alimentar da existência de dona Ana, de dona Carlotinha e dela. E isso nas horas apressadas da manhã, depois de ferver o leite que o leiteiro deixava muito cedo no portão.

Rosa saudava as vizinhas da outra casa. De longe em longe parava um minuto conversando com a Ricardina. Porém não tinha assunto, que que havia de fazer? partia depressa. Com essas despreocupações de viver e de gostar da vida, como é que podia reparar na própria mocidade! não podia. Só quem pôs reparo nisso foi o João. De primeiro ele enrolava os dois pães no papel acinzentado e atirava o embrulho na varanda. Batia pra saberem e ia-

-se embora tlindliirim dlimdlrim, na carrocinha dele. Só quando a chuva era de vento, esperava com o embrulho na mão.

— Bom-dia.
— Bom-dia.
— Que chuva.
— Um horror.
— Até amanhã.
— Até amanhã.

Porém duma feita, quando embrulhava os pães na carrocinha, percebeu Rosa que voltava da venda. Esperou muito naturalmente, não era nenhum malcriado não. O sol dava de chapa no corpo que vinha vindo. Foi então que João pôs reparo na mudança da Rosa, estava outra. Inteiramente mulher com pernas bem delineadas e dois seios agudos se contando na lisura da blusa, que nem rubi de anel dentro da luva. Isto é... João não viu nada disso, estou fantasiando a história. Depois do século dezenove os contadores parece que se sentem na obrigação de esmiuçar com sem-vergonhice essas coisas. Nem aquela cor de maçã camoesa amorenada limpa... Nem aqueles olhos de esplendor solar... João reparou apenas que tinha um mal-estar por dentro e concluiu que o malestar vinha da Rosa. Era a Rosa que estava dando aquilo nele não tem dúvida. Alastrou um riso perdido na cara. Foi-se embora tonto, sem nem falar bom-dia direito. Mas daí em diante não jogou mais os pães no passeio. Esperava que a Rosa viesse buscá-los das mãos dele.

— Bom-dia.
— Bom-dia. Por que não atirou?
— É... Pode sujar.

— Até amanhã.
— Até amanhã, Rosa!
Sentia o tal de malestar e ia-se embora.
João era quasi uma Rosa também. Só que tinha pai e mãe, isso ensina a gente. E talvez por causa dos vinte anos... De deveras chegara nessa idade sem contato de mulher, porém os sonhos o atiçavam, vivia mordido de impaciências curtas. Porém fazia pão, entregava pão e dormia cedo. Domingo jogava futebol no Lapa Atlético. Quando descobriu que não podia mais viver sem a Rosa, confessou tudo pro pai.
— Pois casa, filho. É rapariga boa, não é?
— É, meu pai.
— Pois então casa! A padaria é tua mesmo... não tenho mais filhos... E si a rapariga é boa...
Nessa tarde dona Ana e dona Carlotinha recebiam a visita envergonhada do João. Que custo falar aquilo! Afinal quando elas adivinharam que aquele mocetão, manco na fala porém sereno de gestos, lhes levava a Rosa, se comoveram muito. Se comoveram porque acharam o caso muito bonito, muito comovente. E num instante repararam também que a criadinha estava a mocetona já. Carecia se casar. Que maravilha, Rosa se casava! Havia de ter filhos! Elas seriam as madrinhas... Quasi se desvirginavam no gozo de serem mães dos filhos da Rosinha. Se sentiam até abraçadas, apertadas e, cruz credo! faziam cada pecadão na inconsciência...
— Rosa!
— Senhora?
— Venha cá!
— Já vou, sim senhora!

Ainda não sabiam si o João era bom mas parecia. E queriam gozar o encafifamento de Rosa e do moço, que maravilha! Apertados nos batentes da porta relumearam dezoito anos fresquinhos.

— Rosa, olhe aqui. O moço veio pedir você em casamento.

— Pedir o quê!...

— O moço diz que quer casar com você.

Rosa fizera da boca uma roda vermelha. Os dentes regulares muito brancos. Não se envergonhou. Não abaixou os olhos. Rosa principiou a chorar. Fugiu pra dentro soluçando. Dona Carlotinha foi encontrar ela sentada na tripeça junto do fogão. Chorava gritadinho, soluçava aguçando os ombros, desamparada.

— Rosa, que é isso! Então é assim que se faz!? Si você não quer, fale!

— Não! Dona Carlotinha, não! Como é que vai ser! Eu não quero largar da senhora!...

Dona Carlotinha ponderou, gozou, aconselhou... Rosa não sabia pra onde ir si casasse, Rosa só sabia tratar de dona Carlotinha... Rosa pôs-se a chorar alto. Careceu tapar a boca dela, salvo seja! pra que o moço não escutasse, coitado! Afinal dona Ana veio saber o que sucedia, morta de curiosidade.

João ficou sozinho na sala, não sabia o que tinha acontecido lá dentro, mas porém adivinhando que lhe parecia que a Rosa não gostava dele.

Agora sim, estava mesmo atordoado. Ficou com vergonha da sala, de estar sozinho, não sei, foi pegando no chapéu e saindo num passo de boi-de-carro. Arredondava os olhos espantado. Agora percebia que gostava mesmo da Rosa. A tábua dera uma dor nele, o pobre! Foi tarde de silêncio na casa dele. O pai praguejou, ofendeu a menina. Depois percebendo que aquilo fazia mal ao filho se calou.

No dia seguinte João atirou o pão no passeio e foi-se embora. Lhe dava de sopetão uma coisa esquisita por dentro, vinha lá de baixo do corpo apertando, quasi sufocava e a imagem da Rosa saía pelos olhos dele trelendo com a vida indiferente da rua e da entrega do pão. Graças a Deus que chegou em casa! Mas era muito sem letras nem cidade pra cultivar a tristeza. E Rosa não aparecia pra cultivar o desejo... No domingo ele foi um zagueiro estupendo. Por causa dele o Lapa Atlético venceu. Venceu porque derrepentemente ela aparecia no corpo dele e lhe dava aquela vontade, isto é, duas vontades: a... já sabida e outra, de esquecimento e continuar dominando a vida... Então ele via a bola, adivinhava pra que lado ela ia, se atirava, que lhe incomodava agora de levar pé na cara! quebrar a espinha! arrebentasse tudo! morresse! porém a bola não havia de entrar no gol. João naturalmente pensava que era por causa da bola.

Rosa quando viu que não deixava mesmo dona Ana e dona Carlotinha teve um alegrão. Cantou. Agora é que o besouro entra em cena... Rosa sentiu uma calma grande. E não pensou mais no João.

—Você se esqueceu do paliteiro outra vez!

— Dona Ana, me desculpe!

Continuou limpando a casa ora bem ora mal. Continuou ninando a boneca de louça. Continuou.

Essa noite muito quente, quis dormir com a janela aberta. Rolava satisfeita o corpo nu dentro da camisola, e depois dormiu. Um besouro entrou. Zzz, zzz, zzzuuuuuummmm, pá! Rosa dormida estremeceu à sensação daquelas pernas metálicas no colo. Abriu os olhos na escureza. O besouro passeava lentamente. Encontrou o orifício da camisola e avançava pelo vale ardente entre morros. Rosa imaginou a mordida horrível no peito, sentou-se num pulo, comprimindo o colo. Com o movimento, o besouro se despegara da epiderme lisa e tombara na barriga dela, zzz tzzz... tz. Rosa soltou um grito agudíssimo. Caiu na cama se estorcendo. O bicho continuava descendo, tzz... Afinal se emaranhou tzz-tzz, estava preso. Rosa estirava as pernas com endurecimentos de ataque. Rolava. Caiu.

Dona Ana e dona Carlotinha vieram encontrá-la assim, espasmódica, com a espuma escorrendo do canto da boca. Olhos esgazeados relampejando que nem brasa. Mas como saber o que era! Rosa não falava, se contorcendo. Porém dona Ana orientada pelo gesto que a pobre repetia, descobriu o bicho. Arrancou-o com aspereza, aspereza pra livrar depressa a moça. E foi uma dificuldade acalmá-la... Ia sossegando sossegando... de repente voltava tudo e era tal e qual ataque, atirava as cobertas rosnava, se contorcendo, olhos revirados, uhm... Terror sem fundamento, bem se vê. Nova trabalheira. Lavaram ela, dona Carlotinha se deu ao trabalho de acender fogo pra ter água morna que sossega mais, dizem. Trocaram a camisola, muita água com açúcar...

— Também por que você deixou janela aberta, Rosa...

Só umas duas horas depois tudo dormia na casa outra vez. Tudo não. Dois olhos fixando a treva, atentos a qualquer ressaibo perdido de luz e aos vultos silenciosos da escuridão. Rosa não dorme toda a noite. Afinal escuta os ruídos da casa acordando. Dona Ana vem saber. Rosa finge dormir, desarrazoadamente enraivecida. Tem um ódio daquela coroca! Tem nojo de dona Carlotinha... Ouve o estalo da lenha no fogo. Escuta o barulho do pão atirado contra a porta do passeio. Rosa esfrega os dedos fortemente pelo corpo. Se espreguiça. Afinal levantou.

Agora caminha mais pausado. Traz uma seriedade nunca vista ainda, na comissura dos lábios. Que negrores nas pálpebras! Pensa que vai trabalhar e trabalha. Limpa com dever a casa toda, botando dez dedos pra fazer a comida, botando dois braços pra varrer, botando os olhos na mesa pra não esquecer o paliteiro. Dona Carlotinha se resfriou. Pois Rosa lhe dá uma porção de amizade. Prepara chás pra ela. Senta na cabeceira da cama, velando muito, sem falar. As duas velhas olham pra ela ressabiadas. Não a reconhecem mais e têm medo da estranha. Com efeito Rosa mudou, é outra Rosa. É uma rosa aberta. Imperativa, enérgica. Se impõe. Dona Carlotinha tem medo de lhe perguntar se passou bem a noite. Dona Ana tem medo de lhe aconselhar que descanse mais. É sábado porém podia lavar a casa na segunda-feira... Rosa lava toda a casa como nunca lavou. Faz uma limpeza completa no próprio quarto. A boneca... Rosa lhe desgruda os últimos crespos da cabeça, gesto frio. Afunda um olho dela, portuguesmente, à Camões. Porém pensa que dona Carlotinha vai sentir. A gente nunca deve dar desgostos inúteis aos outros, a vida é já tão cheia deles!... pensa. Suspira. Esconde a boneca no fundo da canastra.

Quando foi dormir teve um pavor repentino: dormir só!... E si ficar solteira! O pensamento salta na cabeça dela assim, sem razão. Rosa tem um medo doloroso de ficar solteira. Um medo impaciente, sobretudo impaciente, de ficar solteira. Isso é medonho! É UMA VERGONHA! Se vê bem que nunca tinha sofrido, a coitada! Toda a noite não dormiu. Não sei a que horas a cama se tornou insuportavelmente solitária pra ela. Se ergue. Escancara a janela, entra com o peito na noite, desesperadamente temerária. Rosa espera o besouro. Não tem besouros essa noite. Ficou se cansando naquela posição, à espera. Não sabia o que estava esperando. Nós é que sabemos, não? Porém o besouro não vinha mesmo. Era uma noite quente... A vida latejava num ardor de estrelas pipocantes imóveis. Um silêncio!... O sono de todos os homens, dormindo indiferentes, sem se amolar com ela... O cheiro de campo requeimado endurecia o ar que parara de circular, não entrava no peito! Não tinha mesmo nada na noite vazia. Rosa espera mais um poucadinho. Desiludida, se deita depois. Adormece agitada. Sonha misturas impossíveis. Sonha que acabaram todos os besouros desse mundo e que um grupo de moças caçoa dela zumbindo: Solteira! às gargalhadas. Chora em sonho.

    No outro dia dona Ana pensa que carece passear a moça. Vão na missa. Rosa segue na frente e vai namorar todos os homens que encontra. Tem de prender um. Qualquer. Tem de prender um pra não ficar solteira. Na venda de seu Costa, Pedro Mulatão já veio beber a primeira pinga do dia. Rosa tira uma linha pra ele que mais parece de mulher-da-vida. Pedro Mulatão sente um desejo fácil daquele corpo, e segue atrás. Rosa sabe disso. Quem é aquele homem? Isso não sabe. Nem que soubesse do vagabundo e beberrão, é o primeiro homem que encontra, carece agarrá-lo sinão morre solteira. Agora não namorará mais ninguém. Se finge de inocente e virgem, riquezas que não tem mais... Porém é artista e representa. De vez em quando se vira pra olhar. Olhar dona Ana. Se ri pra ela nesse riso provocante que enche os corpos de vontade. Na saída da missa outro olhar mais canalha ainda. Pedro Mulatão para na venda. Bebe mais e trama coisas feias. Rosa imagina que falta açúcar, só pra ir na venda. É Pedro que traz o embrulho, conversando. Convida-a pra de-noite. Ela recusa porque assim não casará. Isso pra ele é indiferente: casar ou não casar... Irá pedir.

Desta vez as duas tias nem chamam Rosa, homem repugnante não? Como casá-la com aqueles trinta-e-cinco anos!... No mínimo, de trinta-e-cinco pra quarenta. E mulato, amarelo pálido já descorado... pela pinga, Nossa Senhora!... Desculpasse, porém a Rosa não queria casar. Então ela aparece e fala que quer casar com Pedro Mulatão. Elas não podem aconselhar nada diante dele, despedem Pedro. Vão tirar informações. Que volte na quinta-feira.

As informações são as que a gente imagina, péssimas. Vagabundo, chuva, mau-caráter, não serve não. Rosa chora. Há-de casar com Pedro Mulatão e si não deixarem, ela foge. Dona Ana e dona Carlotinha cedem com a morte na alma.

Quando o João soube que a Rosa ia casar, teve um desespero na barriga. Saiu tonto, pra espairecer. Achou companheiros e se meteu na caninha. Deixaram ele por aí, sentado na guia da calçada, manhãzinha, podre de bebedeira. O rondante fez ele se erguer.

— Moço, não pode dormir nesse lugar não! Vá pra sua casa!

Ele partiu, chorando alto, falando que não tinha a culpa. Depois deitou no capim duma travessa e dormiu. O sol o chamou. Dor-de-cabeça, gosto rúim na boca... E a vergonha. Nem sabe como entra em casa. O estrilo do pai é danado. Que insultos! seu filho disto, seu não-sei-que--mais, palavras feias que arrepiam... Ninguém imaginaria que homem tão bom pudesse falar aquelas coisas. Ora! todo homem sabe bocagens, é só ter uma dor desesperada que elas saem. Porque o pai de João sofre deveras. Tanto como a mãe que apenas chora. Chora muito. João tem repugnância de si mesmo. De-tarde quando volta do serviço, a Carmela chama ele na cerca. Fala que João não deve de beber mais assim, porque a mãe chorou muito. Carmela chora também. João percebe que si beber outra vez, se prejudicará demais. Jura que não cai noutra, Carmela e ele suspiram se olhando. Ficam ali.

Ia me esquecendo da Rosa... Conto o resto do que sucedeu pro João um outro dia. Prepararam enxoval apressado pra ela, menos de mês. Ainda na véspera do casamento, dona Carlotinha insistiu com ela pra que mandasse o noivo embora. Pedro Mulatão era um infame, até gatuno, Deus me perdoe! Rosa não escutou nada. Bateu o pé. Quis casar e casou. Meia que sentia que estava errada porém não queria pensar e não pensava. As duas solteironas choraram muito quando ela partiu casada e vitoriosa, sem uma lágrima. Dura.

Rosa foi muito infeliz.

## 1923[1]

---

[1] O ano de 1923 refere-se à primeira redação de "O besouro e a Rosa". Sua primeira publicação, no entanto, foi na revista *América Brasileira*, em fevereiro de 1924 e, em 1926, saiu na 1ª edição de *Primeiro andar*. Em 1943, ao preparar a 2ª edição de *Os contos de Belazarte*, dada a público no ano seguinte, Mário de Andrade revê o texto e o inclui no conjunto de histórias narradas pelo personagem Belazarte. (N.E.)

# JABURU MALANDRO

*Belazarte me contou:*
Pois é... tem vidas assim, tão bem preparadinhas, sem surpresa... São ver gaveta arranjada, com que facilidade você tira a cueca até no escuro, mesmo que ela esteja no fundo! Mas vem um estabanado, revira tudo, que-dê cueca? — Maria, você não viu a minha cueca listrada de azul? — Está aí mesmo, seu dotoire! — Não está! Já procurei, não está... E é um custo a gente encontrar a cueca. Você se lembra do João? Ara, se lembra! o padeiro que gostava da Rosa, aquela uma que casou com o mulato... Pois quando contei o caso, falei que o João não era homem educado pra estar cultivando males de amor... Sofreu uns pares de dias, até bebeu, se lembra? e encontrou a Carmela que principiou a consolá-lo. Não durou muito se consolou. Os dois passavam uma porção de vinte minutos ali na cerca, falando nessas coisas corriqueiras que alimentam amor de gente pobre.

Ora a Carmela... será que ela gostava mesmo do João? Difícil de saber. Era moça bonita, isso era, desses tipos de italiana que envelhecem muito cedo, isto é, envelhecem não, engordam, ficam chatas, enjoativas. Porém nos dezenove, que gostosura! Forte, um pouco baixa, beiços tão repartidinhos no centro, um trevo encarnado! Cabelo mais preto nem de brasileira! Porém o sublime era a pele, com todos os cambiantes do rosado, desde o róseo-azul do queixo com as veinhas de cá pra lá sapecas, até o rubro esplendor ao lado dos olhos, querendo extravasar pela fronte nos dias de verão brabo. Filha de italiano já se sabe...

Mas Carmela não tinha a ciência das outras moças italianas daqui. Pudera, as outras saíam todo santo dia, frequentavam as oficinas de costura, as mais humildes estavam nos curtumes, na fiação, que acontecia? Se acostumavam com a vida. Não tinha homem que não lhes falasse uma graça ou no mínimo olhasse pra elas daquele jeito que ensina as coisas. Ficavam sabendo logo de tudo e até segredavam imoralidades umas pras outras, nos olhos. Ficavam finas, de tanta grosseria que escutavam. A grosseria vinha, pam! batia nelas. Geralmente caía no chão. Poucas, em comparação ao número delas, muito poucas se abaixavam pra erguer a grosseria. Essas se perdiam, as pobres! Si não casavam na Polícia, o que era uma felicidade rara, davam nas pensões.

Nas outras a grosseria relava apenas, escorregando pro chão. Mas o choque desbastava um pouco essa crosta inútil de inocência que reveste a gente no começo. Ficavam sabendo, se acostumavam facilmente com o manejo da vida e escolhiam depois o rapaz que mais lhes convinha, seleção natural. Casavam e o destino se cumpria. De chiques e aladas, viravam mães anuais; filho na barriga, filho no peitume, filho agarrado na perna. Domingo iam passear na cidade, espandongadas, cabelo caindo na cara. Não tinha importância, não. Os trabalhadores o que queriam era mãe pros oito a doze filhos do destino.

Carmela não. Vizinhava com a padaria em casa própria. O pai afinal tinha seus cobres de tanta ferradura ordinária que passara adiante, e tanta roda e varal consertados. E, fora as duas menores que nem na escola inda iam, o resto eram filhos, meia-dúzia, gente bem macha trabalhando numa conta. Dois casados já. Só um ninguém sabia dele, talvez andasse pelas fazendas... Sei que fora visto uma vez em Botucatu. Era o defeito físico da família. Si o nome dele caía na conversa, a gente só escutava os palavrões que o pai dizia, porca la miséria. Restava a metade de meia--dúzia, menores que Carmela, treze, quatorze e dezesseis anos, que seguiam o caminho bom dos mais velhos.

Assim florescentes, todos imaginaram de comum acordo que Carmela não carecia de trabalhar. Deram um estadão pra ela, bonita! O pai olhava a filha e sentia uma ternura diferente. Pra esvaziar a ternura, comprava uma renda, sapatos de pelica alvinha, fitas, coisas assim.

Padeiro portuga e ferreiro italiano, de tanta vizinhança, ficaram amigos. Quando o Serafino Quaglia viu que a filha pendia pro João, gostou bem. Afinal, padaria instalada e afreguesada não é coisa que a gente despreze numa época destas... Porém a história é que Carmela, sequestrada assim da vida, apesar de ter na família uma ascendência que a fazia dona em casa, possuía coração que não sabia de nada. O João era simpático, era. Forte, com os longos braços dependurados, e o bigode principiando, não vê que galego larga bigode!... Carmela gostou do João. Quando pediu pra ele que não bebesse mais, João se comoveu. Principiou sentindo Carmela. As entrevistas na cerca tornaram-se diárias. Precisão não havia, ninguém se opunha, e um entrava na casa do outro sem cerimônia, mas é sempre assim porém... Não carece a gente ser de muitos livros, nem da alta, pra inventar a poesia das coisas, amor sempre despertou inspiração... Ora você há-de convir que aqueles encontros na cerca tinham seu encanto. Pra eles e pros outros. Ali estavam mais sós, não tinham irmãos em roda. Pois então podiam passar muitos minutos sem falar nada, que é a milhor maneira de fazer vibrar o sentimento. Os que passavam viam aquele par tão bonito, brincando com a trepadeira, tirando lasca do pau seco... Isso reconciliava a gente com a malvadeza do mundo.

— Sabe!... a Carmela anda namorando com o João!

— Sai daí, você...Vem contar isso pra mim!... Pois se até fui eu que descobri primeiro!

Pam!... Pam!... Pam!... Pam!... Pampampam!... toda a gente correu na esquina pra ver. O carro vinha a passo.

GRANDE CIRCO BAHIA
dos irmão Garcias!
Hoje! Serata de estrea! Cachorros e maccacos sabios!
Irmãos Fô-Hi equilibristas! Grandes numeros de
actração mundial!
Apresentação de toda a Compania!
Todos os dias novas estreias!

O homem Cobra. Malunga, o elephante sabio!
Terminará a função a grande pantommima

OS SALTHEADORES DA CALABRIA
Tres palhaços e o tony Come Mosca
Evohé! Todos ao Grande Circo Bahia! Hoje!
(Esquina da rua Guaicurús)
Só 2$000 — Cadeiras a Quatro
Imposto a cargo do respeitável Publico!

Eviva!

O circo Bahia vinha tirar um pouco o bairro da rotina do cinema. Pam! Pam!... Pam!... Lá seguia o carro de anúncio entre desejos. Carmela foi contar pro João que ela ia com os três fratelos. João vai também. O circo estava cheio. Pipoca! Amendoim torrado!... Batat'assat'ô furrn!... Vozinha amarela: Nugá! nugá! nugá!... Dentadura na escureza: Baleiro!... Balas de coco, chocolate, canela!... E a banda sarapintando de saxofone a noite calma. Estrelas. Foram pras cadeiras, Carmela alumeando de boniteza. O circo não vinha pobre nem nada!

— Todos os números são bons, hein! Eu volto! Você?

Come-Mosca quis espiar a caixa tão grande toda de lantejoulas, verde e amarela, que os araras traziam pro centro do picadeiro, prendeu o pé debaixo dela. Foi uma gargalhada com o berro que ele deu.

—Volto também.

Música. O reposteiro escarlate se abriu. O artista veio correndo lá de dentro, com um malhô todo de lantejoulas, listrado de verde e amarelo. Era o Homem Cobra. Fez o gesto em curva, braços no ar, deformação do antigo beijo pro público... é pena... tradição que já vai se perdendo... Tipo esquisito o Homem Cobra... esguio! esguio. Assim de malhô, então, era ver uma lâmina. Tudo lantejoula menos a cabeça, até as mãos! Feio não era não. Esse gênero de brasileiro quasi branco já, bem pálido. Cabelo liso, grosso, rutilando azul. O nariz não é chato mais, mesmo delicado de tão pequeninho. Aliás a gente só via os olhos, puxa! negros, enormes! aumentados pelas olheiras. Tomavam a cara toda. Carmela sentiu uma admiração. E um mal-estar. Pressentimento não era, nem curiosidade... malestar.

O número causou sensação. Já pra trepar na caixa só vendo o que o Homem Cobra fez! caiu no tapete, uma perna foi se arrastando caixa arriba, a outra, depois o corpo, direitinho que nem cobra! até que ficou em cima. Parecia que nem tinha osso, de tão deslocado. Fez coisas incríveis! dava nós com as pernas, ficava um embrulhinho em cima da caixa... Palmas de toda a parte. Depois a música parou, era agora! Ergueu o corpo numa curva, barriga pro ar, pés e mãos nos cantos da caixa. Vieram os irmãos Garcias, de casaca, e o dr. Cerquinho tão conhecido, médico do bairro. — Olha o doutor Cerquinho! — O doutor Cerquinho!... Homem tão bom, consultas a três mil-réis... Quando não podia pagar, não fazia mal, ficava pra outra vez. Os irmãos Garcias puxavam a cabeça do Homem Cobra, houve um estalo no bombo da música e a cabeça pendeu deslocada, balanceando. Trrrrrrrrr... tambor. A cabeça principiou girando. Trrr... Meu Deus! girava rapidíssimo! Trrrrr... "Chega! Chega!" toda a gente gritavam. Trrrrr... Foi parando. Os irmãos Garcias endireitaram a cabeça dele e o dr. Cerquinho ajudou. Quando acabaram, o moço levantou meio tonto, se rindo. Foi uma ovação. Não sei quantas vezes ele veio lá de dentro agradecer. Os olhos vinham vindo, vinham vindo, aquele gesto de beijo deformado, partiu. As palmas recomeçavam. Carmela pequititinha, agarrada no João, que calor delicioso pra ele! Virou-se, deu um beijo de olhos nela, francamente, sem-vergonha nenhuma, apesar de tanto pessoal em roda.

— Coitado não?
— Batuta!

No dia seguinte deu-se isto: estavam almoçando quando a porta se abriu, Pietro! Era um ingrato, era tudo o que você quiser, mas era filho. Foi uma festa. Tanto tempo, como é que viera sem avisar! como estava grande! Pois fazem seis anos já!

— Meu pai desculpa...

O velho resmungou, porém o filho estava bem-vestido, não era vagabundo, não pense, estudara. Sabia música e viera dirigindo a banda do circo, foi um frio. O velho desembuchou logo o que pensava de gente de circo. Então Pietro meio que zangou-se, estavam muito enganados! olhem: a moça que anda na bola é mulher do equilibrista, a amazona se casara com o Garcia mais velho, Dolores, uma uruguaia. Gente honesta, até os dois japoneses. Todos espantados.

— Meu pai, o senhor vai comigo lá no circo pra ver como todos são direitos. Eu mesmo, si não casei até agora é porque nesta vida, hoje aqui, amanhã não se sabe onde, inda não encontrei moça de minha simpatia. E você, Carmela?

Ela sorriu, baixando o rosto, orgulhosa de já ter encontrado.

— Temos coisa, não? Por que não foram no circo ontem? É!... Pois não vi não! Também estava uma enchente!... Trouxe entrada pra vocês hoje.

Conversa vai, conversa vem, caiu sobre o Homem Cobra. Afinal não é que o número fosse mais importante que os outros não, até os irmãos de Carmela tinham preferido outras artistas, principalmente o de dezesseis, falando sempre que a dançarina, filha-da-mãe! botava o pé mais alto que a cabeça. Os outros tinham gostado mais da pantomima. Porém da pantomima, Carmela só enxergara, só seguira os gestos heroicos, maquinais, do chefe dos salteadores, aquele moreno pálido, esguio, flexível, e os grandes olhos. Quando morreu com o tiro do polícia bersagliere, retorcendo no chão que até parecia de deveras, Carmela teve "uma" dó. Sem saber, estava torcendo pra que os salteadores escapassem.

— O Almeidinha... Está aí! um rapaz excelente! é do norte. Toda a gente gosta dele. Faz todas aquelas maravilhas, você viu como ele representa, pois não tem orgulho nenhum não, pau pra toda obra. Serve de arara sem se incomodar... Até foi convidado pra fazer parte duma companhia dramática, uma feita, em Vitória do Espírito Santo, mas não aceitou. É muito meu amigo...

Carmela fitou o irmão, agradecida.

Afinal, pra encurtar as coisas, você logo imagina que o pai de Pietro foi se acostumando fácil com o ofício do filho. Aquilo dava uma grande ascendência pra ele, sobre a vizinhança... Quando no intervalo, o Pietro veio trazer o Garcia mais velho pra junto da família, venceu o pai. Todo mundo estava olhando pra eles com desejo. Conhecer o dono dum circo tão bom!... já era alguma coisa. O João, esse teve só prazer. Fora companheiro de infância do Pietro, este mais velho. Já combinaram um encontro pro dia seguinte de-tarde. Pietro mostrará tudo lá dentro, João queria ver. E que Pietro apareça também lá na padaria... Os pais ficariam contentes de ver ele já homem, ah, meu caro, tempo corre!...

No dia seguinte de-tardinha, João já estava meio tonto com as apresentações. Afinal, no picadeiro vazio, foram dar com o Almeidinha assobiando. Endireitava o nó duma corda.

— Boas-tardes. Desculpe, estou com a mão suja.

Sorria. Tinha esse rosto inda mal desenhado das crianças, faltava perfil. Quando se ria, eram notas claras sem preocupação. Distraído, Nossa Senhora! "Meidinha, você me arranja esta meia, a malha fugiu..." Almeidinha puxava a malha da meia, assobiando. "Meidinha, dá comida pro Malunga, faz favor, tenho de ir buscar os bilhetes." Lá ia o Almeidinha assobiando, dar comida pro Malunga. Então carregar a filhinha da Dolores, dez meses, não havia como ele, a criança adormecia logo com o assobio doce, doce. E conversava tão delicado! João teve um entusiasmo pelo Almeida. E quando, na noite seguinte, o Homem Cobra recebendo aplausos, fez pra ele aquele gesto especial de intimidade, João sentiu-se mais feliz que o rei Dom Carlos. Safado rei dão Carlos...

Carmela tanto falava, Pietro tanto insistiu, que o velho Quaglia recebeu o Almeida em casa mas muito bem. Em dez minutos de conversa, o moço já era estimado por todos. Carmela não pôde ir na cerca, já se vê, tinha visita em casa. João que entrasse, pois não conhecia o Almeida também!

E, vamos falando logo a verdade, o Homem Cobra, assim com aquele jeito indiferente, agarrou tendo uma atenção especial pra Carmela. Ninguém percebia porque, afinal, a Carmela estava quasi noiva do João.

Nunca mulher nenhuma tivera uma atenção especial pro Meidinha, Carmela era a primeira. Ele percebeu. Só ele, porque os outros sabiam que ela estava quasi noiva do João. E tem coisas que só mesmo entre dois se percebem. Carmela dum momento pra outro, você já sabe o que é a gente se tornar criminoso, ficara hábil. Mesma habilidade no Meidinha, que fazia tudo o que ela fazia primeiro. Até o caso da flor passou despercebido, também quem é que

percebe uma sempreviva destamanho! O certo é que de-
-noite o Homem Cobra trabalhou com ela entre as lantejoulas. Só olho com vontade de ver é que enxerga uma
pobre florzinha no meio de tanto brilho artificial.

Era uma hora da madrugada, noite inteiramente
adormecida no bairro da Lapa, quando o esguio passou
assobiando pela rua. Carmela, não sei que loucura deu
nela, acender luz não quis, podiam ver, saltou da cama,
e, com o casaquinho de veludo nas costas, entreabriu
a janela. Abriu-a. Esperou. O esguio voltava, mãos nos
bolsos, assobiando. Vendo Carmela emudeceu. Essas casas de gente meio pobre são tão baixas... Tocou no chapéu passando.

— Psiu...

Se chegou.

— Boa-noite.

— Safa! A senhora ainda não foi dormir!

— Estava. Mas escutei o senhor, e vim.

— Noite muito bonita...

— É.

— Bom, boas-noites.

— Já vai... Fique um pouco...

Ele botara as costas na parede, mãos sempre nos bolsos.
Olhava a rua, com vontade de ir-se embora decerto. Carmela é que trabalhou:

—Vi a flor no seu peito.

—Viu?

— Fiquei muito agradecida.

— Ora.

— Por que o senhor botou a flor, hein?... Podiam perceber!

Almeida se virou, muito admirado:

— O que tinha que vissem!

— É! tinha muita coisa, sabe!

Ele tirara as mãos dos bolsos. Se encostara de novo na janela, e olhava pro chão, brincando o pé numas folhinhas, a mão descansava ali do peitoril. Carmela já conhecia a doçura das mãos dadas com o João, de manso guardou a do moço entre as ardentes dela. Meidinha encarou-a inteiramente, se riu. Virou-se duma vez e retribuiu o carinho pondo a mão livre sobre as de Carmela.

— As mãos da senhora estão queimando, safa!

E não pararam mais de se olhar e se sorrir. Porém os artistas, mesmo ignorantes de vida, sabem tantas coisas por profissão... não durou muito, Carmela e o Meidinha trocaram o beijo n° 1. Então ele partiu.

Estaria zangada?... Aquela frieza decidiu o João: pedia a moça nessa noite mesmo. Mas, e foi bom sinão a história ficava mais feia, não sei o que deu nele de ir falar com ela primeiro. Cerca? era lugar aonde Carmela não chegava desde a quarta-feira. João mandou Sandro chamá-la. Que estava muito ocupada, não podia vir. O que seria!... pois si não tinha feito nada!... resolveu entrar, não era homem pra complicações. Porém a moça nem respondeu aos olhares dele. Pietro é que se divertiu com a rusga, até fez uma caçoadinha. João teve um deslumbramento, gostou. Mas Carmela ficou toda azaranzada. Desenhou um muxoxo de desdém e foi pra dentro. Não sabia bem por quê, porém de repente principiou a chorar. Veio a mãe ralhando com Pietro, onça da vida. É verdade que dona Lina não sabia o que se passara, viu a filha chorando e deu razão à filha. João, quando soube que a namorada estava chorando, teve um pressentimento horrível, pressentimento de que, meu Deus!... pressentimento sem mais nada. Entrou em casa tonto, chegou-se pra janela sem pensamento, e ficou olhando a rua. Cada bonde, carroça que passava, eram vulcões de poeira. Ar se manchando, que nem cara cheia de panos. O jasmineiro da frente, e mesmo do outro lado da rua, por cima do muro, os primeiros galhos das árvores tudo avermelhado. Não vê que Prefeitura se lembra de vir calçar estas ruas! é só asfalto pras ruas vizinhas dos Campos Elíseos... Gente pobre que engula poeira dia inteirinho!

Si jantou, João nem percebeu. Depois caiu uma noite insuportável sem ar. João na janela. Os pais, vendo ele assim, se puseram a amá-lo. Doente não estava, pois então devia de ser algum desgosto... Carmela. Não podia ser outra coisa. Mas o que teria sucedido! E afinal, gente pobre tem também suas delicadezas, perguntaram de lado, o filho respondeu "não". Consolar não sabiam. Nem tinham de quê, ele embirrava negando. Então puseram-se a amar.

É assim que o amor se vinga do desinteresse em que a gente deixa ele. A vida corre tão sossegada, ninguém não bota reparo no amor. Ahn... é assim, é!... esperem que hão-de ver!... o amor resmunga. E fica desimportante no lugarzinho que lhe deram. De repente a pessoa amada, filho, mulher, qualquer um, sofre, e é então, quando mais a gente carece de força pra combater o mal, é então que o amor reaparece, incomodativo, tapando caminho, atrapalhando tudo, ajuntando mais dores a esta vida já de si tão difícil de ser vivida.

Assim foi com os pais do João. O filho sofria, isso notava-se bem... Pois careciam de calma, da energia acumulada em anos e anos de trabalheira que endurece a gente... Em vez: viram que uma outra coisa também se fora ajuntando, crescendo sem que eles reparassem, e era enorme agora, guaçu, macota, gigantesca! amavam o João! adoravam o João! Como era engraçado, todo fechadinho, olho fechado, mãozinha fechada, logo depois de nascido!... os choros, noites sem dormir, o primeiro riso enfim, balbucios, primeiro dente, a roupinha de cetineta cor-de-rosa, a Rosa que não quisera casar com ele, e escola, as doenças, as sovas, a primeira comunhão, o trabalho, a bondade, a força, o futebol, os olhos, aqueles braços dependurados, meu Deus! todos os dias: o João!... Si tivessem vivido esse amor dia por dia, se compreende: agora só tinham que amar aquele sofrimento do instante, isso inda cristão aguenta. Mas os dias tinham passado sem que dessem tento do amor, e agora, por uma causa que não sabiam, por causa daqueles cotovelos afincados na janela, daquele queixo dobrando o pulso largo, olhar abrindo pra noite sem resposta, vinha todo aquele amor grande de dias mil multiplicados por mil. Amaram com desespero, desesperados de amor.

Quando João viu os vizinhos partindo pro circo, nem discutiu a verdade do peito: vou também. Pegou no chapéu. Pra mãe ele se riu como si fosse possível enganar mãe.

—Vou pro circo... Divertir um bocado.

Depois do que se passara, ir junto dela também era sem-vergonhice, procurou companheiros na arquibancada.

— Ué! você não vai junto da Carmela?

— Não me amole mais com essa carcamana!
— Brigaram!
— Não me amole, já disse!
Mas ver circo, quem é que podia ver circo num atarantamento daqueles! O Homem Cobra com a sempreviva no peito. Gestos, olhares inconvenientes não fez nenhum que se apontasse, João porém descobriu tudo. A gente não pode culpar o Meidinha, não sabia que o outro gostava de Carmela. Um moço pode estar sentado junto dua moça sem ser pra namorar...
Nessa noite o assobio chamou duas pessoas na janela. Bater, arrebentar com aquele chicapiau desengonçado! confesso que o João espiando, matutou nisso. Depois imaginou milhor, Carmela era dona do seu nariz e se tinha que fazer das suas, antes agora! aprendia a ver adonde ia caindo, livra! são todas umas galinhas. E bastava. Foi pra cama aparentemente sossegado. Porém que-dê sono! vinha de sopetão aquela vontade de ver, tinha que espiar mesmo. Não podia enxergar bem, parece que se beijavam... ôh, que angústia na barriga!...
Afinal foi preciso partir, e o Meidinha andou naquele passo coreográfico dos flexíveis. Ali mesmo na esquina distraiu-se, o assobio contorcido enfiou no ouvido da noite um maxixe acariocado. Carmela... você imagine que noites!
Convenhamos que o costume é lei grande. João mal entredormiu ali pelas três horas, pois às quatro e trinta já estava de pé. Pesava a cabeça, não tem dúvida, mas tinha que trabalhar e trabalhou. Botou o cavalo na carrocinha perfumada com pão novo e tlim... tlrintintim... lá foi numa festança de campainha, tirando um por um os prisioneiros das camas. São cinco horas, padeiro passou.

— É! circo, circo toda noite!... Pois agora não vai mais! Também agora pouco se amolava que a mãe proibisse espetáculo. Gozar mesmo, só gozou na primeira noite. Depois, um poder de inquietações, de vontades, remorsos, remorsos não, duvidinhas... tomavam todo o tempo do espetáculo e ela não podia mais se divertir. Dona Lina tinha razão. Quando Carmela apareceu, o irregular do corado, manchas soltas, falavam que isso não é vida que se dê pra uma rapariga de dezenove anos. Pelos olhos ninguém podia pensar isso porque brilhavam mais ainda. Estavam caindo pros lados das faces num requebro doce, descansado, de pessoa feliz. Não digo mais linda, porém, assim, a boniteza de Carmela se... se humanizara. Isso: perdera aquele convencional de pintura, pra adquirir certa violência de malvadez. Não sei si por causa de olhar Carmela, ou por causa da pantomima, a gente se punha matutando sobre os salteadores da Calábria. Não havia razão pra isso, os pais dela eram gente dos arredores de Gênova...

João, outro dia hei-de contar o que sentiu e o que sucedeu pra ele, agora só me lembro dele ainda porque foi o primeiro a ver chegar o Almeida de-tardinha. Veio, já se sabe, mãos nos bolsos, assobio no meio da boca, bamboleando saltadinho no passo miúdo de cabra. Tinha pés de borracha na certa, João tremeu de ódio. Pegou no chapéu, foi até muito longe caminhando. O mal não é a gente amar... O mal é a gente vestir a pessoa amada com um despropósito de atributos divinos, que chegam a triplicar às vezes o volume do amor, o que se dá? Uma pessoa natural é fácil da gente substituir por outra natural também, questão de sair uma e entrar outra... Porém a que sai do nosso peito é amor que sofre de gigantismo idealista, e não se acha outra de tanta gordura pra botar logo no lugar. Por isso fica um vazio doendo, doendo... Então a gente anda cada estirão a pé... Aquilo dura bastante tempo, até que o vazio, graças aos ventinhos da boca-da-noite, se encha de pó. Se encha de pó.

Estamos no fim. São engraçadas essas mães... Proíbem circo, obrigam as meninas a ir cedo pra cama, pensam que deitar é dormir. Aliás, esta é mesmo a das fraquezas mais constantes dos homens... Geralmente nós não visamos o mal, visamos o remédio. Daí trinta por cento de desgraças que podiam ser evitadas, trinta por cento é muito, vinte. Carmela entra na conta. Também como é que dona Lina podia imaginar que quem está numa cama não dorme? não podia. Mas nem bem o assobio vinha vindo pra lá da esquina, já Carmela estava de pé. Beijo principiou. Até quando ela retirava um pouco a cara pro respiro de encher, ele espichava o pescoço, vinha salpicar beijos de guanumbi nos lábios dela. Sempre olhando muito, percorrendo, parecia por curiosidade, a cara dela. Mas os beijos grandes, os beijos engulidos, era a diabinha que dava. Ele se deixava enlambuzar. Mestra e discípulo, não? Aquela inocentinha que não trabalhava nas fábricas, quem que havia de dizer!... Eis a inocência no que dá: não vê que moça aprendida trocava o João pelo Homem Cobra... Si este penetrasse no quarto, creio que nenhum gesto de recusa encontraria no caminho, Carmela estava louca. Só a loucura explica uma loucura dessas. Mas até os desejos se cansam porém, a horas tantas ela sentiu-se exausta de amor. Puseram-se a conversar. Meidinha, mãos nos bolsos, encostara as costas na parede e olhava o chão. Carmela o incomodava com a cobra aderente do abraço, rosto contra rosto. E perdidas, umas frases de intimidade. Ela gemendo:

— Eu gosto tanto de você!

— Eu também.

Engraçado a ambiguidade das respostas elípticas! Gostava de quem? da namorada ou dele mesmo?...

— Você trabalhou hoje?

— Trabalhei. Vamos dar uma pantomima nova. Eu faço o violeiro do Cubatão, venha ver.

— Querido!

Beijo.

— É verdade! não se vê mais o João... É parente de você, é?

— Parente? Deus te livre! deu um muxoxo. Não sei onde anda. Não gosto dele!

Silêncio. Carmela sentiu um instinto vago de arranjar as coisas. Afinal, o caso dela se tornara uma dessas gavetas reviradas, aonde a gente não encontra a cueca mais. Continuou:

— Ele queria casar comigo, mas porém não gosto dele, é bobo. Só com você que hei-de casar!

Meidinha estava olhando o chão. Ficou olhando. Depois se virou manso e encarou a bonita. Os olhos dele, grandes, inda mais grandes, enguliram os da moça, contemplava. Contemplava embevecido. Carmela pousou nesses beiços entreabertos o incêndio úmido dos dela. Meidinha agora deixava os olhos caírem duma banda. Abraçados assim de frente, Carmela descansou o queixo no ombro do moço, e respirava sossegada o aroma de vida que vinha subindo da nuca dele. Ele sempre de olhos grandes, mais grandes ainda, caídos dum lado, perdidos na escureza do quarto indiferente.

— A gente há-de ser muito feliz, não me incomodo que você trabalhe no circo... Irei aonde você for. Si papai não quiser, eu fujo. Uhm...

Até conseguiu beijar o pescoço dele atrás. O Meidinha... os lábios dele mexiam, mas não falavam porém. Uma impressão de surpresa vibrou-lhe os músculos da cara de repente. Foi-se esvaindo, não, foi descendo pros beiços que ficaram caídos, com dor. Duramente uma energia lhe ajuntou quasi as sobrancelhas. Acalmou. Veio o sorriso. Tirou Carmela do ombro. Na realidade era o primeiro gesto de posse que fazia, segurou a cabeça dela. Contemplou-a. Riu pra ela.

— Vou embora. É muito tarde...

Enlaçou-a. Beijou-lhe a boca ardentemente e tornou a beijar. Carmela sentiu uma felicidade, que si ela fosse dessas lidas nos livros, dava recordação pra vida inteira. Ficou imóvel, vendo ele se afastar. Assobio não se escutou.

No dia seguinte, que-dele o Homem Cobra?

— Vocês não viram o Meidinha, gente!

— Pois não dormiu em casa!

— Não dormiu não!

— Decerto alguma farra...

— Que o que!...

Que-dele o Almeida? Só de-tarde, alguns grupos sabiam na Lapa que o Homem Cobra embarcara não sei pra onde, o Abraão é que contava. Tinham ido juntos, no primeiro bonde "Anastácio" da madrugada. Vendo o outro de mala, indagou:

— Vai viajar!

— Vou.

— Deixa o circo!

— Deixo.

— Pra sempre é!

O Homem Cobra olhara pra ele, parecendo zangado.

— Não tenho que lhe dar satisfações.

Virou a cara pro bairro trepando das Perdizes.

De repente, vocês não imaginam, principiou a assobiar, alegre! um assobio de apito, nunca vi assobiar tão bem! Trabalho na Avenida Tiradentes... fui seguindo ele. Entrou na estação da Sorocabana.

— Era o milhor número do circo...

A essa hora já tivera tempo quente na casa dos Quaglias, Pietro levara a notícia. Carmela abriu uma boca que não tinha; ataque, gente do povo não sabe ter, caiu numa choradeira de desespero, só vendo! descobriram tudo. Não que ela contasse, porém era muito fácil de adivinhar. Soluçava gritando, querendo sair pra rua, chamando pelo Meidinha. Tiveram certeza duma calúnia exagerada, pavorosa, que só o tempo desmentiu. O velho Quaglia perdeu a cabeça duma vez, desancou a filha que não foi vida. Carmela falava berrado que não era o que imaginavam... mas só mesmo quando não teve mais força misturada com a dor, é que o velho parou. Parou pra ficar chorando que nem bezerro. Pietro andava fechando porta, fechando quanta janela encontrava, pra ninguém de fora ouvir, mas boato corre ninguém sabe como, as paredes têm ouvidos... E língua muito leviana, isso é que é. Os rapazes principiaram olhando pra Carmela dum jeito especial, e ficavam se rindo uns pros outros. Até propostas lhe fizeram. E ninguém mais não quis casar com ela. E só se vendo como ela procurava!... Uma verdadeira... nem sei o quê!

Até que ficou... não-sei-o-quê de verdade. E sabe inda por cima o que andaram espalhando? Que quem principiou foi o irmão dela mesmo, o tal da dançarina... Porém coisa que não vi, não juro. E falo sempre que não sei. Só sei que Carmela foi muito infeliz.

**1924**[1]

---

[1] Escrito em 1924, "Jaburu malandro" foi publicado nas duas edições de *Os contos de Belazarte*, a de 1934 e a de 1944. (N.E.)

## FREDERICO PACIÊNCIA

Frederico Paciência... Foi no ginásio... Éramos de idade parecida, ele pouco mais velho que eu, quatorze anos. Frederico Paciência era aquela solaridade escandalosa. Trazia nos olhos grandes bem pretos, na boca larga, na musculatura quadrada da peitaria, em principal nas mãos enormes, uma franqueza, uma saúde, uma ausência rija de segundas intenções. E aquela cabelaça pesada, quase azul, numa desordem crespa. Filho de português e de carioca. Não era beleza, era vitória. Ficava impossível a gente não querer bem ele, não concordar com o que ele falava.

Senti logo uma simpatia deslumbrada por Frederico Paciência, me aproximei franco dele, imaginando que era apenas por simpatia. Mas se ligo a insistência com que ficava junto dele a outros atos espontâneos que sempre tive até chegar na força do homem, acho que se tratava dessa espécie de saudade do bem, de aspiração ao nobre, ao correto, que sempre fez com que eu me adornasse de bom pelas pessoas com quem vivo. Admirava lealmente a perfeição moral e física de Frederico Paciência e com muita sinceridade o invejei. Ora em mim sucede que a inveja não consegue nunca se resolver em ódio, nem mesmo em animosidade: produz mas uma competência divertida, esportiva, que me leva à imitação. Tive ânsias de imitar Frederico Paciência. Quis ser ele, ser dele, me confundir naquele esplendor, e ficamos amigos.

Eu era o tipo do fraco. Feio, minha coragem não tinha a menor espontaneidade, tendência altiva para os vícios, preguiça. Inteligência incessante mas principalmente difícil. Além do mais, naquele tempo eu não tinha nenhum êxito pra estímulo. Em família era silenciosamente considerado um caso perdido, só porque meus manos eram muito bonzinhos e eu estourado, e enquanto eles tiravam distinções no colégio, eu tomava bombas.

Uma ficou famosa, porque eu protestei gritado em casa, e meu Pai resolveu tirar a coisa a limpo, me levando com ele ao colégio. Chamado pelo diretor, lá veio o marista, irmão Bicudo o chamávamos, trazendo na mão um burro de Virgílio em francês, igualzinho ao que me servira na cola. Meio que turtuviei mas foi um nada. Disse arrogante:

— Como que o sr. prova que eu colei!

Irmão Bicudo nem me olhou. Abriu o burro quase na cara de Papai, tremia de raiva:

— Seu menino traduz latim muito bem!... mas não sabe traduzir francês!

Papai ficou pálido, coitado. Arrancou:

— Seu padre me desculpe.

Não falou mais nada. Durante a volta era aquele mutismo, não trocou sequer um olhar comigo. Foi esplêndido mas quando o condutor veio cobrar as passagens no bonde, meu Pai tirou com toda a naturalidade os níqueis do bolsinho mas de repente ficou olhando muito o dinheiro, parado, olhando os níqueis, perdido em reflexões inescrutáveis. Parecia decidir da minha vida, ouvi, cheguei a ouvir ele dizendo "Não pago a passagem desse menino". Mas afinal pagou.

Frederico Paciência foi minha salvação. A sua amizade era se entregar, amizade era pra tudo. Não conhecia reservas nem ressalvas, não sabia se acomodar humanamente com os conceitos. Talvez por isto mesmo, num como que instinto de conservação, era camarada de toda a gente, mas não tinha grupos preferidos nem muito menos amigos. Não há dúvida que se agradava de mim, inalteravelmente feliz de me ver e conversar comigo. Apenas eu percebia, irritado, que era a mesma coisa com todos. Não consegui ser discreto.

Depois da aula, naquela pequena parte do caminho que fazíamos juntos até o largo da Sé, puxando o assunto para os colegas, afinal acabei, bastante atrapalhado, lhe confessando que ele era o meu "único" amigo. Frederico Paciência entreparou num espanto mudo, me olhando muito. Apressou o passo pra pegar a minha dianteira pequena, eu numa comoção envergonhada, já nem sabendo de mim, aliviado em minha sinceridade. Chegara a esquina em que nos separávamos, paramos. Frederico Paciência estava maravilhoso, sujo do futebol, suado, corado, derramando vida. Me olhou com uma ternura sorridente. Talvez houvesse, havia um pouco de piedade. Me estendeu a mão a que mal pude corresponder, e aquela despedida de costume, sem palavra, me derrotou por completo. Eu estava envergonhadíssimo, me afastei logo, humilhado, andando rápido pra casa, me esconder. Porém Frederico Paciência estava me acompanhando!

— Você não vai pra casa já!

— Ara... estou com vontade de ir com você...

Foram quinze minutos dos mais sublimes de minha vida. Talvez que pra ele também. Na rua violentamente cheia de gente e de pressa, só vendo os movimentos estratégicos que fazíamos, ambos só olhos, calculando o andar deste transeunte com a soma daqueles dois mais vagarentos, para ficarmos sempre lado a lado. Mas em minha cabeça que fantasmagorias divinas, devotamentos, heroísmos, ficar bom, projetos de estudar. Só na porta de casa nos separamos, de novo esquerdos, na primeira palavra que trocávamos amigos, aquele "até-logo" torto. E a vida de Frederico Paciência se mudou para dentro da minha. Me contou tudo o que ele era, a mim que não sabia fazer o mesmo. Meio que me rebaixava meu Pai ter sido operário em mocinho. Mas quando o meu amigo me confessou que os pais dele fazia só dois anos que tinham casado, até achei lindo. Pra que casar! é isso mesmo! O pior é que Frederico Paciência depusera tal confiança em mim, me fazia tais confissões sobre instintos nascentes que me obrigava a uma elevação constante de pensamento. Uns dias quase o odiei. Me bateu clara a intenção de acabar com aquela "infância". Mas tudo estava tão bom.

Os domingos dele me pertenceram. Depois da missa fazíamos caminhadas enormes. Um feriado chegamos a ir até a Cantareira a-pé. Continuou vindo comigo até a porta de casa. Uma vez entrou. Mas eu não gostava de ver ele na minha família, detestei até Mamãe junto dele, ficavam todos muito baços. Mas me tornei familiar na casa dele, eram só os pais, gente vazia, enriquecida à pressa, dando liberdade excessiva ao filho, espalhafatosamente envaidecida daquela amizade com o colega de "família boa".

Me lembro muito bem que pouco depois, uns cinco dias, da minha declaração de amizade, Frederico Paciência foi me buscar depois da janta. Saímos. Principiava o costume daqueles passeios longos no silêncio arborizado dos bairros. Frederico Paciência falava nos seus ideais, queria ser médico. Adverti que teria que fazer os estudos no Rio e nos separaríamos. Em mim, fiz mas foi calcular depressa quantos anos faltavam para me livrar do meu amigo. Mas a ideia da separação o preocupou demais. Vinha com propostas, ir com ele, estudar medicina, ou ser pintor pois que eu já vivia desenhando a caricatura dos padres.

Fiquei de pensar e, dialogando com as aspirações dele, pra não ficar atrás, meio que menti. Acabei mentindo duma vez. Veio aquele prazer de me transportar pra dentro do romance, e tudo foi se realizando num romance de bom-senso discreto, pra que a mentira não transparecesse, e onde a coisa mais bonita era minha alma. Frederico Paciência então me olhava com os olhos quase úmidos, alargados, de êxtase generoso. Acreditava. Acreditou tudo. De resto, não acreditar seria inferioridade. E foi esse o maior bem que guardo de Frederico Paciência, porque uma parte enorme do que de bom e de útil tenho sido vem daquela alma que precisei me dar, pra que pudéssemos nos amar com franqueza.

No ginásio a nossa vida era uma só. Frederico Paciência me ensinava, me assoprava respostas nos momentos de aperto, jurando depois com riso que era pela última vez. A permanência dele em mim implicava aliás um tal ou qual esforço da minha parte pra estudar, naquele regime de estudo abortivo que, sem eu ainda atinar que era errado, me revoltava. Um dia ele me surpreendeu lendo um livro. Fiquei horrorizado mas imediatamente uma espécie de curiosidade perversa, que eu disfarçava com aquela intenção falsa e jamais posta em prática de acabar com "aquela amizade besta", me fez não negar o que lia. Era uma *História da prostituição na Antiguidade*, dessas edições clandestinas portuguesas que havia muito naquela época. E heroico, embora sempre horrorizado, passei o livro a ele.

Folheou, examinou os títulos do índice, ficou olhando muito o desenho da capa. Depois me deu o livro.
—Tome cuidado com os padres.
—Ah... está dentro da pasta, eles não veem.
—E se examinarem as pastas...
—Pois se examinarem acham!
Passamos o tempo das aulas disfarçando bem. Mas no largo da Sé, Frederico Paciência falou que hoje carecia ir já pra casa, ficando logo engasgadíssimo na mentira. Mas como eu o olhasse muito, um pouco distraído em observar como é que se mentia sem ter jeito, ele inda achou força pra esclarecer que precisava sair com a Mãe. E, já despedidos um do outro, meio rindo de lado, ele me pediu o livro pra ler. Tive um desejo horrível de lhe pedir que não pedisse o livro, que não lesse aquilo, de jurar que era infame. Mas estava por dentro que era um caos. Me atravessava o convulsionamento interior a ideia cínica de que durante todo o dia pressentira o pedido e tomara cuidado em não me prevenir contra ele. E dizer agora tudo o que estava querendo dizer e não podia, era capaz de me diminuir. E afinal o que o livro contava era verdade... Se recusasse, Frederico Paciência ia imaginar coisas piores. Na aparência, fui tirando o livro da mala com a maior naturalidade, gritando por dentro que ainda era tempo, bastava falar que ainda não acabara de ler, quando acabasse... Depois dizia que o livro não prestava, era imoral, o rasgara. Isso até me engrandeceria... Mas estava um caos. E até que ponto a esperança de Frederico Paciência ter certas revelações... E o livro foi entregue com a maior naturalidade, sem nenhuma hesitação no gesto. Frederico

Paciência ainda riu pra mim, não pude rir. Sentia um cansaço. E puro. E impuro.

Passei noite de beira-rio. Nessa noite é que todas essas ideias da exceção, instintos espaventados, desejos curiosos, perigos desumanos me picavam com uma clareza tão dura que varriam qualquer gosto. Então eu quis morrer. Se Frederico Paciência largasse de mim... Se se aproximasse mais... Eu quis morrer. Foi bom entregar o livro, fui sincero, pelo menos assim ele fica me conhecendo mais. Fiz mal, posso fazer mal a ele. Ah, que faça! ele não pode continuar aquela "infância". Queria dormir, me debatia. Quis morrer.

No dia seguinte Frederico Paciência chegou tarde, já principiadas as aulas. Sentou como de costume junto de mim. Me falou um bom-dia simples mas que imaginei tristonho, preocupado. Mal respondi, com uma vontade assustada de chorar. Como que havia entre nós dois um sol que não permitia mais nos vermos mutuamente. Eu, quando queria segredar alguma coisa, era com os outros colegas mais próximos. Ele fazia o mesmo, do lado dele. Mas ainda foi ele quem venceu o sol.

No recreio, de repente, eu bem que só tinha olhos pra ele, largou o grupo em que conversava, se dirigiu reto pra mim. Pra ninguém desconfiar, também me apartei do meu grupo e fui, como que por acaso, me encontrar com ele. Paramos frente a frente. Ele abaixou os olhos, mas logo os ergue com esforço. Meu Deus! por que não fala! O olho, o procuro nos olhos, lhe devorando os olhos internados, mas o olho com tal ansiedade, com toda a perfeição do ser, implorando me tornar sincero, verdadeiro, digníssimo, que Frederico Paciência é que pecou. Baixou os olhos outra vez, tirando de nós dois qualquer exatidão. Murmurou outra coisa:

— Pus o livro na sua mala, Juca. Acho bom não ler mais essas coisas.

Percebi que eu não perdera nada, fiquei numa alegria doida. Ele agora estava me olhando na cara outra vez, sereno, generoso, e menti. Fui de uma sem-vergonhice grandiosa, menti apressadamente, com um tal calor de sinceridade que eu mesmo não chegava bem a perceber que era tudo mentira. Mas falei comprido e num momento percebi que Frederico Paciência não estava acreditando mais em mim, me calei. Fomos nos ajuntar aos colegas. Era tristeza, era tristeza sim o que eu sentia, mas com um pouco também de alegria de ver o meu amigo espezinhado, escondendo que não me acreditava, sem coragem pra me censurar, humilhado na insinceridade. Eu me sentia superior!

Mas essa tarde, quando saímos juntos no passeio, numa audácia firme de gozar Frederico Paciência não dizendo o que sentia, eu levava um embrulho bem-feitinho comigo. Quando Frederico Paciência perguntou o que era, ri só de lábios feito uma caçoada amiga, o olhando de lado, sem dizer nada. Fui desfazendo bem saboreado o embrulho, era o livro. Andava, olhava sempre o meu amigo, riso no beiço, brincador, conciliador, absolvido. E de repente, num gesto brusco, arrebentei o volume em dois. Dei metade ao meu amigo e principiei rasgando miudinho, folha por folha, a minha parte. Aí Frederico Paciência caiu inteiramente na armadilha. O rosto dele brilhou numa felicidade irritada por dois dias de trégua, e desatamos a rir. E as ruas foram sujadas pelos destroços irreconstituíveis da *História da prostituição na Antiguidade*. Eu sabia que ficava um veneno em Frederico Paciência, mas isso agora não me inquietava mais. Ele, inteiramente entregue, confessava, agora que estava liberto do livro, que ler certas coisas, apesar de horríveis, "dava uma sensação esquisita, Juca, a gente não pode largar".

Diante de uma amizade assim tão agressiva, não faltaram bocas de serpentes. Frederico Paciência, quando a indireta do gracejo foi tão clara que era impossível não perceber o que pensavam de nós, abriu os maiores olhos que lhe vi. Veio uma palidez de crime e ele cegou. Agarrou o ofensor pelo gasnete e o dobrou nas mãos inflexíveis. Eu impassível, assuntando. Foi um custo livrar o canalha. Forcejavam pra soltar o rapaz daquelas mãos endurecidas numa fatalidade estertorante. Eu estava com medo, de assombro. Falavam com Frederico Paciência, o sacudiam, davam nele, mas ele quem disse acordar! Só os padres que acorreram com o alarido e um bedel atleta conseguiram apartar os dois. O canalha caiu desacordado no chão. Frederico Paciência só grunhia "Ele me ofendeu", "Ele me ofendeu". Afinal — todos já tinham tomado o nosso partido, está claro, com dó de Frederico Paciência, convencidos da nossa pureza — afinal uma frase de colega esclareceu os padres. O castigo foi grande mas não se falou de expulsão.

Eu não. Não falei nada, não fiz nada, fiquei firme. No outro dia o rapaz não apareceu no colégio e os colegas inventaram boatos medonhos, estava gravíssimo, estava morto, iam prender Frederico Paciência. Este, soturno. Parecia nem ter coragem pra me olhar, só me falava o indispensável, e imediato afinei com ele, soturnizado também. Felizmente não nos veríamos à saída, ele detido pra escrever quinhentas linhas por dia durante uma semana — castigo habitual dos padres. Mas no segundo dia o canalha apareceu. Meio ressabiado, é certo, mas completamente recomposto. Tinha chegado a minha vez. Calculadamente avisei uns dois colegas que agora era comigo que ele tinha que se haver. Foram logo contar, e embora da mesma força que eu, era visível que ele ficou muito inquieto. Inventei uma dor-de-cabeça pra sair mais cedo, mas os olhos de todos me seguindo, proclamavam o grande espetáculo próximo. Na saída, acompanhado de vários curiosos, ele vinha muito pálido, falando com exagero que se eu me metesse com ele usava o canivete. Saí da minha esquina, também já alcançado por muitos, e convidei o outro pra descermos na várzea perto. Eu devia estar pálido também, sentia, mas nada covarde. Pelo contrário: numa lucidez gélida, imaginando jeito certo de mais bater que apanhar. Mas o rapaz fraquejou, precipitando as coisas, que não! que aquilo fora uma brincadeira besta dele, aí um soco nas fuças o interrompeu. O sangue saltou com fúria, o rapaz avançou pra cima de mim, mas vinha como sem vontade, descontrolado, eu gélido. Outro soco lhe atingiu de novo o nariz. Ele num desespero me agarrou pelo meio do corpo, foi me dobrando, mas com os braços livres, eu malhava a cara dele, gostando do sangue me manchando as mãos. Ele gemeu um "ai" flébil, quis chorar num bufido infantil de dor pavorosa. Não sei, me deu uma repugnância do que ele estava sofrendo com aqueles socos na cara, não pude suportar: com um golpe de energia que até me tonteou, botei o cotovelo no queixo dele, e um safanão o atirou longe. Me agarraram. O rapaz, completamente desatinado, fugiu na carreira.

Umas censuras rijas de transeuntes, nem me incomodei, estava sublime de segurança. Qualquer incerteza, qualquer hesitação que me nascesse naquele alvoroço interior em que eu escachoava, a imagem, mas única, exclusiva realidade daquilo tudo, a imagem de Frederico Paciência estava ali pra me mover. Eu vingara Frederico Paciência! Com a maior calma, peguei na minha mala que um colega segurava, nem disse adeus a ninguém. Fui embora compassado. Tinha também agora um sol comigo. Mas um sol ótimo, diferente daquele que me separa de meu amigo no caso do livro. Não era glória nem vanglória, nem volúpia de ter vencido, nada. Era um equilíbrio raro — esse raríssimo de quando a gente age como homem-feito, quando se é rapaz. Puro. E impuro.

Procurei Frederico Paciência essa noite e contei tudo. Primeiro me viera a vaidade de não contar, bancar o superior, fingindo não dar importância à briga, só pra ele saber de tudo pelos colegas. Mas estava grandioso por demais pra semelhante inferioridade. Contei tudo, detalhe por detalhe. Frederico Paciência me escutou, eu percebia que ele escutava devorando, não podendo perder um respiro meu. Fui heroico, antes: fui artista! Um como que sentimento de beleza me fez ajuntar muito pouca fantasia à descrição, desejando que ela fosse bem simples. Quando acabei, Frederico Paciência não disse uma palavra só, não aprovou, não desaprovou. E uma tristeza nos envolveu, a tristeza mais feliz de minha vida. Como estava bom, era quase sensual, a gente assim passeando os dois, tão tristes...

Mas de tudo isso, do livro, da invencionice dos colegas, da nossa revolta exagerada, nascera entre nós uma primeira, estranha frieza. Não era medo da calúnia alheia, era como um quebrar de esperanças insabidas, uma desilusão, uma espécie amarga de desistência. Pelo contrário, como que basofientos, mais diante de nós mesmos que do mundo, nasceu de tudo isso o nos aproximarmos fisicamente um do outro, muito mais que antes. O abraço ficou cotidiano em nossos bons-dias e até-logos.

Agora falávamos insistentemente da nossa "amizade eterna", projetos de nos vermos diariamente a vida inteira, juramentos de um fechar os olhos do que morresse primeiro. Comentando às claras o nosso amor de amigo, como que procurávamos nos provar que daí não podia nos vir nenhum mal, e principalmente nenhuma realização condenada pelo mundo. Condenação que aprovávamos com assanhamento. Era um jogo de cabeças unidas quando sentávamos pra estudar juntos, de mãos unidas sempre, e alguma vez mais rara, corpos enlaçados nos passeios noturnos. E foi aquele beijo que lhe dei no nariz depois, depois não, de repente no meio duma discussão rancorosa sobre se Bonaparte era gênio, eu jurando que não, ele que sim. — Besta! — Besta é você! Dei o beijo, nem sei! parecíamos estar afastados léguas um do outro nos odiando. Frederico Paciência recuou, derrubando a cadeira. O barulho facilitou nosso fragor interno, ele avançou, me abraçou com ansiedade, me beijou com amargura, me beijou na cara em cheio dolorosamente. Mas logo nos assustou a sensação de condenados que explodiu, nos separamos conscientes. Nos olhamos olho no olho e saiu o riso que nos acalmou. Estávamos verdadeiros e bastante ativos na verdade escolhida. Estávamos nos amando de amigo outra vez; estávamos nos desejando, exaltantes no ardor, mas decididos, fortíssimos, sadios.

— Precisamos tomar mais cuidado.

Quem falou isso? Não sei se fui eu se foi ele, escuto a frase que jorrou de nós. Jamais fui tão grande na vida. Mas agora já éramos amigos demais um do outro, já o convívio era alimento imprescindível de cada um de nós, para que o cuidado a tomar decidisse um afastamento. Continuamos inseparáveis, mas tomando cuidado. Não havia mais aquele jogo de mãos unidas, de cabeças confundidas. E quando por distração um se apoiava no outro, o afastamento imediato, rancoroso deste, desapontava o inocente.

O pior eram as discussões, cada vez mais numerosas, cada vez porventura mais procuradas. Quando a violência duma briga, "Você é uma besta!", "Besta é você!", nos excitava fisicamente demais, vinha aquela imagem jamais confessada do incidente do beijo, a discussão caía de chofre. A mudez súbita corrigia com brutalidade o caminho do mal e perseverávamos deslumbradamente fiéis à amizade. Mas tudo, afastamentos, correções, discussões quebradas em meio, só nos fazia desoladamente conscientes, em nossa hipocrisia generosa, de que aquilo ou nos levava para infernos insolúveis, ou era o princípio dum fim.

Com a formatura do ginásio descobrimos afinal um pretexto para iniciar a desagregação muito negada, e mesmo agora impensada, da nossa amizade. Falo que era "pretexto" porque me parece que tinha outras razões mais ponderosas. Mas Frederico Paciência insistia em fazer exames ótimos aquele último ano. Eu não pudera me resolver a estudos mais severos, justo num ano de curso em que era de praxe os examinadores serem condescendentes. Na aparência, nunca nos compreendêramos tão bem, tanto eu aceitava a honestidade escolar do meu amigo, como ele afinal se dispusera a compreender minha aversão ao estudo sistemático. Mas a diferença de rumos o prendia em casa e me deixava solto na rua. Veio uma placidez. Tinha outras razões mais amargas, tinha os bailes. E havia a Rose aparecendo no horizonte, muito indecisa ainda. Se pouco menos de ano antes, conhecêramos juntos para que nos servia a mulher, só agora, nos dezesseis anos, é que a vida sexual se impusera entre os meus hábitos. Frederico Paciência parecia não sentir o mesmo orgulho de semostração e nem sempre queria me acompanhar. Às vezes me seguia numa contrariedade sensível. O que me levava ao despeito de não o convidar mais e a existir um assunto importantíssimo pra ambos, mas pra ambos de importância e preocupações opostas. A castidade serena de meu amigo, eu continuava classificando de "infâncias". Frederico Paciência, por seu lado, se escutava com largueza de perdão e às vezes certa curiosidade os meus descobrimentos de amor, contados quase sempre com minúcia raivosa, pra machucar, eu senti mais de uma vez que ele se fatigava em meio da narrativa insistente e se perdia em pensamentos de mistério, numa melancolia grave. E eu parava de falar. Ele não insistia. E ficávamos contrafeitos, numa solidão brutalmente física.

Mas ainda devia ter razões mais profundas para aquela desagregação sutil de amizade, desagregação, insisto, em que não púnhamos reparo. É que tínhamos nos preocupado demais com o problema da amizade, pra que a nossa não fosse sempre um objeto, é pena, mas bastante exterior a nós, um objeto de experimentação. De forma que passada em dois anos toda a aventura da amizade nascente, com suas audácias e incidentes, aquele prazer sereno da amizade cotidiana se tornara um "caso consumado". E isso, para a nossa rapazice necessariamente instável, não interessava quase. Nos amávamos agora com verdade perfeita mas sem curiosidade, sem a volúpia de brincar com fogo, sem aprendizado mais. E fora em defesa da amizade mesma que lhe mudáramos a... a técnica de manifestação. E esta técnica, feita de afastamentos e paciências, naquele estádio de verdades muito preto e branco, era uma pequena, voluntária desagregação impensada. De maneira que adquiríamos uma convicção falsa de que estávamos nos afastando um do outro, por incapacidade, ou melhor: por medo de nos analisarmos em nossa desagregação verdadeira, entenda quem quiser. No colégio éramos apenas colegas. De-noite não nos encontrávamos mais, ele estudando. Mas que domingos sublimes agora, quando algum piquenique detestado mas aceito com prazer espetacular muito fingido, não vinha perturbar nosso desejo de estarmos sós. Era uma ventura incontável esse encontro dominical, quanta franqueza, quanto abandono, quanto passado nos enobrecendo, nos aprofundando e era como uma carícia longa, velha, entediada. Vivíamos por vezes meia hora sem uma palavra, mas em que nossos espíritos, nossas almas entreconhecidas se entendiam e se irmanavam com silêncio vegetal.

Estou lutando desde o princípio destas explicações sobre a desagregação da nossa amizade, contra uma razão que me pareceu inventada enquanto escrevia, para sutilizar psicologicamente o conto. Mas agora não resisto mais. Está me parecendo que entre as causas mais insabidas, tinha também uma espécie de despeito desprezador de um pelo outro... Se no começo invejei a beleza física, a simpatia, a perfeição espiritual normalíssima de Frederico Paciência, e até agora sinto saudades de tudo isso, é certo que essa inveja abandonou muito cedo qualquer aspiração de ser exatamente igual ao meu amigo. Foi curtíssimo, uns três meses, o tempo em que tentei imitá-lo. Depois desisti, com muito propósito. E não era porque eu conseguisse me reconhecer na impossibilidade completa de imitá-lo, mas porque eu, sinceramente, sabei-me lá por quê! não desejava mais ser um Frederico Paciência!

O admirava sempre em tudo, mesmo porque até agora o acho cada vez mais admirável, até em sua vulgaridade que tinha muito de ideal. Mas pra mim, para o ser que eu me quereria dar, eu... eu corrigia Frederico Paciência. E é certo que não o corrigia no sentido da perfeição, sinceramente eu considerava Frederico Paciência perfeito, mas no sentido de uma outra concepção do ser, às vezes até diminuída de perfeições. A energia dele, a segurança serena, sobretudo aquela como que incapacidade de errar, aquela ausência do erro, não me interessavam suficientemente pra mim. E eu me surpreendia imaginando que se as possuísse, me sentiria diminuído.

E enfim eu me pergunto ainda até que ponto, não só para o meu ideal de mim, mas para ele mesmo, eu pretendera modificar, "corrigir" Frederico Paciência no sentido desse outro indivíduo ideal que eu desejara ser, de que ele fora o ponto-de-partida?... É certo que ele sempre foi pra comigo muito mais generoso, me aceitou sempre tal como eu era, embora interiormente, estou seguro disso, me desejasse melhor. Se satisfazia de mim para amigo, ao passo que a mim desde muito cedo ele principiou sobrando. Assim: o nos afastarmos um do outro em nossa cotidianidade, o que chamei já agora erradamente, tenho certeza, de "desagregação", era mas apenas um jeito da amizade verdadeira. Era mesmo um aperfeiçoamento de amizade, porque agora nada mais nos interessava senão o outro tal como era, em nossos encontros a sós: nos amávamos pelo que éramos, tal como éramos, desprendidamente, gratuitamente, sem o instinto imperialista de condicionar o companheiro a ficções de nossa inteira fabricação. Estou convencido que perseveraríamos amigos pela vida inteira, se ela, a tal, a vida, não se encarregasse de nos roubar essa grandeza.

Pouco depois de formados, ano que foi de hesitação pra nós, eu querendo estudar pintura mas "isso não era carreira", ele medicina, mas os negócios prendendo a São Paulo a gente dele, uma desgraça me aproximou de Frederico Paciência: morreu-lhe o Pai. Me devotei com sinceridade. Nascera em mim uma experiência, uma... sim, uma paternidade crítica em que as primeiras hesitações de Frederico Paciência puderam se apoiar sem reserva.

Meu amigo sofreu muito. Mas, sem indicar insensibilidade nele (aliás era natural que não amasse muito um pai que fora indiferentemente bom), me parece que a dor maior de Frederico Paciência não foi perder o Pai, foi a decepção que isso lhe dava. Sentiu um espanto formidável essa primeira vez que deparou com a morte. Mas fosse decepção, fosse amor, sofreu muito. Fui eu a consolar e consegui o mais perfeito dos sacrifícios, fiquei muito mudo, ali. O melhor alívio para a infelicidade da morte é a gente possuir consigo a solidão silenciosa duma sombra irmã. Vai-se pra fazer um gesto, e a sombra adivinha que a gente quer água, e foi buscar. Ou de repente estende o braço, tira um fiapo que pegou na vossa roupa preta.

Dois dias depois da morte, ainda marcados pelas cenas penosas do enterro, a Mãe de Frederico Paciência chorava na saleta ao lado, se deixando conversar num grupo de velhas, quando ouvimos:

— Rico! (com erre fraco, era o apelido caseiro do meu amigo).

Fomos logo. De-pé, na frente da coitada, estava um homem de luto, *plastron*, nos esperando. E ela angustiada:

—Veja o que esse homem quer!

Viera primeiro apresentar os pêsames.

— ... conheci muito o vosso defunto pai, coitado. Nobre caráter... Mas como a sua excelentíssima progenitora poderá precisar de alguém, vim lhe oferecer os meus préstimos. Orgulho-me de ter em nosso cartório a melhor clientela de São Paulo. Para ficar livre das formalidades do inventário (e mostrava um papel) é só a sua excelentíssima...

Não sei o que me deu, tive um heroísmo:

— Saia!

O homem me olhou com energia desprezadora.

— Saia, já falei!

O homem era forte. Fiz um gesto pra empurrá-lo, ele recuou. Mas na porta quis reagir de novo e então o crivei, o crivamos de socos, ele desceu a escada do jardim caicaindo. Outra vez no quarto, era natural, estávamos muito bem-humorados. Contínhamos o riso pela conveniência da morte, mas foi impossível não sorrir com a lembrança do homem na escada.

— Deite pra descansar um pouquinho.

Ele deitou, exagerando a fadiga, sentindo gosto em obedecer. Sentei na borda da cama, como que pra tomar conta dele, e olhei o meu amigo. Ele tinha o rosto iluminado por uma frincha de janela vespertina. Estava tão lindo que o contemplei embevecido. Ele principiou lento, meio menino, reafirmando projetos. Iriam logo para o Rio, queria se matricular na Faculdade. O Rio... Mamãe é carioca, você já não sabia?... Tenho parentes lá. Com os lábios se movendo rubros, naquele ondular de fala propositalmente fatigada. Eu olhava só. Frederico Paciência percebeu, parou de falar de repente, me olhando muito também. Percebi o mutismo dele, entendi por que era, mas não podia, custei a retirar os olhos daquela boca tão linda. E quando os nossos olhos se encontraram, quase assustei porque Frederico Paciência me olhava, também como eu estava, com olhos de desespero, inteiramente confessado. Foi um segundo trágico, de tão exclusivamente infeliz. Mas a imagem do morto se interpôs com uma presença enorme, recente por demais, dominadora. Talvez nós não pudéssemos naquele instante vencer a fatalidade em que já estávamos, o morto é que venceu.

    Depois de dois meses de preparativos que de novo afastaram muito Frederico Paciência de mim, veio a separação. A última semana de nossa amizade (não tem dúvida: a última. Tudo o mais foram idealismos, vergonhas, abusos de preconceitos), a última semana foram dias de noivado pra nós, que de carícias! Mas não quisemos, tivemos um receio enorme de provocar um novo instante como aquele de que o morto nos salvara. Não se trocou palavra sobre o sucedido e forcejamos por provar um ao outro a inexistência daquela realidade estrondosa, que nos conservara amigos tão desarrazoados mas tão perfeitos por mais de três anos. Positivamente não valia a pena sacrificar perfeição tamanha e varrer a florada que cobria o lodo (e seria o lodo mais necessário, mais "real" que a florada?) numa aventura insolúvel. Só que agora a proximidade da separação justificava a veemência dos nossos transportes. Não saíamos da casa dele, com vergonha de mostrar a um público sem nuanças, a impaciência das nossas carícias. Mudos, muitas vezes abraçados, cabeças unidas, naquele sofá trazido da sala-de-visitas, que ficara ali. Quando um dizia qualquer coisa, o outro concordava depressa, porque, mais que a complacência da despedida, nos assustava demais o perigo de discutir. E a única vez em que, talvez esquecido, Frederico Paciência se atirou sobre a cama porque o sono estava chegando, fiquei hirto, excessivamente petrificado, olhando o chão com tão desesperada fixidez, que ele percebeu. Ou não percebeu e a mesma lembrança feroz o massacrou. Foi levantando disfarçado. E de repente, quase gritando, é que falou:

— Mas Juca, o que você tem!

Eu tinha os olhos cheios de lágrimas. Ele sentou e ficamos assim sem falar mais. E era assim que ficávamos aquelas horas exageradamente brevíssimas de adeus. Depois um vulto imaterial de senhora, sacudindo a cabeça, querendo sorrir, lacrimosa, nos falava:

— Meus filhos, são onze horas!

Frederico Paciência vinha me trazer até casa. Sofríamos tanto que parece impossível sofrer com tamanha felicidade. E toda noite era aquilo: a boca rindo, os olhos cheios de lágrimas. Sucedeu até que depois de deixado, eu batesse de novo à porta, fosse correndo alcançar Frederico Paciência, e o acompanhasse à casa dele outra vez. E agora íamos abraçados, num desespero infame de confessar descaradamente ao universo o que nunca existira entre nós dois. Mas assim como em nossas casas agora todos nos respeitavam, enlutados na previsão dum drama venerável de milagre, nos deixando ir além das horas e quebrar quaisquer costumes, também os transeuntes tardos, farristas bêbados e os vivos da noite, nos miravam, não diziam nada, deixando passar.

Afinal a despedida chegou mesmo. Curta, arrastada, muito desagradável, com aquele trem custando a partir, e nós ambos já muito indiferentes um pelo outro, numa já apenas recordação sem presença, que não entendíamos nem podia nos interessar. O sorriso famoso que quer sorrir mas está chorando, chorando muito, tudo o que a vida não chorou. "Então? adeus?"; "Qual! até breve!"; "Você volta mesmo!..."; "Juro que volto!". O soluço que engasga na risada alegre da partida, enfim livre! O trem partindo. Aquela sensação nítida de alívio. Você vai andando, vê uma garota, e já está noutro mundo. Tropeça num do grupo que sai da estação, "Desculpe!", ele vos olha, é um rapaz, os dois riem, se simpatizam, poderia ser uma amizade nova. E as luzes miraculosas, rua de todos.

Cartas. Cartas carinhosíssimas fingindo amizade eterna. Em mim despertara o interesse das coisas literárias: fazia literatura em cartas. Cartas não guardadas que ficam por aí, tomando lugar, depois jogadas fora pela criada, na limpeza. Cartas violentamente reclamadas, por causa da discussão com a criadinha, discussões conscientemente provocadas porque a criadinha era gorda. Cartas muito pouco interessantes. O que contávamos do que estava se passando com nossas vidas, Rico na Medicina, eu na música e fazendo versos, o caso até chateava o outro. Sim:

tenho a certeza que a ele também aporrinhava o que eu dizia. As cartas se espaçavam. Foi quando um telegrama veio me contando que a Mãe de Frederico Paciência morrera. Não resistira à morte do marido, como um médico bem imaginara. É indizível o alvoroço em que estourei, foi um deslumbramento, explodiu em mim uma esperança fantástica, fiquei tão atordoado que saí andando solto pela rua. Não podia pensar: realidade estava ali. A Mãe de Rico, que me importava a Mãe de Frederico Paciência! E o que é mais terrível de imaginar: mas nem a ele o sofrimento inegável lhe importava: a morte lhe impusera o desejo de mim. Nós nos amávamos sobre cadáveres. Eu bem que percebia que era horrível. Mas por isso mesmo que era horrível, pra ele mais forte que eu, isso era decisório. E eu me gritava por dentro, com o mais deslavado dos cinismos conscientes, fingindo e sabendo que fingia: Rico está me chamando, eu vou. Eu vou. Eu preciso ir. Eu vou.

Desta vez o cadáver não seria empecilho, seria ajuda, o que nos salvou foi a distância. Não havia jeito de eu ir ao Rio. Era filho-família, não tinha dinheiro. Ainda assim pedi pra ir, me negaram. E quando me negaram, eu sei, fiquei feliz, feliz! Eu bem sabia que haviam de me negar, mas não bastava saber. Como que eu queria tirar de cima de mim a responsabilidade da minha salvação. Ou me tornar mais consciente da minha pobreza moral. Fiquei feliz, feliz! Mandei apenas "sinceros pêsames" num telegrama.

Foi um fim bruto, de muro. Ainda me lembrei de escrever uma carta linda, que ele mostrasse a muitas pessoas que ficavam me admirando muito. Como ele escreve bem! diriam. Mas aquele telegrama era uma recusa formal. Sei que em mim era sempre uma recusa desesperada, mas o fato de parecer formal me provava que tudo tinha se acabado entre nós. Não escrevi. E Frederico Paciência nunca mais me escreveu. Não agradeceu os pêsames. A imagem dele foi se afastando, se afastando, até se fixar no que deixo aqui.

Me lembro que uma feita, diante da irritação enorme dele comentando uma pequena que o abraçara num baile, sem a menor intenção de trocadilho, só pra falar alguma coisa, eu soltara:

— Paciência, Rico.

— Paciência me chamo eu!

Não guardei este detalhe para o fim, pra tirar nenhum efeito literário, não. Desde o princípio que estou com ele pra contar, mas não achei canto adequado. Então pus aqui porque, não sei... essa confusão com a palavra "paciência" sempre me doeu malestarentamente. Me queima feito uma caçoada, uma alegoria, uma assombração insatisfeita.

**1924**[1]

---

[1] A redação de esboços de "Frederico Paciência" começa na altura de 1923, 1924. O texto é retrabalhado, segundo o próprio autor, em três momentos, entre 1929 e 1943. A versão publicada em *Contos novos* (1947) é a de 1943. (N.E.)

## MENINA DE OLHO NO FUNDO

*Belazarte me contou:*
Você é músico, e do conservatório grande lá da avenida São João, por isso há-de se divertir com o caso... O maestro Marchese era maestro uma ova, foi mas violinista duma companhia de operetas, isso sim. Até me contaram que na Itália ele esfregava rabecão num barzinho de Gênova, não sei. Chegou aqui, virou maestro. Mas como não tinha bastante aluno particular, botou uma espécie de escola de música diurne e serale numa casinha da avenida Rangel Pestana, lá no Brás. Cinco mil-réis mensais por cabeça, trazendo instrumento. O maestro ensinava tudo, canto, piano, violino, cavaquinho, sanfona. Choveu aluno que nem passarão no rio Negro tempo de migrar. O Marchese não dava mais conta do recado e precisou de tomar uns professores de ajuda.

Mesmo no Brás tinha um moço muito bonzinho, coitado! que estudava violino com o professor Bastiani, colega de você. Pra encurtar: o maestro Marchese mandou chamar o Carlos da Silva Gomes, e lá ficou seu Gomes como professor de viola e artinha no conservatório. Ia me esquecendo de contar que a tal escola se chamava Conservatório Giacomo Puccini.

A empresa progredia. Até a gente mais endinheirada do bairro principiou botando os filhos lá, ficava mais perto e não carecia de acompanhar ninguém na cidade. O Marchese, esse então virou rei da música do Brás. No cinema torcia o nariz porque a orquestrinha não prestava e o saxofone tinha desafinado. No dia seguinte toda a gente falava pra seu Fifo que o saxofone estava desafinando e crocotó! maré vazava pro pesado do saxofone. Seu Fifo mandava falar pra ele que não careciam mais de saxofone na orquestrinha e quem que arranjava saxofonista novo? já sabe: o maestro Marchese já de brilhantão no dedo e quatro marchesinhos com bastante macarrão na barriga lá em casa. Até sala-de-visitas arranjou no lar, com piano a prestação e retrato do Giacomo Puccini.

O maestro bem que gostava de ficar com todas as alunas que lhe pareciam gente mais arranjada, porém, quando a filha do Bermudes foi se matricular, parafusou, parafusou e afinal achou milhor colocar a moça no curso de seu Gomes. Não vê que a Dolores sempre botava umas olhadas pra ele e a Pascoalina não era coisa de que a gente não fizesse caso não: desconfiando, era capaz dalgum escândalo dos diabos. Por isso o maestro falou pra mãe da mocinha que a sinhora vai vedere que num stantinho sua filha fica una artista, lo giuro! Seu Gomes é un professore molto bon, ah questo!... proprio la minha scuola!

A mãe da Dolores até saiu bem contente porque tinha vindo pro bairro, fazia tempo, recém-casada ainda... Sabia que a família de seu Gomes era gente fina, parente dos Prados. Tinham continuado pobres. Ela, da casinha de porta e janela fora subindo até aquele número 25 assobradado. E agora a filha estava aprendendo com o parente dos Prados. Sorriu numa satisfa que lhe inchava toda a banha, oitenta-e-nove quilos pra mais. Tirou o chapéu de renda preta, procurou na manga da blusa o lenço marcado M.S.B., Marina Sarti Bermudes, e limpou o orvalho do bigodinho. Foi no quintal, colheu não sei quantas dúzias de margaridas, botou numa cesta e mandou a criada levar na casa de seu Gomes que a filha mandava.

Dolores era um desses tipos que o Brasil importa a mãe e o pai pra bancar que também dá moça linda. Direitinho certas indústrias de São Paulo... Da terra e da nossa raça não tinha nada, porém se pode afirmar que tinha o demais, porque não havia ninguém mais brasileiro que ela. Falassem mal do Brasil perto dela pra ver o que sucedia! Desbaratava logo com o amaldiçoado que vem comer o pão da gente, agora! pra que não ficou lá na sua terra morrendo de fome! vá saindo!... Ah! perto de mim você não fala do Brasil, não porque eu dou pra trás, sabe! Eu sei bem que a Itália é mais bonita, mais bonita o quê!... uma porcariada de casas velhas, isso sim, e gente rúim, só calabrês assassino é que se vê!... Aqui tem cada amor de bangalozinho!... e a estação da Luz, então! Você nunca, aposto, que já entrou no teatro Municipal! Si entrou, foi pro galinheiro, não viu o fuaiér! Itália... A nossa catedral... aquilo é gótico, sabe! não está acabada mas falaram pra mim que vai ter as torres mais compridas do mundo!

E Dolores ficava muito bonita na irritação, com cada olho enorme lá no fundo relumeando que nem esmeralda. Era uma belezinha. Esguia, bem-feita, com tudo saltadinho, ombros descidos, pescoço penujado de ireré. Então do pescoço pra cima! Morena, com cada jambinho madurando nas faces que si a gente provasse uma vez só, virava no sufragante ijucapirama do amor. Cabelo cor--de-castanha pra mais claro, cheio de muitos cachos de verdade que ela ainda não tivera coragem de cortar pra seguir a moda das amigas. Quando for pra suspender, eu corto em vez de suspender, falava. E aqueles crespos lhe rodeavam tão bem a cor! dando pra boniteza dela uma esquisitice rara com que a gente primeiro carecia se acostumar. A boca não era grande coisa mas não prejudicava. E os olhos, Nossa Senhora! tinha verde de bredo com vagalume estrelando por cima, num Cruzeiro do Sul de noite e dia. Estava pra fazer dezessete. Era bem educadinha, isto é... tinha seguido o curso dum colégio meio econômico mas bem frequentado. Ainda se obstinava no francês, como as amigas faziam, e experimentava as danças da moda com a milhor professora da cidade. Contava muitas amigas ali da Vila Buarque, que é bairro de pobreza escondida, e tinha sobre elas a ascendência respeitável de quem não manda reformar vestido. Andava nuns trinques!...

Era natural que revolucionasse o curso de seu Gomes, pois foi. Já sabia seus vibratos de violino aprendido no colégio e até terceira posição ia bem direitinho. Faltava afinação mas não faltava inteligência. O Gomes principiou alimentando a ideia de que a Dolores era bem capaz de fazer a notoriedade dele como professor.

Logo simpatizara com ela. Mas não envenene o caso não, era simpatia de amizade apenas. E um poucadinho de ambição também. Professor é sempre assim: por mais pura que seja a amizade dele por aluno, há sempre uma esperancinha de perpetuação enfeiando o sentimento. Não dizem, porém a gente percebe que estão procedendo como si dissessem: Isto quem fez fui eu. Seu Gomes imaginou que a Dolores ia fazer a celebridade dele e teve simpatia por ela. Em amor não pensou e, franqueza: nem sentiu nada diante dela. Era sossegado, meio tímido e chegara aos vinte-e-quatro sem nunca ter chamego por ninguém.

Nem sabia se casava ou não. Tinha primeiro que arranjar reputação de professor bom, o que já é bastante difícil pra mestre "juvenal", como chamam aos solteirões no Nordeste. Aliás, sem querer, outro dia, seu Gomes levantara os olhos, saudara a vizinha, uma creio que modista. Até encafifara porque nunca tirava chapéu pra vizinho. Não sabia por que tirara, ia tão distraído, foi de repente. Mas, saudara uma vez e continuou saudando.

Outra razão importante acabou por destruir qualquer vontade que ele pudesse ter de se enguiçar pela Dolores. Ela era vivinha, foi logo se chegando pra maiores intimidades. Que que ele havia de fazer! tinha que falar "muito obrigado" por causa das margaridas, por causa dos cravos, por causa dos bolinhos que era quasi toda semana iam parar na casa dele.

— Então o senhor gostou, é? Ainda hei-de mandar pro senhor mas é um bolo que eu faço, esse sim! Mas precisa figos cristalizados e o empório não tinha. Quando eu for na cidade, trago. Papai? a gente encomenda pra ele, o pobre! esquece.

— Mas dona Dolores...

— Pra que que o senhor me chama "dona", fica tão feio! Pois não sou sua aluna! Fale "Dores", "Dores" como fiz me chamarem lá em casa. "Dores", "você", e pronto!

Ele achava graça naquela voz de criança.

— Pois então chamo. Ia dizendo que você não deve se incomodar assim comigo...

— Me incomodar! Não fale isso, seu Carlos!

— Mas sua mãe, Dolores...

— Dores! "Dolores" é espanhol, não gosto! Sou tão brasileira como o senhor, fique sabendo! Já não basta esse Bermudes tão feio que não posso mudar... Fale "Dores"! São tão bonitos os nomes brasileiros... Carlos da Silva Gomes! Ah, si eu tivesse um nome assim!

— Pois eu acho Dolores um nome bem bonito.

— Ora, seu Carlos!... O senhor vai me chamar "Dores", chama? Não custa nada pro senhor e fico tão feliz! Diga que chama!

— Pois chamo... a senhora...

— Olhe! "Dores", "você".

— Espere um pouco também! deixe eu me acostumar. No começo a gente confunde... Dores.

Ela fechou os ombros numa expressão de gosto alegre. Riu.

— Do que você está rindo?

— Eu sempre falo que consigo tudo dos meus professores! Já no colégio era assim. O professor de aritmética me avisou que eu tomava bomba, e tomava mesmo porque tenho horror de aritmética, credo! Pois apostei com as colegas, não estudei mesmo nada e passei!

— E como é que você fez!

— Ah, isso... são cá uns segredinhos! A gente não estuda mas... ihi... então pra que que a gente tem olhos então!...

— Dolores!

— Ora, seu Carlos! são uns professores coiós, qualquer coisa já pensam que a gente está doida por eles... a gente aproveita, é lógico!

— Mas Dolores...

— Dores!

— Você é uma criança, Dores! Teve coragem de namorar o professor só pra passar!

— Namorar? que nada! Olhava dum certo jeitinho e ele é que pensava que eu estava namorando. Ihi... quando chegou no exame, fez a prova e disfarçando botou na minha carteira, foi só copiar! Distinção! As outras é que estrilaram! Outro coió é o professor de francês, tamanho velho!... Uma vez se queixou pra mamãe e ela me bateu. Espera aí, seu caixadóclos, que eu faço você ficar manso!... do que que o senhor está se rindo tanto, seu Carlos!

— Pois Dores, eu sou seu professor e você vem contar isso pra mim!

Dolores ficou séria de repente. E apertando a mão dele com força:

— Seu Carlos, o senhor não vá pensar que trato o senhor desse jeito quando... ah, não!

Já se ria outra vez. Retirou a mão. E por faceirice, num gesto de inocência fingida:

— Posso contar pro senhor porque já sei com quem estou tratando.

— Ah, isso, você pode ter certeza, Dores! Já falei que você tem jeito pra música mas si não estudar, comigo é que você não passa nem que remexa os olhares mais arrevesados desse mundo!

— Ihi... não é arrevesado que a gente faz, seu Carlos!

— Então como é?

— Não tem palavra pra explicar, só fazendo... Mas diante do senhor tenho vergonha!

E ficou talqual um jenipapo, roxa de vergonha sem razão. E o verde fundo dos olhos fuzilando... Seu Gomes pensou a palavra "bonita" e fez a menina repetir mais três vezes a escala de ré maior.

— Dores, você carece estudar mais! Olhe que lição você me trouxe! Assim não serve porque afinal nós dois perdemos tempo à toa. Não estou aqui pra isso não!

— Oh, seu Carlos...

E num átimo ele se viu todo coberto de esmeraldas tristes. Percebeu que fora ríspido demais, milhorou:

— Dores, você não sabe... Um professor, si é deveras professor, quer bem as alunas como... filhas, Dores. Quer que elas progridam, que fiquem tocando muito bem... Você, Dores... você precisa aproveitar os dotes que tem! De todas as minhas alunas é a mais bem-dotada, é... é a milhor, estude, faz favor! Você já me disse que gosta muito de mim como professor...

— Gosto muito!

— ...pois então, estude... pra me fazer feliz!

— Seu Carlos, eu vou estudar muito agora!

— Então vá!

— Té quinta, seu Carlos!

— Té mais.

Ficou sozinho na sala, todo cheio de esmeraldas alegres. Não percebia que tinha milhorado por demais a zanga, eis como os casos principiam, meu caro. A gente vai milhorar e daí que a joça destempera duma vez. Seu Gomes ficara zangado por timidez. A palavra "bonita" avisou que si ele não pusesse reparo seria o bobão próximo. E ainda restava um certo despeito de classe por ver os professores tão brincados por uma criança, então zangou meio sem razão. Mas tristura de olho no fundo quem que aguenta? Seu Gomes acalmou fácil. Não sentiu mais nada que continuasse a palavra "bonita" e quis carinhosamente fazer estudar mais, uma aluna de que esperava muita coisa. Pôs ambição no conselho e a boba da mocinha sentiu um golpe bom dentro da impaciência. Saiu feliz sem saber de que, porém mesmo nesse dia inda foram quasi duas horas de ré maior.

Seu Gomes sorumbático puxou a cigarreira pra fumar. Viu a cara embaçada na tampa de prata. E daquela cara regular dum moreno pálido, com o cabelo crespo negrejando sobre as entradas, descia um corpo que não era fraco não: capaz de aguentar com a dona que encostasse nele. E seu Gomes piazinho inda machucara muito uma unha. Ficara aquela mancha preta grande que até dava espírito pra mão. Saiu sorumbático. Aquela menina era bem capaz de fazer dele... isso não, que não era nenhum leso! A Serafina. (É a vizinha). Não podia ser acaso não. De primeiro inda era só de-tarde, hora mesmo da gente estar na janela, mas agora ao meio-dia, pronto: sorrindo pálido pra saudação dele. Serafina. Doce nome... Todas as raças são iguais... Seu Gomes entardeceu num sossego largado, muito suave. Sorriu livre, tornando a pensar na Dolores, que sapequinha! Enfim, fora bom porque agora sabia com quem estava tratando.

E ensinou a Dolores com muito carinho, com imensa amizade, cada vez mais íntima e mais amizade.

E depois: ela progredia. Muito preguiçosa, porém seu Gomes logo descobriu que falando com certo jeitinho, voz mais baixa meio surda... só fazendo, a Dores saía dali e estudava até umas quatro horas por dia durante uma semana. Pois então, queria que ela estudasse? duas três vezes por mês falava do tal jeitinho. Isso chovia esmeralda de bandeirante numa conta em cima dele. Até, no fim desse mesmo ano, quando o maestro Marchese disse que bisognava arranjare qualque músicas pra la signorina tocare náa festa, nem seu Gomes precisou se incomodar muito: a signorina teve um sucesso com o *Noturno* de Chopin transcrito.

Estamos três anos depois dessa festa e lá por dezembro Dolores recebe o diploma do Giacomo Puccini. É sempre a mesma coisa como carinha bonita mas anda mais desmerecida. Estuda muito agora e toca de deveras

com espírito o que toca. Era considerada a milhor aluna do "Giacomo", como se falava no Brás, deixando rabi o nome do conservatório. O Marchese andava enciumado e sei que andou chamando umas colegas da Dolores na sala da diretoria, perguntando umas coisas, filho-da-mãe!...
Uhm, me esquecia... meses antes ela ficara noiva. Seu Gomes fora na casa dela acertar umas músicas, de repente ela mostrou a aliança de prata na mão direita:

— Já reparou?

— Já. Não sabia que a minha Dores estava casada, o que você carece mas é estudar mais, sabe!

— Não estou casada não, seu Carlos! As noivas é que usam aliança de prata.

—Você está noiva, Dores!

Ela abaixou a cabeça, rindo manso e mandou lá do fundo um feixe de esmeraldas pra seu Gomes. Ele estava sério. Antes de mais nada, se lembrou da aluna, tanta trabalheira de estudo e pronto! se apaixonava pelo primeiro sarambé que aparecia.

— Meus parabéns. Não sabia.

— O senhor... parece que não gostou, seu Carlos!

— Gostei, Dores. Mas acho que é uma pena você casar já, tão moça. E depois: por causa dos seus estudos que vão tão bem.

— Seu Carlos não quer, eu não caso!

— Não quero? Deus me livre, Dores! Pois... eu quero é que você seja feliz.Você gosta dele, naturalmente é rapaz bom...

Falando, o malestar em que ficara desde o princípio do diálogo foi se substituindo pela imagem da vizinha costureira. Apoiou-se na imagem e sentiu chão firme.

— Não gosto nem desgosto... Mamãe com papai que quiseram, diz-que é bom partido. É muito simpático, bonzinho...

— Pois seja feliz, Dores. Mas vamos continuar a lição. E a lição voou apesar duma certa distração na sala. Dolores tocou como nunca. Humilde, riso impassível meio amarelo, muito calma. Seu Gomes saiu satisfeitíssimo.

— Eu não devia dizer, Dores... mas é uma pena si você casar logo! Com mais dois anos eu punha você artista, garanto.

— Já falei! é só o senhor não querer que eu não caso, seu Carlos!

— Case sim, Deus me livre agora de andar desmanchando casamento de ninguém! Té mais.

— Té quinta, seu Carlos!

Seu Gomes saiu. Todo coberto de esmeraldas tristes. O mais engraçado é que pouco depois uma pessoa que conhecia bem os Bermudes afirmou pra ele que a Dolores não estava noiva. Não compreendeu nada e, indagando, ela tornou a afirmar que estava. Então é porque estava e não se incomodou mais com aquilo. Sarambé era ele que não entendia, e não os moços que tiram as moças da casa dos pais! Dolores continuou representando o noivado por mais de mês. Era assunto que lhe permitia dizer que casava com aquele como podia casar com qualquer um e não tinha mais esperança neste mundo. Um dia apareceu sem aliança na aula.

— Que-dele o anel, Dores?

— Acabou-se tudo, seu Carlos! Agora o senhor pode ficar sossegado que não caso mais, ouviu! Si um dia me casar há-de ser com o consentimento do senhor!

— Mas, Dores, eu não quero tomar essa responsabilidade, não! Olhe, você quer uma palavra de amigo? essas coisas a gente não vai fazendo e desfazendo assim à toa!
— Ah, só pra experimentar um pouco... eu não gostava dele!
— Mas fez o pobre moço sofrer!
— Ara, isso todos nós sofremos, seu Carlos! Porque a gente não há-de gostar duma pessoa e ser logo correspondida!
E principiou chorando, muito nervosa, ali mesmo na sala, podiam ver. Seu Gomes espantadíssimo.
— Que é isso, Dores! não faça assim!
— Ah, seu Carlos... sou uma desgraçada!...
— Sossegue, Dores! Pode passar alguém, não fica bonito ver você chorando assim!
Dolores soluçando muito sacudida, apagava esmeraldas no lencinho. Já sorria:
— Você tá nervosa, vá pra casa. Olhe: não se esqueça de repassar a *Ave-Maria* pra missa de domingo.
— Sei, seu Carlos.
Suspirou fundo que doía, foi-se embora.
Pois não durou nem vinte dias, seu Gomes recebeu o cartão em que "Temos a honra de participar a V. Excia. e Exma. Família que contratamos o casamento de nossa adorada filha Dolores Sarti Bermudes com o sr. Agostinho Nardelli. Alonso Bermudes", rua tal, etc. Desta vez era certo. Escreveu agradecendo e com os votos.
Casar... é. Seu Gomes já estava com quatrocentos mil-réis das lições. E com moça boa, trabalhadeira... Mesmo que não ajudasse no ganho, ao menos que fizesse os próprios vestidos... Cento-e-cinquenta pro aluguel, cento-e-

-cinquenta pra comerem. Inda restava cem pro que desse e viesse. Nessa noite seu Gomes teve um sonho bem desagradável. Era uma rua, num beco, tapado por um casarão no fundo. A vizinha estava numa janela alugável aí por uns trezentos mil-réis por mês. Mas na outra calçada a mãe da Dores sacudia as banhas numa risada sem educação, dizendo: "É muito!" Seu Gomes apesar da vergonha continuou andando e saudou a modista, pra que saudou! Saiu de dentro do chapéu dele um papagaio com um cinzeiro de prata no bico. Dentro do cinzeiro está todo o meu dinheiro, pensava o sonho assustado. Seu Gomes ficou num desespero enorme e resolveu subir pelo poste pra ver si agarrava o papagaio. A vizinha rindo pálido falou assim:
— Quer que ajude?
Seu Gomes implorou:
— Me ajude, Serafina!
Nem bem falou, a modista já estava agarrada nas costas dele. Chê... ficou difícil de trepar no poste com mais aquele peso nas costas, ficou impossível de trepar. Também não era preciso mais porque desaparecera o papagaio e estava tão bom que seu Gomes mexia na cama até que o chão se abriu. Seu Gomes com a Serafina caíram e o sonhador acordou com uma sede louca.

Dolores se explicou bem sobre o primeiro noivado secreto. O segundo é que não durou três meses, dona Marina contou pra seu Gomes que tinham desmanchado porque o moço não prestava. Essas coisas não aborreciam seu Gomes porque por uma curiosa inversão de papéis o tímido substituía secretamente a Dolores pela Serafina naquele casa-não-casa e tanto falar em casamento cotidianizava na hesitação dele a evidência do casamento: precisava se casar. E tudo isso prova também que ele

não estava de todo inocente a respeito da Dores. Mas o importante no momento era preparar bem o Pugnani-
-Kreisler pra festa de formatura.

Estava nisso quando a Dores apareceu inquieta na lição. Era nesse tempo que parecia mais magrinha, olhos cada vez mais no fundo, toda a gente imaginando que era o estudo. Outra aluna estava ali, falou baixinho:

— Preciso falar muito com o senhor!

— Pois fa...

— Fale baixo! Tenho um assunto muito importante pra dizer pro senhor. Vá amanhã na missa e suba no coro, vou tocar. É coisa muito séria, seu Carlos!

Ele reparou que era coisa muito séria mesmo. Aqueles olhos, aquela boca tremendo entre angústia e autoridade... Passou meio inquieto uma parte da noite. Foi na missa.

Dolores desfiou uma lenga-lenga muito atrapalhada, cheia de reticências, de vergonhas, que já estavam falando muito deles, que não havia nada porém o senhor sabe como é boca do mundo, as colegas, seu Carlos!... e os olhos dela encheram-se de lágrimas, as colegas vivem bulindo comigo, que o senhor gosta de mim, mas eu sei que não gosta! foram contar pra seu Marchese, ele mandou me chamar, vive falando pra mim que, quihihi... eu sei que o senhor é tão bom, é tão sério, mas ele vive me falando que o senhor não presta, que está me namorando por causa do meu dinheiro, que ficou muito feio pra mim!... Toda a gente já sabe! que eu devia largar da aula com o senhor, e que depois o senhor não casa comigo, tá só se divertindo, seu Carlos!... eu sei que o senhor é incapaz de me enganar mas ele mandou chamar mamãe, falou tudo pra ela, ela me deu uma surra, seu... seu Carlos! me deu duas bofetadas na cara, quihi, quihihi... e chorava de não falar mais.

— Mas o que você está me contando, Dores!... Será possível!

— É possível sim! Toda a gente caçoa de mim por causa do senhor! Nunca falei nada porque eu gosto muito do senhor, não quis que o senhor ficasse triste. Sabe? meu noivado desmanchou só por sua causa, foram contar tudo pro Agostinho! outro dia no baile ninguém mais não queria dançar comigo porque diziam que eu estava ocupada! "Ocupada"! seu Carlos! falaram assim mesmo! De já-hoje quando o senhor entrou não viu a cara que a organista fez!...

— Meu Deus! mas si nunca houve nada, Dores! como é que...

— Tenho sofrido, seu Carlos! tenho sofrido muito!... dizem que estou doente, doença nada!... É tudo por sua causa mesmo!... mas eu sei que o senhor não gosta de mim e não queria que o senhor soubesse disso mas... quihihi... não posso mais!... e mamãe me falou pra mim que quer falar com o senhor...

— Pois falo, Dores! Sempre tratei você como minha aluna e não tenho medo de ninguém!

— Vá amanhã lá em casa mas... seu Carlos! eu não quero largar do senhor! não deixe me darem pra outro professor! com outro eu não estudo mais!...

Seu Gomes olhou com dó aquele corpinho magro estalando. Segurou-lhe as mãos que apertavam os lábios querendo gritar. Quis levantar-lhe a cabeça, porém estava desamparada, tornou a cair pra frente com os lábios colados na mão dele num beijo de fogo molhado. Tirou rápido a mão. Desceu a escadinha do coro, partiu. Estava com a mão insuportável com a lembrança do beijo, estava tonto. Estava nem querendo pensar. Seguia com muita pressa, louco pra chegar em casa porque parece mesmo que a casa da gente nos protege de tudo.

Em casa lhe deram o recado que o maestro Marchese pedia pra seu Gomes ir falar com ele, foi.

— Bom-dia.

— Bom-dia, s'accomodi. Professore, mandei chamar o signore por causa dum assunto molto serio! Il Giacomo é un stabilimento sério! Qui non si fa scherzi com moças, signor professore! Si lei aveva l'intenzione di namorare careceva de andare noutro...

— Seu Marchese, o senhor dobre a língua já, ouviu! O senhor tirou alguma coisa a limpo pra saber si estou namorando, hein! Fique sabendo que eu não estou disposto a aguentar insulto de ninguém e faço o senhor calar a boca já!

— Ma non dzangate! non dzan-ga-te, signor professore! non cé mica male in quello que eu disse! Sei molto bene que lei é honestíssimo ma che posso fare, io! todos falam! S'accomodi, per favore!

— Tou bem de-pé.

— Ma non dzangate, signor fessore!... Stó falando sul serio! Sono un povero uomo con quatro figlioli in casa, si! signor professore, che belleza de criancinhas! non posso expulsare questa ragazza Bermudes sinon m'isculhamba tutta la vida! Sono inrovinato, Dia Santo! non posso mandare la ragazza s'imbora! é ó non é!...

— Isso é o de menos, seu Marchese... o senhor... ponha a Dolores no seu curso, não me incomodo.

Seu Gomes tinha pensado primeiro em se retirar do Giacomo, porém lembrou dos cem mil-réis, se acovardou. Pois é: Dolores passava pro curso do outro e tudo se arranjava.

— Ma, signore professore, non basta! Bermudes stá uma fera! e io ho paúra dun scandalo!... Bisogna dare una satisfazione a tutto il Brás!...

Seu Gomes estava cansado. Era muito frouxo pra pelejar mais.

— Está bem, seu Marchese, eu saio do Giacomo.

— Bravo! Si vede que lei é um bravo moço! sempre falei pra todos que lei é um bravo moço!

— Já sei. Passe bem.

— Ah, ma o signore si esquece o dinheiro, isto nó! Mancano cinco dias ma il Giacomo paga tutta la mensalitá. Tante grazie, signor professore, tante grazie!... Á rivederlo!

Careceu de gritar o "rivederlo", seu Gomes já ia longe. Chegou em casa abatido, nem almoçou. De repente lhe veio aquela vontade de resolver tudo aquele dia mesmo, pegou no chapéu, foi pra casa da Dores.

O violino parou e dois olhos relampearam na sombra da janela. Dolores veio correndo abrir a porta.

— O que foi!

— Quero falar com sua mãe já.

— Sente, seu Carlos. Mamãe não está mas eu mando chamar, é aqui pertinho! E foi bom porque assim a gente pode combinar primeiro. Maria, vá chamar mamãe na casa de seu Almeida, fale pra ela que seu Gomes está aqui, ela já sabe.

Houve um momento de silêncio. Ela tomara um ar tímido de viada, rostinho baixo. De repente seu Gomes ficou todo coberto de esmeraldas alegres. Dores sorriu:

— Então?...

— Não tem nada, Dores, não se luta com boca de povo. Mas você carece ter paciência também!

A frase deixara a coitadinha supliciada de novo. Seu Gomes sentiu uma vontade de machucar inda mais quem lhe roubava tanto cem mil-réis seguro.

— Acabo de ser expulso do Giacomo.

— Seu Carlos!...

Ele ficou com dó. Remediou:

— Não se incomode não! A vida tem mesmo dessas... A gente põe tanta esperança numa coisa ahn... tudo escapa de repente.

Dores chorando.

—Você que carece de ser mais enérgica, vai pra outro professor, paciência. Pra que você não continua com o Bastiani? Ao menos vai pra milhor.

— Eu não quero, seu Carlos! não largue de mim!... deixe eu ficar com o senhor!...

Ele estava muito calmo, carinhoso, piorando tudo.

—Tomara eu ficar com você, Dores, mas não pode ser, se acalme! Olhe, você se forma e depois continua com o...

— Não continuo com ninguém! seu Carlos... é mamãe! fale pra ela, o senhor consegue, fale!

A gordura de dona Marina enlambuzou a porta.

— Já está chorando outra vez! que menina.... Não se incomode, seu Gomes, etc.

Foi uma explicação muito simples, os dois procederam bonito de verdade. A lealdade sem recantos da dona fortificou seu Gomes. Só que um pouco atrapalhados pela Dores que se metia chorando, falando bobices até que dona Marina lhe deu aquele tabefe na boca. Então seu Gomes não pôde suportar!

— Dona Marina, não vim aqui pra ver a senhora bater na sua filha. Acho que naõ temos mais nada pra explicar. Quanto aos estudos dela, quando a senhora quiser, vá lá em casa que dou a recomendação pro Bastiani, passe bem. Adeus, Dores.

Então é que foi a história. Ela agarrou na mão, no braço dele, olho veio vindo e ficou saltado bem na frente feito holofote verde.

— Não! o senhor não larga de mim! Me leve daqui! é mentira!

Nem podia falar, feito louca.

— É mentira! não largue de mim, eu gosto tanto do senhor! Eu morro! É tudo mentira! Ninguém está falando mal de nós! Fui eu que falei pras colegas! Eu! Eu não posso ficar sem o senhor! Nem que seja só pra estudar! mamãe! Fui eu que falei pro diretor! me deixe com o senhor!...

Era grito já.

Seu Gomes voltou com uma piedade amarga.

— Dores, você...

Ela apertou-o nos braços, mais baixa, esfregando o queixo no peito dele. Dona Marina brutaça arrancando a filha. Seu Gomes com doçura se desenlaçando. Dores gritava, dando cotoveladas na mãe, "Me largue! me largue!" rouca duma vez. "Eu quero ir com ele!..."

Mas seu Gomes bem percebia que agora era tarde pra começar o amor. Havia ua modista inteirinha entre os dois e três anos de costume com a modista no sentimento. Meio sorrindo desapontado:

— Que criançada, Dores!

— Não!!
Foi o grito maior, se escutou da rua. Seu Gomes fugiu pela porta.

Ela ficara parada, presa na cintura pelos braços da mãe, ofegando, boca aberta, cada olho destamanho bem na frente brilhando claro claro. Só deu tento de si com a bofetada. Não ardeu. Nem essa nem as outras nem os cocres e tabefes pelas costas peito cabeça. Foi chorando pra cama, com uma dor de angústia aguda, sem ninguém dentro do corpo.
Mas três meses depois estava curada.

**1925**[1]

---

[1] "Menina de olho no fundo", escrito em 1925, foi publicado pela primeira vez no nº 6 da *Revista Nova* (São Paulo), em 15 de abril de 1932. Depois passa às páginas de *Os contos de Belazarte*, que teve duas edições em vida do autor, em 1934 e 1944. (N.E.)

# Túmulo, túmulo, túmulo

*Belazarte me contou:*
Caso triste foi o que sucedeu lá em casa mesmo... Eu sempre falo que a gente deve ser enérgico, nunca desanimar, que se entregar é covardia, porém quando a coisa desanda mesmo não tem vontade, não tem paciência que faça desgraça parar.

Um tempo andei mais endinheirado, com emprego bom e inda por cima arranjando sempre uns biscates por aí, que me deixavam viver à larga. Dinheiro faz cócega em bolso de brasileiro, enquanto não se gasta não há meios de sossegar, pois imaginei ter um criado só pra mim. Achava gostoso esses pedaços de cinema: o dono vai saindo, vem o criado com chapéu e bengala na mão, "Prudêncio, hoje não boio em casa, querendo sair, pode. Té logo". "Té logo, seu Belazarte."

Veio um criado mas eu não simpatizava com ele não. Sei lá si percebeu? uma noite pediu a conta e dei graças. Levei uns pares de dias assim, até que indo ver uns terrenos longe, estava no mesmo banco do bonde um tiziu extraordinário de simpático. Que olhos sossegados! você não imagina. Adoçavam tudo que nem verso de Rilke. Desci matutando, vi os terrenos, peguei o bonde que voltava. Instinto é uma curiosidade: quando o condutor veio cobrar a passagem e percebi que era o mesmo da ida, tive a certeza que o negrinho havia de estar no carro. Olhei para trás, pois não é que estava mesmo! Encontrei os olhos dele, dito e feito: senti uma doçura por dentro uma calma lenta, pensei: está aí, disso é que você carece pra criado. Mudei de banco e meio juruviá puxei conversa:

— Me diga ua coisa, você não sabe por acaso de algum moço que queira ser meu criado? Mas quero brasileiro e preto.

Riu manso, apalpando a vista com a pálpebra. Me olhou, respondendo com voz silenciosa, essa mesma de gente que não pensa nem viveu passado:

— Tem eu, sim senhor. O senhor querendo...

— Eu, eu quero sim, por que não havia de querer? Quanto você pede? Etc. E ele entrou pro meu serviço.

Quando indaguei o nome dele, falou que chamava Ellis.

Ellis era preto, já disse... Mas uma boniteza de pretura como nunca eu tinha visto assim. Como linhas até que não era essas coisas, meio nhato, porém aquela cor elevava o meu criado a tipo-de-beleza da raça tizia. Com dezenove anos sem nem um poucadico de barba, a epiderme de Ellis era um esplendor. Não brilhava mas não brilhava nada mesmo! Nem que ele estivesse trabalhando pesado, suor corria, ficava o risco da gota feito rastinho de lesma e só. Bastava que lavasse a cara, pronto: voltava o preto opaco outra vez. Era doce, aveludado o preto de Ellis... A gente se punha matutando que havia de ser bom passar a mão naquela cor humilde, mão que andou todo o dia apertando passe-bem de muito branco emproado e filho-da-mãe. Ellis trazia o cabelo sempre bem roçado, arredondando o coco. Pixaim fininho, tão fofo que era ver piri de beira-rio. Beiço, não se percebia, negro também. Só mesmo o olhar amarelado, cor de ólio de babosa, é que descansava no meio daquela igualdade perfeita. É verdade que os dentes eram brancos, mas isso raramente se enxergava, porque Ellis tinha um sorriso apenas entreaberto. Estava muito igualado com o movimento da miséria pra andar mostrando gengiva a cada passo. A gente tinha impressão de que nada o espantava mais, e que Ellis via tudo preto, do mesmo preto exato da epiderme.

Como criado, manda a justiça contar que ele não foi inteiramente o que a gente está acostumado a chamar de criado bom. Não é que fosse rúim não, porém tinha seus carnegões, moleza chegou ali, parou. Limpava bem as coisas mas levava uma vida pra limpar esta janela. E depois deu de sair muito, não tinha noite que ficasse em casa. Mas no sentido de criado moral, Ellis foi sublime. De inteira confiança, discreto, e sobretudo amigo. Quando eu asperejava com ele, escutava tudo num desaponto que só vendo. Sei que eu desbaratava, ia desbaratando, ia ficando sem assunto pra desbaratar, meio com dó daquele tão humilde que, a gente percebia, não tinha feito nada por mal. Acabava sendo eu mesmo a discutir comigo:

— Sei bem que de tanto lavar copo vem um dia em que um escapole da mão... Está bom, veja si não quebra mais, ouviu?

— Sei, seu Belazarte.

E ficava esperando, jururu que fazia dó. Eu é que encafifava. Com aquele olho-de-pomba me seguindo, arrulhando pelo meu corpo numa bulha penarosa de carinho batido, eu nem sabia o que fazer. Pegava numa gravata, reparando que tinha pegado nela só pra gesticular, largava da gravata, arranja cabelo, arranja não-sei-o-quê, acabava sempre descobrindo poeira na roupa, a mancha, qualquer coisa assim:

— Ellis, me limpe isto.

Ele vinha chegando meio encolhido e limpava. Então olho-de-babosa pousava em minha justiça, tremendo:

— Está bom assim, seu Belazarte?

— Está. Pode ir.

Ia. Porém ficava rondando. Mesmo que fosse lá no andar térreo trabalhar, me levava no pensamento, ia imaginando um jeito de me agradar. E não tinha mais parada nos agradinhos discretos enquanto eu não ria pra ele. Então gengiva aparecia. Quando chegava de noite já sabe, vinha pedindo pra ir no cinema, eu tinha pena, deixava. E quantas vezes ainda não acabei dando dinheiro pro cinema! Nesse andar é lógico que eu mesmo estava fazendo arte de ficar sem criado. Foi o que sucedeu. Ellis tomou conta de mim duma vez. Piorar, piorou não, mas já estava difícil de dizer quem era o criado de nós dois. Sim, porque, afinal das contas quem que é o criado? quem serve ou quem não pode mais passar sem o serviço, digo mais, sem a companhia do outro?

— Ellis, você já sabe ler?... Uhm... acho que vou ensinar francês pra você, porque si um dia eu for pra Europa, não vou sem você.

— Si seu Belazarte for, eu vou também.

Sempre com o mesmo respeito. Às vezes eu chegava em casa sorumbático, moído com a trabalheira do dia, Ellis não falava nada, nem vinha com amolação, porém não arredava pé de mim, descobrindo o que eu queria pra fazer. Foi uma dessas vezes que escutei ele falando no portão pra um companheiro:

— Hoje não, seu Belazarte carece de mim.

Até achei graça. E principiei verificando que aquilo não tinha jeito mais, Ellis não trabalhava. Estava tomando um lugar muito grande em minha vida. Pois então vamos fazer alguma coisa pelo futuro dele, decidi. Entramos os dois numa explicação que me abateu, por causa dos sentimentos desencontrados que me percorreram. Ellis me confessou que pensava mesmo em ser chofer, mas não tinha dinheiro pra tirar a carta. Tive ciúmes, palavra. Secretamente eu achava que ele devia só pensar em ser meu criado. Mas venci o sentimento besta e falei que isso era o de menos, porque eu emprestava os cobres. Só que não pude vencer a fraqueza e, com pretexto de esclarecer, ajuntei:

— Você pense bem, decida e volte me falar. Chofer é bom, dá bem, só que é ofício perigoso e já tem muito chofer por aí. Muitas vezes a gente imagina que faz um giro e faz mas é um jirau. Enfim, tudo isso é com você. Já falei que ajudo, ajudo.

Foi então que ele me confessou que precisava ganhar mais porque estava com vontade de casar.

— Ellis, mas que idade você tem, Ellis!

— Dezanove, sim senhor.

— Puxa! e você já quer casar!

Deu aquele sorriso entreaberto, sossegado:

— Gente pobre carece casar cedo, seu Belazarte, sinão vira que nem cachorro sem dono.

Não entendi logo a comparação. Ellis esclareceu:

— Pois é: cachorro sem dono não vive comendo lixo dos outros?...

Meio que me despeitava também, isso do Ellis gostar de mais outra pessoa que do patrão, porém já sei me livrar com facilidade destes egoísmos. Perguntei quem era a moça.

— É tizia que nem eu mesmo, seu Belazarte. Se chama Dora.

Encabulou, tocando na namorada. Falei mais uma vez pra ele pensar bem no que ia fazer e me comunicasse.

Dias depois ele veio:

— Seu Belazarte... andei matutando no que o senhor me falou, semana atrás...

— Resolveu?

— Pois então a gente pode fazer uma coisa: espero o dia-dos-anos do senhor e depois saio.

Tive um despeito machucando. Decerto fui duro:

— Está bom, Ellis.

Não se mexeu. Depois de algum tempo, muito baixinho:

— Seu Belazarte...

— O que é.

— Mas... seu Belazarte... eu quero sair por bem da casa do senhor... até a Dora me falou que... me falou que decerto o senhor aceitava ser nosso padrinho...

Custou ele falar de tanta comoção. Olhei pra ele. O ólio de babosa destilava duas lágrimas negras no pretume liso. Me comovi também.

— Sai por bem, é lógico! Não tenho queixa nenhuma de você.

— Quando o senhor quiser alguma coisa, me chame que eu venho fazer. O senhor foi muito bom para mim...

— Não fui bom, Ellis, fui como devia porque você também foi direito.

Botei a mão no ombro dele pra sossegar o comovido soluçante, estava engasgado, o pobre!... Sem se esperar, rápido, virou a cara de lado, encolheu o ombro, beijou minha mão, partiu fechando a porta.

Já me sentava outra vez, pensando naquele beijo que fazia a minha mão tão recompensada por toda a humanidade, a porta abriu de leve. E ele, não se mostrando:

— Seu Belazarte, o senhor não falou que aceitava...

Até me ri.

— Aceito, Ellis! Quando que você casa?

— Si arranjar licença logo, caso no 8 de dezembro, sim senhor, dia da Virgem Maria.

Não me logrou, porém logrou a Virgem Maria. Saiu de casa dias depois do meu aniversário, e nem bem dona República fez anos, casou com a Dora, num dia claro que parecia querer durar a vida inteira. Cheguei do casamento com uma felicidade artística dentro de mim. Você não imagina que coisa mais bonita Ellis e Dora juntos! Mulatinha lisa, lisa, cor de ouro, isto é, cor de ólio de babosa, cor dos olhos de Ellis! E nos olhos então todo esse pretume impossível que o medo põe na cor do mato à noite. Você decerto que já reparou: a gente vê uns olhos de menina boa e jura:"Palavra que nunca vi olho tão preto", vai ver? quando muito olho é cor de fumo de Mapingui. É o receio da gente que bota escureza temível nos olhos desses nossos pecados... Que gostosa a Dora! Era uma pretarana de cabelo acolchoado e corpo de potranquinha independente. Tinha um jeito de não-querer, muito fiteiro, um dengue meio fatigado oscilando na brisa, tinha uma fineza de S espichado, que fazia ela parecer maior do que era, uma graça flexível... Nem sei bem o que é que o corpo dela tinha, só sei que espantava tanto o desejo da gente, que desejo ficava de boca aberta, extasiado, sem gesto, deixando respeitosamente ela passar por entre toda a cristandade... Dora linda! Ellis desapareceu uns meses e me esqueci dele. A vida é tão bondosa que nunca senti falta de ninguém. Reapareceu. Foi engraçado até. Me levantei tarde, desci pra beber meu mate, Ellis no hol, encerando.

— Bom-dia, seu Belazarte.
— Ué! que que você está fazendo aqui!
— Dona Mariquinha me chamou pra limpar a casa.
— Mas você não está trabalhando então!
— Trabalho, sim senhor, mas a vida anda mesmo dura, seu Belazarte, a gente carece de ir pegando o que acha.

A fúria de casar borrara os sonhos do chofer. Vivia de pedreiro. Mamãe encontrou com ele e se lembrou de dar esse dinheiro semanal pro mendigo quasi. Um Ellis esmolambado, todo sujo de cal. Dora andava com muito enjoo, coisa do filho vindo. Não trabalhava mais. Ellis com pouco serviço. Estava magro e bem mais feio. De repente uma semana não apareceu. Que é, que não é, afinal veio uma conhecida contar que Ellis tinha adoecido de resfriado, estava tossindo muito, aparecendo uns caroços do lado da cara. Quando vi ele até assustei, era um caroção medonho, parecendo abscesso. Foi no dentista, não sei... dentista andou engambelando Ellis um sem-fim de tempo, começou aparecendo novo caroço do outro lado da cara. Mamãe imaginou que era anemia. Mandamos Ellis no médico de casa, com recomendação. Resultado: estava fraquíssimo do peito e si não tomasse cuidado, bom!

Calvário começou. Ele não sabia bem o que havia de fazer, eu também não podia estar recolhendo dois em casa. Inda mais doentes! Vacas magras também estavam pastando no meu campo nesse tempo... Foi uma tristeza. Ellis andou de cá pra lá, fazendo tudo e não fazendo nada. Mandou buscar a mãe, que vivia numa chacrinha emprestada em Botucatu, foram morar todos juntos na lonjura da Casa Verde, diz-que pra criar galinha e por causa do ar bom. Não arranjaram nada com as galinhas nem com os ares. Vieram pra cidade outra vez. Foram morar perto de casa, num porão, depois eu vi o porão, que coisa! Todos morando no buraco de tatu, Ellis, Dora, a mãe dele e mais dois gafanhotinhos concebidos de passagem.

Ellis voltara pra pedreiro, encerava nossa casa e outras que arranjamos, andou consertando esgotos, depois na Companhia de Gás... Não tinha parada, emagrecendo, não se descobriu remédio que acabasse inteiramente com os caroços.

Meio rindo, meio sério, nem eram bem sete da manhã, um dia apareceu contando que era pai. Vinha participar e:

— Seu Belazarte, vinha também saber si o senhor queria ser padrinho do tiziu, o senhor já está servindo de meu tudo mesmo.

Falei que sim, meio sem gostar nem desgostar, estava já me acostumando. Dei vinte mil-réis. Mamãe, que era a madrinha, andou indo lá no porão deles, arranjando roupas de lã pro desgraçadinho novo.

Nem semana depois, chego em casa e mamãe me conta que Dora tinha adoecido. Pedi pra ela ir lá outra vez, ela foi. Mandamos médico. Dora piorou do dia pra noite, e morreu quem a gente menos imaginava que morresse. Número um.

Agora sim, e a criança? É verdade que a mãe do Ellis tinha inda filho de peito, desmamou o safadinho que já estava errando língua portuguesa, e o leite dela foi mudando de porão.

O dia do batizado, sofri um desses desgostos, fatigantes pra mim que vivo reparando nas coisas. Primeiro quis que o menino se chamasse Benedito, nome abençoado de todos os escravos sinceros, porém a mãe do Ellis resmungou que a gente não devia desrespeitar vontade de morto, que Dora queria que o filho chamasse Armando ou Luis Carlos. Então pus autoridade na questão e cedendo um pouco também, acabamos carimbando o desgraçadinho com o título de Luís.

Havia muita lembrança de Dora naquilo tudo, há só dois dias que ela adormecera. Fizemos logo o batizado porque o menino estava muito aniquiladinho.

Engraçado o Ellis... Até hoje não me arrisco a entender bem qual era o sentimento dele pela Dora. Quando veio me comunicar a morte da pobre, até parecia que eu gostava mais dela, com este meu jeito de ficar logo num pasmo danado, sucedendo coisa triste.

— Dora morreu, seu Belazarte.

— Morreu, Ellis!

Nem posto explicar com quanto sentimento gritei. Ellis também não estava sossegado não, mas parecia mais incapacidade de sofrer que tristeza verdadeira. O amarelão dos olhos ficara rodeado dum branco vazio. Dora ia fazer falta física pra ele, como é que havia de ser agora com os desejos? Isso é que está me parecendo foi o sofrimento perguntado do Ellis. E pra decidir duma vez a indecisão, ele vinha pra mim cuja amizade compensava. E seria mesmo por amizade? Aqui nem a gente pode saber mais, de tanto que os interesses se misturavam no gesto, e determinavam a fuga de Ellis pra junto de mim. Eu era amigo dele, não tinha dúvida, porém numa ocasião como aquela não é muito de amigo que a gente precisa não, é mais de pessoa que saiba as coisas. Eu sabia as coisas, e havia de arranjar um jeito de acomodar a interrogação.

...e quem diz que na amizade também não existe esse interesse de ajutório?... Existe, só que mais bonito que no amor, porque interesse está longe do corpo, é mistério da vida silenciosa espiritual. Depois, amor... É inútil os pernósticos estarem inventando coisas atrapalhadas pra encherem o amor de trezentas auroras-boreais ou caem no domínio da amizade, que também pode existir entre bigode e seios, ou então principiam sutilizando os gestos físicos do amor, caem na bandalheira. Observando, feito eu, amor de sem-educação, a gente percebe mesmo que nele não tem metafísica: uma escolha proveniente do sentimento que a babosa recebe dum corpo estranho, e em seguida furrum-fum-fum. A força do amor é que ele pode ser ao mesmo tempo amizade. Mas tudo o que existe de bonito nele, não vem dele não, vem da amizade grudada nele. Amor quando enxerga defeito no objeto amado, cega: "Não faz mal!" Mas o amigo sente: "Eu perdoo você." Isso é que é sublime no amigo, essa repartição contínua de si mesmo, coisa humana profundamente, que faz a gente viver duplicado, se repartindo num casal de espíritos amantes que vão, feito passarinhos de voo baixo, pairando rente ao chão sem tocar nele...

Dora era corpo só. E uma bondade inconsciente. Eu não tinha corpo mas era protetor. E principalmente era o que sabia as coisas. Desta vez amor não se uniu com amizade: o amor foi pra Dora, a amizade pra mim. Natural que o Ellis procedesse dessa forma, sendo um frouxo. Batizado fatigante. Não paga a pena a gente imaginar que todos somos iguais, besteira! Mamãe, por causa da muita religião, imagina que somos. Inventou de convidar Ellis, mãe e tutti quanti pra comer um doce em nossa casa, vieram. Foi um ridículo oprimente pra nós os superiores, e deprimente pra eles os desinfelizes. Estavam esquerdos, cheios de mãos, não sabendo pegar na xícra. E eu então! Qualquer gesto que a gente faz, pegar no pão, na bolacha, pronto: já é diferente por classe da maneira, igualzinha muitas vezes, com que o pobre pega nessas coisas. Parece lição. A gente fica temendo rebaixar o outro e também já não sabe pegar na xícra mais. Custei pra inventar umas frases engraçadas, depois reparei que não tinham graça nenhuma por causa da Dora se dependurando nelas, não deixando a graça rir. De repente fui-me embora.

Não levou nem semana, o desgraçadinho pegou mirrando mais, mirrando e esticou. Número dois.

Ellis nem pôde tratar do enterro. Não é que estivesse penando muito, mas o caroço tinha dado de crescer no lado esquerdo agora. Na véspera tivera uma vertigem, ninguém sabe por que, junto do filho morrendo. Foi pra cama com febrão de quarenta-e-um no corpo tremido.

Era a tuberculose galopante que, sem nenhum respeito pelas regras da cidade, estava fazendo cento-e-vinte por hora na raia daquele peito apertado. Quando Ellis soube, virou meu filho duma vez. Mandava contar tudo pra mim. Mas não sei por que delicadeza sublime, por que invenção de amizade, descobriu que não me dou bem com a tísica.

O certo é que nunca me mandou pedir pra ir vê-lo. Fui. Fui, também uma vez só, de passagem, falando que estava na hora de ir pro trabalho. Mas não deixei faltar nada pra ele. Nada do que eu podia dar, está claro, leite de vacas magras. Durou três meses, nem isso, onze semanas em que me parece foi feliz. Sim, porque virara criança, e talvez pela primeira vez na vida, inventava essas pequenas faceirices com que a gente negaceia o amor daqueles por quem se sabe amado. Mantimento, remédios, roupa, tudo minha mãe é que providenciava pra ele, conforme desejo meu. Pois de sopetão vinha um pedido engraçado, que Ellis queria comer sopa da minha casa, que si eu não podia mandar pra ele a meia igualzinha àquela que usara no batizado do desgraçadinho, com lista amarela, outra roxa até em cima... Uma feita mandou pedir de emprestado a almofada que eu tinha no meu estúdio e que, ele mandou dizer, até já estava bem velha. É lógico que almofada foi, porém dadinha duma vez.

Da minha parte era tudo agora gestos mecânicos de protetor, meu Deus! como a vida esperada se mecaniza... Não sei... Ellis creio que não, mas eu já fazia muito que estava acostumado a sentir Ellis morto. E aquela espera da morte já pra mim era bem a morte longa, um andar na gandaia dentro da morte, que não me dava mais que uma saudade cômoda do passado. Era amigo dele, juro, mas Ellis estava morto, e com a morte não se tem direito de contar na vida viva. Ele, isso eu soube depois, ele sim, estava vivendo essa morte já chegada, numa contemplação sublime do passado, única realidade pra ele. Dora tinha sido uma função. A vida prática não fora sinão comer, dormir, trabalhar. No que se agarraria aquele morto em férias? Em mim, é lógico. Isso eu sube depois... Levava o dia falando no amigo, pensando no amigo. E todas aquelas faceirices de pedidos e vontadinhas de criança, não passavam de jeitos de se recordar mais objetivamente de mim. De se aproximar de mim, que não ia vê-lo.

Cheguei em casa pra almoçar, a mãe do Ellis viera dizer que ele estava me chamando, não gostei nada. Si agora ele principiava pedindo mais isso, eu que tenho um bruto horror de tísica... Enfim mandei a criada lá, que depois do almoço ia.

Quando cheguei na porta, os uivos da mãe dele me deram a notícia inesperada. Sim, inesperada, porque já estava acostumado a ficar esperando e perdera a noção de que o esperado havia mesmo de vir. Entrei. Estavam uma italianona vermelha de tanto choro por tabela e dois tizius fumando.

— Morreu!

— Ahm, su Beladzarte, tanto que o povero está chamando o sinhore!

— Mas já morreu, é!

— Que esperandza! desde manhãzinha está cham...

— Onde ele está?

Um dos tizius.

— Está lá dentro, sim senhor.

Jogou o cigarro e foi mostrando caminho. Segui atrás. Pulei por cima dos uivos saindo duma furna que nunca viu dia, e lá numa sala mais larga, com entrada em arco sem porta dando pro quintal interior, num canto invisível, chorava uma vela, era ali. Ellis vasquejava com as borlas dos caroços dependurados pros lados, medonho de magro. Estava morrendo desde manhã, sempre chamando por mim.

— Mas por que não me avisaram!

Eram não sei quantas vezes que agarravam a vela nas mãos dele já em cruz, pra sempre fantasiadas de morte. De repente soluço parava. O moribundo engulia em seco e pegava me chamando outra vez. Afinal parara de chamar fazia mais de hora. Parece que a coisa estava chegando. Falei baixo, sem querer, me acomodando com o silêncio da morte:

— Ellis... ôh Ellis!

Nada. Só o respiro serrando na madeira seca da garganta. Os outros me olhavam, esperando o bem que eu ia fazer pro coitado. Até parecia que o importante ali era eu. Insisti, lutando com a amizade da morte, mais uniforme que a minha. Com mentira e tudo, até me parece que eu insistia mais pra vencer a predominância da morte, e aqueles assistentes não me verem perder numa luta. Botei a mão na testa morna de Ellis, havia de me sentir.

— Ellis! sou eu, Ellis!... Sossegue que já cheguei, ouviu! Estou juntinho de você, ouviu!... Ellis!

O soluço parou.

— Pronto! Ansim que está fatchendo desde de manhán, ô povero!... Tira áa vela, Maria!

— Deixe a vela, ôh Ellis!

Ellis abriu as pálpebras, principiou abrindo, parecia que não parava mais de as abrir. Ficaram escancaradas, mas ólio de babosa não vê que escorrendo mais! pupilas fixas, retas, frechando o teto preto. Pus minha cara onde elas me focalizassem.

— Estou aqui, Ellis! Não tenha medo! você está me enxergando, hein!

— Está sim, seu Belazarte. Viu! desde manhã que está de olho fechado. Ele queria muito be... bem o senhor! também... também o senhor tem sido muito bom pro coitado... de meu filho, ai!... aaai! meu filho está morrendo, ahn! ahn! ahn!...

— Ellis! você está precisando de alguma coisa, hein! Eu faço!

A gelatina me recebia sem brilhar. As pálpebras foram cerrando um bocado. Instintivamente apressei a fala, pra que os olhos inda recebessem meu carinho:

— Eu faço tudo pra você! não quero que te falte nada, ouviu bem!

Os olhos se esconderam de todo com muita calma.

— Meu filho morreu! ai, ai!... Aaai!...

Tive um momento de desespero porque Ellis não dava sinal de me sentir. Insisti mais, ajoelhando junto da cama.

— Ora, o que é isso, Ellis!...

— ahan... só falava no senhor, ahn... ontem mesmo disse pra mim, ahan, que, ahn, milhorando cavava um poço... fundo, aáin... pra enterrar todos os mi... micróbios pra despois, pedir pra morar, ahn... no porão da casa do senhor... aai!

— Levem ela! não vale a pena ele estar escutando esse choro!

Transportaram os uivos. Estaria escutando ainda? Insisti numa esperança exacerbada pela anedota da negra, sem querer, perverso, voz pura, doce de carícia:

— Ellis! você não me responde mesmo!

Abriu um pouco os olhos outra vez. Me via!

...foi tão humilde que nem teve o egoísmo de sustentar contra mim a indiferença da morte. O olhar dele teve uma palpitação franca pra mim. Ellis me obedecia ainda com esse olhar. Fosse por amizade, fosse por servilismo, obedeceu. Isso me fez confundir extraordinariamente com os manejos da vida, a morte dele. Desapareceu mistério, fatalidade, tudo o que havia de grandioso nela. Foi a morte familiar. Foi a morte nossa, entre amigos, direitinho aquele dia em que resolvemos, meu aniversário passado, ele ir buscar o casamento e a choferagem de ganhar mais.

Cerrava os olhos calmo. Pesei a mão no corpo dele pra que me sentisse bem. Ao menos assim, Ellis ficava seguro de que tinha ao pé dele o amigo que sabia as coisas. Então não o deixaria sofrer. Porque sabia as coisas...
Número três.

**1926**[1]

---

[1] Escrito em 1926, "Túmulo, túmulo, túmulo" foi publicado nas duas edições de Os contos de Belazarte em vida do autor, a de 1934 e a de 1944. (N.E.)

## Primeiro de Maio

No grande dia Primeiro de Maio, não eram bem seis horas e já o 35 pulara da cama, afobado. Estava muito bem-disposto, até alegre, ele bem afirmara aos companheiros da Estação da Luz que queria celebrar e havia de celebrar. Os outros carregadores mais idosos meio que tinham caçoado do bobo, viesse trabalhar que era melhor, trabalho deles não tinha feriado. Mas o 35 retrucara com altivez que não, não carregava mala de ninguém, havia de celebrar o dia deles. E agora tinha o grande dia pela frente.

Dia dele... Primeiro quis tomar um banho pra ficar bem digno de existir. A água estava gelada, ridente, celebrando, e abrira um sol enorme e frio lá fora. Depois fez a barba. Barba era aquela penuginha meia loura, mas foi assim mesmo buscar a navalha dos sábados, herdada do pai, e se barbeou. Foi se barbeando. Nu só da cintura pra cima por causa da mamãe por ali, de vez em quando a distância mais aberta do espelhinho refletia os músculos violentos dele, desenvolvidos desarmoniosamente nos braços, na peitaria, no cangote, pelo esforço cotidiano de carregar peso. O 35 tinha um ar glorioso e estúpido. Porém ele se agradava daqueles músculos intempestivos, fazendo a barba.

Ia devagar porque estava matutando. Era a esperança dum turumbamba macota, em que ele desse uns socos formidáveis nas fuças dos polícias. Não teria raiva especial dos polícias, era apenas a ressonância vaga daquele dia. Com seus vinte anos fáceis, o 35 sabia, mais da leitura dos jornais que de experiência, que o proletariado era uma classe oprimida. E os jornais tinham anunciado que se esperava grandes "motins" do Primeiro de Maio, em Paris, em Cuba, no Chile, em Madri.

O 35 apressou a navalha de puro amor. Era em Madri, no Chile que ele não tinha bem lembrança se ficava na América mesmo, era a gente dele... Uma piedade, um beijo lhe saía do corpo todo, feito proteção sadia de macho, ia parar em terras não sabidas, mas era a gente dele, defender, combater, vencer... Comunismo?... Sim, talvez fosse isso. Mas o 35 não sabia bem direito, ficava atordoado com as notícias, os jornais falavam tanta coisa, faziam tamanha misturada de Rússia, só sublime ou só horrenda, e o 35 infantil estava por demais machucado pela experiência pra não desconfiar, o 35 desconfiava. Preferia o turumbamba porque não tinha medo de ninguém, nem do Carnera, ah, um soco bem nas fuças dum polícia... A navalha apressou o passo outra vez. Mas de repente o 35 não imaginou mais em nada por causa daquele bigodinho de cinema que era a melhor preciosidade de todo o seu ser. Lembrou aquela moça do apartamento, é verdade, nunca mais tinha passado lá pra ver se ela queria outra vez, safada! Riu.

Afinal o 35 saiu, estava lindo. Com a roupa preta de luxo, um nó errado na gravata verde com listinhas brancas e aqueles admiráveis sapatos de pelica amarela que não pudera sem comprar. O verde da gravata, o amarelo dos sapatos, bandeira brasileira, tempos de grupo escolar... E o 35 se comoveu num hausto forte, querendo bem o seu imenso Brasil, imenso colosso gigan-ante, foi andando depressa, assobiando. Mas parou de supetão e se orientou assustado. O caminho não era aquele, aquele era o caminho do trabalho.

Uma indecisão indiscreta o tornou consciente de novo que era o Primeiro de Maio, ele estava celebrando e não tinha o que fazer. Bom, primeiro decidiu ir na cidade pra assuntar alguma coisa. Mas podia seguir por aquela direção mesmo, era uma volta, mas assim passava na Estação da Luz dar um bom-dia festivo aos companheiros trabalhadores. Chegou lá, gesticulou o bom-dia festivo, mas não gostou porque os outros riram dele, bestas. Só que em seguida não encontrou nada na cidade, tudo fechado por causa do grande dia Primeiro de Maio. Pouca gente na rua. Deviam de estar almoçando já, pra chegar cedo no maravilhoso jogo de futebol escolhido pra celebrar o grande dia. Tinha mas era muito polícia, polícia em qualquer esquina, em qualquer porta cerrada de bar e de café, nas joalherias, quem pensava em roubar! nos bancos, nas casas de loteria. O 35 teve raiva dos polícias outra vez.

E como não encontrasse mesmo um conhecido, comprou o jornal pra saber. Lembrou de entrar num café, tomar por certo uma média, lendo. Mas a maioria dos cafés estavam de porta cerrada e o 35 mesmo achou que era preferível economizar dinheiro por enquanto, porque ninguém não sabia o que estava pra suceder. O mais prático era um banco de jardim, com aquele sol maravilhoso. Nuvens? umas nuvenzinhas brancas, ondulando no ar feliz. Insensivelmente o 35 foi se encaminhando de novo para os lados do Jardim da Luz. Eram os lados que ele conhecia, os lados em que trabalhava e se entendia mais. De repente lembrou que ali mesmo na cidade tinha banco mais perto, nos jardins do Anhangabaú. Mas o Jardim da Luz ele entendia mais. Imaginou que a preferência vinha do Jardim da Luz ser mais bonito, estava celebrando. E continuou no passo em férias.

Ao atravessar a estação achou de novo a companheirada trabalhando. Aquilo deu um malestar fundo nele, espécie não sabia bem, de arrependimento, talvez irritação dos companheiros, não sabia. Nem quereria nunca decidir o que estava sentindo já... Mas disfarçou bem, passando sem parar, se dando por afobado, virando pra trás com o braço ameaçador, "Vocês vão ver!"... Mas um riso aqui, outro riso acolá, uma frase longe, os carregadores companheiros, era tão amigo deles, estavam caçoando. O 35 se sentiu bobo, era impossível recusar, envilecido. Odiou os camaradas.

Andou mais depressa, entrou no jardim em frente, o primeiro banco era a salvação, sentou. Mas dali algum companheiro podia divisar ele e caçoar mais, teve raiva. Foi lá no fundo do jardim campear banco escondido. Já passavam negras disponíveis por ali. E o 35 teve uma ideia muito não pensada, recusada, de que ele também estava uma espécie de negra disponível, assim. Mas não estava não, estava celebrando, não podia nunca acreditar que estivesse disponível e não acreditou. Abriu o jornal. Havia logo um artigo muito bonito, bem pequeno, falando na nobreza do trabalho, nos operários que eram também os "operários da nação", é isso mesmo! O 35 se orgulhou todo comovido. Se pedissem pra ele matar, ele matava, roubava, trabalhava grátis, tomado dum sublime desejo de fraternidade, todos os seres juntos, todos bons... Depois vinham as notícias. Se esperava "grandes motins" em Paris, deu uma raiva tal no 35. E ele ficou todo fremente, quase sem respirar, desejando "motins" (devia ser turumbamba) na sua desmesurada força física, ah, as fuças de algum... polícia? polícia. Pelo menos os safados dos polícias. Pois estava escrito em cima do jornal: em São Paulo a Polícia proibira comícios na rua e passeatas, embora se falasse vagamente em motins de-tarde no Largo da Sé. Mas a polícia já tomara todas as providências, até metralhadoras, estava em cima do jornal, nos arranha-céus, escondidas, o 35 sentiu um frio. O sol brilhante queimava, banco na sombra? Mas não tinha, que a Prefeitura, pra evitar safadez dos namorados, punha os bancos só bem no sol. E ainda por cima era aquela imensidade de guardas e polícias vigiando que nem bem a gente punha a mão no pescocinho dela, trilo. Mas a Polícia permitira a grande reunião proletária, com discurso do ilustre Secretário do Trabalho, no magnífico pátio interno do Palácio das Indústrias, lugar fechado! A sensação foi claramente péssima. Não era medo, mas por que que a gente havia de ficar encurralado assim! É! é pra eles depois poderem cair em cima da gente, (palavrão)! Não vou! não sou besta! Quer dizer: vou sim! desaforo! (palavrão), socos, uma visão tumultuária, rolando no chão, se machucava mas não fazia mal, saíam todos enfurecidos do Palácio das Indústrias, pegavam fogo no Palácio das Indústrias, não! a indústria é a gente, "operários da nação", pegavam fogo na igreja de São Bento mais próxima que era tão linda por "drento", mas pra que pegar fogo em nada! (O 35 chegara até a primeira comunhão em menino...), é melhor a gente não pegar fogo em nada; vamos no Palácio do Governo, exigimos tudo do Governo, vamos com o general da Região Militar, deve ser gaúcho, gaúcho só dá é farda, pegamos fogo no palácio dele. Pronto. Isso o 35 consentiu, não porque o tingisse o menor separatismo (e o aprendido no grupo escolar?) mas nutria sempre uma espécie de despeito por São Paulo ter perdido na Revolução de 32. Sensação aliás quase de esporte, questão de Palestra-Coríntians, cabeça inchada, porque não vê que ele havia de se matar por causa de uma besta de revolução diz-que democrática, vão "eles"!... Se fosse o Primeiro de Maio, pelo menos... O 35 mal percebeu que se regava todo por "drento" dum espírito generoso de sacrifício. Estava outra vez enormemente piedoso, morreria sorrindo, morrer... Teve uma nítida, envergonhada sensação de pena. Morrer assim tão lindo, tão moço. A moça do apartamento... Salvou-se lendo com pressa, oh! os deputados trabalhistas chegavam agora às nove horas, e o jornal convidavam (sic) o povo pra ir na Estação do Norte (a estação rival, desapontou) pra receber os grandes homens. Se levantou mandado, procurou o relógio da torre da Estação da Luz, ora! não dava mais tempo! quem sabe se dá!

Foi correndo, estava celebrando, raspou distraído o sapato lindo na beirada de tijolo do canteiro, (palavrão), parou botando um pouco de guspe no raspão, depois engraxo, tomou o bonde pra cidade, mas dando uma voltinha pra não passar pelos companheiros da Estação. Que alvoroço por dentro, ainda havia de aplaudir os homens. Tomou o outro bonde pro Brás. Não dava mais tempo, ele percebia, eram quase nove horas quando chegou na cidade, ao passar pelo Palácio das Indústrias, o relógio da torre indicava nove e dez, mas o trem da Central sempre atrasa, quem sabe? bom: às quatorze horas venho aqui, não perco, mas devo ir, são nossos deputados no tal de congresso, devo ir. Os jornais não falavam nada dos trabalhistas, só falavam dum que insultava muito a religião e exigia divórcio, o divórcio o 35 achava necessário (a moça do apartamento...), mas os jornais contavam que toda a gente achava graça no homenzinho, "Vós, burgueses", e toda a gente, os jornais contavam, acabaram se rindo do tal de deputado. E o 35 acabou não achando mais graça nele. Teve até raiva do tal, um soco é que merecia. E agora estava quase torcendo pra não chegar com tempo na estação. Chegou tarde. Quase nada tarde, eram apenas nove e quinze. Pois não havia mais nada, não tinha aquela multidão que ele esperava, parecia tudo normal. Conhecia alguns carregadores dali também e foi perguntar. Não, não tinham reparado nada, decerto foi aquele grupinho que parou na porta da estação, tirando fotografia. Aí outro carregador conferiu que eram os deputados sim, porque tinham tomado aqueles dois sublimes automóveis oficiais. Nada feito.

Ao chegar na esquina o 35 parou pra tomar o bonde, mas vários bondes passaram. Era apenas um moço bem-vestidinho, decerto à procura de emprego por aí, olhando a rua. Mas de repente sentiu fome e se reachou. Havia por dentro, por "drento" dele um desabalar neblinoso de ilusões, de entusiasmo e uns raios fortes de remorso. Estava tão desgradável, estava quase infeliz... Mas como perceber tudo isso se ele precisava não perceber!... O 35 percebeu que era fome.

Decidiu ir a-pé pra casa, foi a-pé, longe, fazendo um esforço penoso para achar interesse no dia. Estava era com fome, comendo aquilo passava. Tudo deserto, era por ser feriado, Primeiro de Maio. Os companheiros estavam trabalhando, de vez em quando um carrego, o mais eram conversas divertidas, mulheres de passagem, comentadas, piadas grossas com as mulatas do jardim, mas só as bem limpas mais caras, que ele ganhava bem, todos simpatizavam logo com ele, ora por que que hoje me deu de lembrar aquela moça do apartamento!... Também: moça morando sozinha é no que dá. Em todo caso, pra acabar o dia era uma ideia ir lá, com que pretexto?... Devia ter ido em Santos, no piquenique da Mobiliadora, doze paus convite, mas o Primeiro de Maio... Recusara, recusara repetindo o "não" de repente com raiva, muito interrogativo, se achando esquisito daquela raiva que lhe dera. Então conseguiu imaginar que esse piquenique monstro, aquele jogo de futebol que apaixonava eles todos, assim não ficava ninguém pra celebrar o Primeiro de Maio, sentiu-se muito triste, desamparado. É melhor tomo por esta rua. Isso o 35 percebeu claro, insofismável que não era melhor, ficava bem mais longe. Ara, que tem! Agora ele não podia se confessar mais que era pra não passar na Estação da Luz e os companheiros não rirem dele outra vez. E deu a volta, deu com o coração cerrado de angústia indizível, com um vento enorme de todo o ser assoprando ele pra junto dos companheiros, ficar lá na conversa, quem sabe? trabalhar... E quando a mãe lhe pôs aquela esplêndida macarronada celebrante sobre a mesa, o 35 foi pra se queixar "Estou sem fome, mãe". Mas a voz lhe morreu na garganta.

Não eram bem treze horas e já o 35 desembocava no parque Pedro II outra vez, à vista do Palácio das Indústrias. Estava inquieto mas modorrento, que diabo de sol pesado que acaba com a gente, era por causa do sol. Não podia mais se recusar o estado de infelicidade, a solidão enorme, sentida com vigor. Por sinal que o parque já se mexia bem agitado. Dezenas de operários, se via, eram operários endomingados, vagueavam por ali, indecisos, ar de quem não quer. Então nas proximidades do palácio, os grupos se apinhavam, conversando baixo, com melancolia de conspiração. Polícias por todo lado.

O 35 topou com o 486, grilo quase amigo, que policiava na Estação da Luz. O 486 achara jeito de não trabalhar aquele dia porque se pensava anarquista, mas no fundo era covarde. Conversaram um pouco de entusiasmo semostradeiro, um pouco de Primeiro de Maio, um pouco de "motins". O 486 era muito valentão de boca, o 35 pensou. Pararam bem na frente do Palácio das Indústrias que fagulhava de gente nas sacadas, se via que não eram operários, decerto os deputados trabalhistas, havia até moças, se via que eram distintas, todos olhando para o lado do parque onde eles estavam.

Foi uma nova sensação tão desagradável que ele deu de andar quase fugindo, polícias, centenas de polícias, moderou o passo como quem passeia. Nas ruas que davam pro parque tinha cavalarias aos grupos, cinco, seis, escondidos na esquina, querendo a discrição não ostentar força e ostentando. Os grilos ainda não faziam mal, são uns (palavrão)! O palácio dava ideia duma fortaleza enfeitada, entrar lá drento, eu!... O 486 então, exaltadíssimo, descrevia coisas piores, massacres horrendos de "proletários" lá dentro, descrevia tudo com a visibilidade dos medrosos, o pátio fechado, dez mil proletários no pátio e os polícias lá em cima nas janelas, fazendo pontaria na maciota.

Mas foi só quando aqueles três homens bem-vestidos, se via que não eram operários, se dirigindo aos grupos vagueantes, falaram pra eles em voz alta: "Podem entrar! não tenham vergonha! podem entrar!" com voz de mandando assim na gente... O 35 sentiu um medo franco. Entrar ele! Fez como os outros operários: era impossível assim soltos, desobedecer aos três homens bem-vestidos, com voz mandando, se via que não eram operários. Foram todos obedecendo, se aproximando das escadarias, mas o maior número, longe da vista dos três homens, torcia caminho, iam se espalhar pelas outras alamedas do parque, mais longe. Esses movimentos coletivos de recusa acordaram a covardia do 35. Não era medo, que ele se sentia fortíssimo, era pânico. Era um puxar unânime, uma fraternidade, era carícia dolorosa por todos aqueles companheiros fortes tão fracos que estavam ali também pra... pra celebrar? pra... O 35 não sabia mais pra quê. Mas o palácio era grandioso por demais com as torres e as esculturas, mas aquela porção de gente bem-vestida nas sacadas enxergando eles (teve a intuição violenta de que estava ridiculamente vestido), mas o enclausuramento na casa fechada, sem espaço de liberdade, sem ruas abertas pra avançar, pra correr dos cavalarias, pra brigar... E os polícias na maciota, encarapitados nas janelas, dormindo na pontaria, teve ódio do 486, idiota medroso! De repente o 35 pensou que ele era moço, precisava se sacrificar: se fizesse um modo bem visível de entrar sem medo no palácio, todos haviam de seguir o exemplo dele. Pensou, não fez. Estava tão opresso, se desfibrara tão rebaixado naquela mascarada de socialismo, naquela desorganização trágica, o 35 ficou desolado duma vez. Tinha piedade, tinha amor, tinha fraternidade, e era só. Era uma sarça ardente, mas era sentimento só. Um sentimento profundíssimo, queimando, maravilhoso, mas desamparado, mas desamparado. Nisto vieram uns cavalarias, falando garantidos:

— Aqui ninguém não fica não! a festa é lá dentro, me'rmão! no parque ninguém não para não!

Cabeças-chatas... E os grupos deram de andar outra vez, de cá para lá, riscando no parque vasto, com vontade, com medo, falando baixinho, mastigando incerteza.

Deu um ódio tal no 35, um desespero tamanho, passava um bonde, correu, tomou o bonde sem se despedir do 486, com ódio do 486, com ódio do Primeiro de Maio, quase com ódio de viver. O bonde subia para o centro mais uma vez. Os relógios marcavam quatorze horas, decerto a celebração estava principiando, quis voltar, dava muito tempo, três minutos pra descer a ladeira, teve fome. Não é que tivesse fome, porém o 35 carecia de arranjar uma ocupação senão arrebentava. E ficou parado assim, mais de uma hora, mais de duas horas, no Largo da Sé, diz-que olhando a multidão. Acabara por completo a angústia. Não pensava, não sentia mais nada. Uma vagueza cruciante, nem bem sentida, nem bem vivida, inexistência fraudulenta, cínica, enquanto o Primeiro de Maio passava. A mulher de encarnado foi apenas o que lhe trouxe de novo à lembrança a moça do apartamento, mas nunca que ele fosse até lá, não havia pretexto, na certa que ela não estava sozinha. Nada. Havia uma paz, que paz sem cor por "drento"...

Pelas dezessete horas era fome, agora sim, era fome. Reconheceu que não almoçara quase nada, era fome, e principiou enxergando o mundo outra vez. A multidão já se esvaziava, desapontada, porque não houvera nem uma briguinha, nem uma correria no Largo da Sé, como se esperava. Tinha claros bem largos, onde os grupos dos polícias resplandeciam mais. As outras ruas do centro, essas então quase totalmente desertas. Os cafés, já sabe, tinham fechado, com o pretexto magnânimo de dar feriado aos seus "proletários" também.

E o 35 inerme, passivo, tão criança, tão já experiente da vida, não cultivou vaidade mais: foi se dirigindo num passo arrastado para a Estação da Luz, pra os companheiros dele, esse era o domínio dele. Lá no bairro os cafés continuavam abertos, entrou num, tomou duas médias, comeu bastante pão com manteiga, exigiu mais manteiga, tinha um fraco por manteiga, não se amolava de pagar o excedente, gastou dinheiro, queria gastar dinheiro, queria perceber que estava gastando dinheiro, comprou uma maçã bem rubra, oitocentão! foi comendo com prazer até os companheiros. Eles se ajuntaram, agora sérios, curiosos, meio inquietos, perguntando pra ele. Teve um instinto voluptuoso de mentir, contar como fora a celebração, se enfeitar, mas fez um gesto só, (palavrão) cuspindo um muxoxo de desdém pra tudo.

Chegava um trem e os carregadores se dispersaram, agora rivais, colhendo carregos em porfia. O 35 encostou na parede, indiferente, catando com dentadinhas cuidadosas os restos da maçã, junto aos caroços. Sentia-se cômodo, tudo era conhecido velho, os chóferes, os viajantes. Surgiu um farrancho que chamou o 22. Foram subir no automóvel mas afinal, depois de muita gritaria, acabaram reconhecendo que tudo não cabia no carro. Era a mãe, eram as duas velhas, cinco meninos repartidos pelos colos e o marido. Tudo falando: "Assim não serve não! As malas não vão não!" aí o chofer garantiu enérgico que as malas não levava, mas as maletas elas "não largaram não", só as malas grandes que eram quatro. Deixaram elas com o 22, gritaram a direção e partiram na gritaria. Mais cabeça-chata, o 35 imaginou com muita aceitação.

O 22 era velhote. Ficou na beira da calçada com aquelas quatro malas pesadíssimas, preparou a correia, mas coçou a cabeça.

— Deixa que te ajudo, chegou o 35.

E foi logo escolhendo as duas malas maiores, que ergueu numa só mão, num esforço satisfeito de músculos. O 22 olhou pra ele, feroz, imaginando que o 35 propunha rachar o ganho. Mas o 35 deu um soco só de pândega no velhote, que estremeceu socado e cambaleou três passos. Caíram na risada os dois. Foram andando.

**1934**[1]

---

[1] "Primeiro de Maio" foi publicado na revista *Rumo* (Rio de Janeiro), em junho de 1934, e na *Novella* (São Paulo), em junho de 1935. Em 1942, o autor revisita o texto para publicação em seus *Contos novos* (1945). (N.E.)

## O PERU DE NATAL

O nosso primeiro Natal de família, depois da morte de meu pai acontecida cinco meses antes, foi de consequências decisivas para a felicidade familiar. Nós sempre fôramos familiarmente felizes, nesse sentido muito abstrato da felicidade: gente honesta, sem crimes, lar sem brigas internas nem graves dificuldades econômicas. Mas, devido principalmente à natureza cinzenta de meu pai, ser desprovido de qualquer lirismo, duma exemplaridade incapaz, acolchoado no medíocre, sempre nos faltara aquele aproveitamento da vida, aquele gosto pelas felicidades materiais, um vinho bom, uma estação de águas, aquisição de geladeira, coisas assim. Meu pai fora de um bom errado, quase dramático, o puro-sangue dos desmancha-prazeres.

Morreu meu pai, sentimos muito, etc. Quando chegamos nas proximidades do Natal, eu já estava que não podia mais pra afastar aquela memória obstruente do morto, que parecia ter sistematizado pra sempre a obrigação de uma lembrança dolorosa em cada almoço, em cada gesto mínimo da família. Uma vez que eu sugerira a mamãe a ideia dela ir ver uma fita no cinema, o que resultou foram lágrimas. Onde se viu ir ao cinema, de luto pesado! A dor já estava sendo cultivada pelas aparências, e eu, que sempre gostara apenas regularmente de meu pai, mais por instinto de filho que por espontaneidade de amor, me via a ponto de aborrecer o bom do morto.

Foi decerto por isto que me nasceu, esta sim, espontaneamente, a ideia de fazer uma das minhas chamadas "loucuras". Essa fora aliás, e desde muito cedo, a minha esplêndida conquista contra o ambiente familiar. Desde cedinho, desde os tempos de ginásio, em que arranjava regularmente uma reprovação todos os anos; desde o beijo às escondidas, numa prima, aos dez anos, descoberto por Tia Velha, uma detestável de tia; e principalmente desde as lições que dei ou recebi, não sei, duma criada de parentes: eu consegui no reformatório do lar e na vasta parentagem, a fama conciliatória de "louco". "É doido, coitado!" falavam. Meus pais falavam com certa tristeza condescendente, o resto da parentagem buscando exemplo para os filhos e provavelmente com aquele prazer dos que se convencem de alguma superioridade. Não tinham doidos entre os filhos. Pois foi o que me salvou, essa fama. Fiz tudo o que a vida me apresentou e o meu ser exigia para se realizar com integridade. E me deixaram fazer tudo, porque eu era doido, coitado. Resultou disso uma existência sem complexos, de que não posso me queixar um nada.

Era costume sempre, na família, a ceia de Natal. Ceia reles, já se imagina: ceia tipo meu pai, castanhas, figos, passas, depois da Missa do Galo. Empanturrados de amêndoas e nozes (quanto discutimos os três manos por causa do quebra-nozes...) empanturrados de castanhas e monotonias, a gente se abraçava e ia pra cama. Foi lembrando isso que arrebentei com uma das minhas "loucuras":

— Bom, no Natal, quero comer peru.

Houve um desses espantos que ninguém não imagina. Logo minha tia solteirona e santa, que morava conosco, advertiu que não podíamos convidar ninguém por causa do luto.

— Mas quem falou de convidar ninguém! essa mania... Quando é que a gente já comeu peru em nossa vida! Peru aqui em casa é prato de festa, vem toda essa parentada do diabo...

— Meu filho, não fale assim...
— Pois falo, pronto! E descarreguei minha gelada indiferença pela nossa parentagem infinita, diz-que vinda de bandeirante, que bem me importa! Era mesmo o momento pra desenvolver minhas teorias de doido, coitado, não perdi a ocasião. Me deu de supetão uma ternura imensa por mamãe e titia, minhas duas mães, três com minha irmã, as três mães que sempre me divinizaram a vida. Era sempre aquilo: vinha aniversário de alguém e só então faziam peru naquela casa. Peru era prato de festa: uma imundície de parentes já preparados pela tradição, invadiam a casa por causa do peru, das empadinhas e dos doces. Minhas três mães, três dias antes já não sabiam da vida senão trabalhar, trabalhar no preparo de doces e frios finíssimos de bem-feitos, a parentagem devorava tudo e inda levava embrulhinhos pros que não tinham podido vir. As minhas três mães mal podiam de exaustas. Do peru, só no enterro dos ossos, no dia seguinte, é que mamãe com titia inda provavam num naco de perna, vago, escuro, perdido no arroz alvo. E isso mesmo era mamãe quem servia, catava tudo pro velho e pros filhos. Na verdade ninguém sabia de fato o que era peru em nossa casa, peru resto de festa.

Não, não se convidava ninguém, era um peru pra nós, cinco pessoas. E havia de ser com duas farofas, a gorda com os miúdos, e a seca, douradinha, com bastante manteiga. Queria o papo recheado só com a farofa gorda, em que havíamos de ajuntar ameixa-preta, nozes e um cálice de xerez, como aprendera na casa da Rose, muito minha companheira. Está claro que omiti onde aprendera a receita, mas todos desconfiaram. E ficaram logo naquele ar de incenso assoprado, se não seria tentação do Dianho aproveitar receita tão gostosa. E cerveja bem gelada, eu garantia quase gritando. É certo que com meus gostos, já bastante afinados fora do lar, pensei primeiro num vinho bom, completamente francês. Mas a ternura por mamãe venceu o doido, mamãe adorava cerveja.

Quando acabei meus projetos, notei bem, todos estavam felicíssimos, num desejo danado de fazer aquela loucura em que eu estourara. Bem que sabiam, era loucura sim, mas todos se faziam imaginar que eu sozinho é que estava desejando muito aquilo e havia jeito fácil de empurrarem pra cima de mim a... culpa de seus desejos enormes. Sorriam se entreolhando, tímidos como pombas desgarradas, até que minha irmã resolveu o consentimento geral:

— É louco mesmo!...

Comprou-se o peru, fez-se o peru, etc. E depois de uma Missa do Galo bem mal rezada, se deu o nosso mais maravilhoso Natal. Fora engraçado: assim que me lembrara de que finalmente ia fazer mamãe comer peru, não fizera outra coisa aqueles dias que pensar nela, sentir ternura por ela, amar minha velhinha adorada. E meus manos também, estavam no mesmo ritmo violento de amor, todos dominados pela felicidade nova que o peru vinha imprimindo na família. De modos que, ainda disfarçando as coisas, deixei muito sossegado que mamãe cortasse todo o peito do peru. Um momento aliás, ela parou, feito fatias um dos lados do peito da ave, não resistindo àquelas leis de economia que sempre a tinham entorpecido numa quase pobreza sem razão.

— Não senhora, corte inteiro! só eu como tudo isso!

Era mentira. O amor familiar estava por tal forma incandescente em mim, que até era capaz de comer pouco, só pra que os outros quatro comessem demais. E o diapasão dos outros era o mesmo. Aquele peru comido a sós redescobrira em cada um o que a cotidianidade abafara por completo, amor, paixão de mãe, paixão de filhos. Deus me perdoe mas estou pensando em Jesus... Naquela casa de burgueses bem modestos, estava se realizando um milagre de amor digno do Natal de um Deus. O peito do peru ficou inteiramente reduzido a fatias amplas.

— Eu que sirvo!

"É louco, mesmo!" pois porque havia de servir, se sempre mamãe servira naquela casa! Entre risos, os grandes pratos cheios foram passados pra mim e principiei uma distribuição heroica, enquanto mandava meu mano servir a cerveja. Tomei conta logo dum pedaço admirável da "casca", cheio de gordura e pus no prato. E depois vastas fatias brancas. A voz severizada de mamãe cortou o espaço angustiado com que todos aspiravam pela sua parte no peru:

— Se lembre de seus manos, Juca!

Quando que ela havia de imaginar, a pobre! que aquele era o prato dela, da Mãe, da minha amiga maltratada, que sabia da Rose, que sabia meus crimes, a que eu só lembrava de comunicar o que fazia sofrer! O prato ficou sublime.

— Mamãe, este é o da senhora! Não! não passe não!

Foi quando ela não pôde mais com tanta comoção e principiou chorando. Minha tia também, logo percebendo que o novo prato sublime seria o dela, entrou no refrão das lágrimas. E minha irmã, que jamais viu lágrima sem abrir a torneirinha também, se esparramou no choro. Então principiei dizendo muitos desaforos para não chorar também, tinha dezenove anos... Diabo de família besta que via peru e chorava! coisas assim. Todos se esforçavam por sorrir, mas agora é que a alegria se tornara impossível. É que o pranto evocara por associação a imagem indesejável de meu pai morto. Meu pai, com sua figura cinzenta, vinha pra sempre estragar nosso Natal, fiquei danado.

Bom, principiou-se a comer em silêncio, lutuosos, e o peru estava perfeito. A carne mansa, de um tecido muito tênue, boiava fagueira entre os sabores das farofas e do presunto, de vez em quando ferida, inquietada e redesejada, pela intervenção mais violenta da ameixa-preta e o estorvo petulante dos pedacinhos de noz. Mas papai sentado ali, gigantesco, incompleto, uma censura, uma chaga, uma incapacidade. E o peru, estava tão gostoso, mamãe por fim sabendo que peru era manjar mesmo digno do Jesusinho nascido.

Principiou uma luta baixa entre o peru e o vulto de papai. Imaginei que gabar o peru era fortalecê-lo na luta, e, está claro, eu tomara decididamente o partido do peru. Mas os defuntos têm meios visguentos, muito hipócritas de vencer: nem bem gabei o peru que a imagem de papai cresceu vitoriosa, insuportavelmente obstruidora.

— Só falta seu pai...

Eu nem comia, nem podia mais gostar daquele peru perfeito, tanto que me interessava aquela luta entre os dois mortos. Cheguei a odiar papai. E nem sei que inspiração genial de repente me tornou hipócrita e político. Naquele instante que hoje me parece decisivo da nossa família, tomei aparentemente o partido de meu pai. Fingi, triste:

— É mesmo... Mas papai, que queria tanto bem a gente, que morreu de tanto trabalhar pra nós, papai lá no céu há--de estar conten... (hesitei, mas resolvi não mencionar mais o peru) contente de ver nós todos reunidos em família.

E todos principiaram muito calmos, falando de papai. A imagem dele foi diminuindo, diminuindo e virou uma estrelinha brilhante do céu. Agora todos comiam o peru com sensualidade, porque papai fora muito bom, sempre se sacrificara tanto por nós, fora um santo que "vocês, meus filhos, nunca poderão pagar o que devem a seu pai", um santo. Papai virara santo, uma contemplação agradável, uma inestorvável estrelinha do céu. Não prejudicava mais ninguém, puro objeto de contemplação suave. O único morto ali era o peru, dominador, completamente vitorioso.

Minha mãe, minha tia, nós, todos alagados de felicidade. Ia escrever "felicidade gustativa", mas não era só isso não. Era uma felicidade maiúscula, um amor de todos, um esquecimento de outros parentescos distraidores do grande amor familial. E foi, sei que foi aquele primeiro peru comido no recesso da família, o início de um amor novo, reacomodado, mais completo, mais rico e inventivo, mais complacente e cuidadoso de si. Nasceu de então uma felicidade familiar pra nós que, não sou exclusivista, alguns a terão assim grande, porém mais intensa que a nossa me é impossível conceber.

Mamãe comeu tanto peru que um momento imaginei, aquilo podia lhe fazer mal. Mas logo pensei: ah, que faça! mesmo que ela morra, mas pelo menos que uma vez na vida coma peru de verdade!

A tamanha falta de egoísmo me transportara o nosso infinito amor... Depois vieram umas uvas leves e uns doces, que lá na minha terra levam o nome de "bem-casados". Mas nem mesmo este nome perigoso se associou à lembrança de meu pai, que o peru já convertera em dignidade, em coisa certa, em culto puro de contemplação.

Levantamos. Eram quase duas horas, todos alegres, bambeados por duas garrafas de cerveja. Todos iam deitar, dormir ou mexer na cama, pouco importa, porque é bom uma insônia feliz. O diabo é que a Rose, católica antes de ser Rose, prometera me esperar com uma champanha. Pra poder sair, menti, falei que ia a uma festa de amigo, beijei mamãe e pisquei pra ela, modo de contar onde que ia e fazê-la sofrer seu bocado. As outras duas mulheres beijei sem piscar. E agora, Rose!...

**1938**[1]

---

[1] A primeira versão de "O peru de Natal" foi publicada no Iº Suplemento do *Diário de Notícias* do Rio de Janeiro, em 25 de dezembro de 1938. O texto retrabalhado por Mário de Andrade em 1942 é o que figura nas páginas de *Contos novos*. (N.E.)

# Briga das pastoras

Chegáramos à sobremesa daquele meu primeiro almoço no engenho e embora eu não tivesse a menor intimidade com ninguém dali, já estava perfeitamente a gosto entre aquela gente nordestinamente boa, impulsivamente generosa, limpa de segundos pensamentos. E eu me pus falando entusiasmado nos estudos que vinha fazendo sobre o folclôre daquelas zonas, o que já ouvira e colhera, a beleza daquelas melodias populares, os bailados, e a esperança que punha naquela região que ainda não conhecia. Todos me escutavam muito leais, talvez um pouco longínquos, sem compreender muito bem que uma pessoa desse tanto valor às cantorias do povo. Mas concordando com efusão, se sentindo satisfeitamente envaidecidos daquela riqueza nova de sua terra, a que nunca tinham atentado bem.

Foi quando, estávamos nas vésperas do Natal, da "Festa" como dizem por lá, sem poder supor a possibilidade de uma rata, lhes contei que ainda não vira nenhum pastoril, perguntando se não sabiam da realização de nenhum por ali.

— Tem o da Maria Cuncau, estourou sem malícia o Astrogildo, o filho mais moço, nos seus treze anos simpáticos e atarracados, de ótimo exemplar "cabeça chata".

Percebi logo que houvera um desarranjo no ambiente. A sra. dona Ismália, mãe do Astrogildo, e por sinal que linda senhora de corpo antigo, olhara inquieta o filho, e logo disfarçara, me respondendo com firmeza exagerada:

— Esses brinquedos já estão muito sem interesse por aqui... (As duas moças trocavam olhares maliciosos lá no fundo da mesa, e Carlos, a esperança da família, com a liberdade dos seus vinte-e-dois anos, olhava a mãe com um riso sem ruído, espalhado no rosto). Ela porém continuava firme: pastoril fica muito dispendioso, só as famílias é que faziam... antigamente. Hoje não fazem mais... Percebi tudo. A tal de Maria Cuncau certamente não era "família" e não podia entrar na conversa. Eu mesmo, com a maior naturalidade, fui desviando a prosa, falando em bumba-meu-boi, cocos, e outros assuntos que me vinham agora apenas um pouco encurtados pela preocupação de disfarçar. Mas o senhor do engenho, com o seu admirável, tão nobre quanto antidiluviano cavanhaque, até ali impassível à indiscrição do menino, se atravessou na minha fala, confirmando que eu deveria estar perfeitamente à vontade no engenho, que os meus estudos haviam naturalmente de me prender noites fora de casa, escutando os "coqueiros", que eu agisse com toda a liberdade, o Carlos havia de me acompanhar. Tudo sussurrado com lentidão e uma solicitude suavíssima que me comoveu. Mas agora, com exceção do velho, o malestar se tornara geral. A alusão era sensível e eu mesmo estava quase estarrecido, se posso me exprimir assim. Por certo que a Maria Cuncau era pessoa de importância naquela família, não podia imaginar o que, mas garantidamente não seria apenas alguma mulher perdida, que causasse desarranjo tamanho naquele ambiente.

Mas foi deslizantemente lógico todos se levantarem pois que o almoço acabara, e eu senti dever uma carícia à sra. dona Ismália, que não podia mais evitar um certo abatimento naquele seu mutismo de olhos baixos. Creio que fui bastante convincente, no tom filial que pus na voz pra lhe elogiar os maravilhosos pitus, porque ela me sorriu, e nasceu entre nós um desejo de acarinhar, bem que senti. Não havia dúvida: Maria Cuncau devia ser uma tara daquela família, e eu me amaldiçoava de ter falado em pastoris. Mas era impossível um carinho entre mim e a dona da casa, apenas conhecidos de três horas; e enquanto o Carlos ia ver se os cavalos estavam prontos para o nosso passeio aos partidos de cana, fiquei dizendo coisas meio ingênuas, meio filiais à sra. dona Ismália, jurando no íntimo que não iria ao Pastoril da Maria Cuncau. E como num momento as duas moças, ajudando a criadinha a tirar a mesa, se acharam ausentes, não resisti mais, beijei a mão da sra. dona Ismália. E fugi para o terraço, lhe facilitando esconder as duas lágrimas de uma infelicidade que eu não tinha mais direito de imaginar qual.

O senhor do engenho examinava os arreios do meu cavalo. Lhe fiz um aceno de alegria e lá partimos, no arranco dos animais fortes, eu, o Carlos, e mais o Astrogildo num petiço atarracado e alegre que nem ele. A mocidade vence fácil os malestares. O Astrogildo estava felicíssimo, no orgulho vitorioso de ensinar o homem do sul, mostrando o que era boi, o que era carnaúba; e das próprias palavras do mano, Carlos tirava assunto pra mais verdadeiros esclarecimentos. Maria Cuncau ficara pra trás, totalmente esquecida.

Foram três dias admiráveis, passeios, noites atravessadas até quase o "nascer da bela aurora", como dizia a toada, na conversa e na escuta dos cantadores da zona, até que chegou o dia da Festa. E logo a imagem da Maria Cuncau, cuidadosamente escondida aqueles dias, se impôs violentamente ao meu desejo. Eu tinha que ir ver o Pastoril de Maria Cuncau. O diabo era o Carlos que não me largava, e embora já estivéssemos amigos íntimos e eu sabedor de todas as suas aventuras na zona e farras no Recife, não tinha coragem de tocar no assunto nem meios pra me desvencilhar do rapaz. Nas minhas conversas com os empregados e cantadores bem que me viera uma vontadinha de perguntar quem era essa Maria Cuncau, mas se eu me prometera não ir ao Pastoril da Maria Cuncau! por que perguntar!... Tinha certeza que ela não me interessava mais, até que com a chegada da Festa, ela se impusera como uma necessidade fatal. Bem que me sentia ridículo, mas não podia comigo.

Foi o próprio Carlos quem tocou no assunto. Delineando o nosso programa da noite, com a maior naturalidade deste mundo, me falou que depois do Bumba que viria dançar de-tardinha na frente da casa-grande, daríamos um giro pelas rodas de coco, fazendo hora pra irmos ver o Pastoril da Maria Cuncau. Olhei-o e ele estava simples, como se não houvesse nada. Mas havia. Então falei com minha autoridade de mais velho:

— Olhe, Carlos, eu não desejava ir a esse pastoril. Me sinto muito grato à sua gente que está me tratando como não se trata um filho, e faço questão de não desagradar a... a ninguém.

Ele fez um gesto rápido de impaciência:

— Não há nada! isso é bobagem de mamãe!... Maria Cuncau parece que... Depois ninguém precisa saber de nada, nós voltamos todos os dias tarde da noite, não voltamos?... Vamos só ver, quem sabe se lhe interessa... Maria Cuncau é uma velha já, mora atrás da "rua", num mocambo, coitada...

E veio a noitinha com todas as suas maravilhas do nordeste. Era uma noite imensa, muito seca e morna, lenta, com aquele vaguíssimo ar de tristeza das noites nordestinas. O bumba-meu-boi, propositalmente encurtado pra não prender muito a gente da casa-grande, terminara lá pela meia-noite. A sra. dona Ismália se recolhera mais as filhas e a raiva do Astrogildo que teimava em nos acompanhar. O dono da casa desde muito que dormia, indiferente àquelas troças em que, como lhe escapara numa conversa, se divertira bem na mocidade. Retirado o grande lampião do terraço, estávamos sós, Carlos e eu. E a imensa noite. O pessoal do engenho se espalhara. Os ruídos musicais se alastravam no ar imóvel. Já desaparecera nalguma volta longe do caminho, o rancho do Boi que demandava a rua, onde ia dançar de novo o seu bailado até o raiar do dia. Um "chama" roncava longíssimo, talvez nalgum engenho vizinho, nalguma roda de coco. As luzes se acendiam espalhadas como estrelas, eram os moradores chegando em suas casas pobres. E de repente, lá para os lados do açude onde o massapê jazia enterrado mais de dois metros no areão, desde a última cheia, depois de uns ritmos debulhados de ganzá, uma voz quente e aberta, subira noite em fora, iniciando um coco bom de sapatear.

*Olê, rosêra,*
*Murchaste a rosa!...*

Era sublime de grandeza. A melancolia da toada, viva e ardente, mas guardando um significado íntimo, misterioso, quase trágico de desolação, casava bem com a meiga tristeza da noite.

*Olê, rosêra,*
*Murchaste a rosa!...*

E as risadas feriam o ar, os gritos, o coco pegara logo animadíssimo, aquela gente dançava, sapateava na dança, alegríssima, o coro ganhava amplidão no entusiasmo, as estrelas rutilavam quase sonoras, o ar morno era quase sensual, tecido de cheiros profundos. E era estranhíssimo. Tudo cantava, Cristo nascia em Belém, se namorava, se ria, se dançava, a noite boa, o tempo farto, o ano bom de inverno, vibrava uma alegria enorme, uma alegria sonora, mas em que havia um quê de intensamente triste. E um solista espevitado, com uma voz lancinante, própria de aboiador, fuzilava sozinho, dilacerando o coro, vencendo os ares, dominando a noite:

*Vô m'imbora, vô m'imbora*
*Pá Paraíba do Norte!...*

E o coro, em sua humanidade mais serena:

*Olê, rosêra,*
*Murchaste a rosa!...*

Nós caminhávamos em silêncio, buscando o Pastoril e Maria Cuncau. Minha decisão já se tornara muito firme pra que eu sentisse qualquer espécie de remorso, havia de ver a Maria Cuncau. E assim liberto, eu me entregava apenas, com delícias inesquecíveis, ao mistério, à grandeza, às contradições insolúveis daquela noite imensa, ao mesmo tempo alegre e triste, era sublime. E o próprio Carlos, mais acostumado e bem mais insensível, estava calado. Marchávamos rápido, entregues ao fascínio daquela noite da Festa.

A rua estava iluminada e muita gente se agrupava lá, junto a casa de alguém mais importante, onde o rancho do boi bailava, já em plena representação outra vez. Entre duas casas, Carlos me puxando pelo braço, me fez descer por um caminhinho cego, tortuoso, que num aclive forte, logo imaginei que daria nalgum riacho. Com efeito, num minuto de descida brusca, já mais acostumados à escuridão da noite sem lua, pulávamos por umas pedras que suavemente desfiavam uma cantilena de água pobre. Era agora uma subida ainda mais escura, entre árvores copadas, junto às quais se erguiam como sustos, uns mocambos fechados. Um homem passou por nós. E logo, pouco além, surgiu por trás dum dos mocambos, uma luz forte de lampião batendo nos chapéus e cabeleiras de homens e mulheres apinhados juntos a uma porta. Era o mocambo de Maria Cuncau.

Chegamos, e logo aquela gente pobre se arredou, dando lugar para os dois ricos. Num relance me arrependi de ter vindo. Era a coisa mais miserável, mais degradantemente desagradável que jamais vira em minha vida. Uma salinha pequeníssima, com as paredes arrimadas em mulheres e crianças que eram fantasmas de miséria, de onde fugia um calor de forno, com um cheiro repulsivo de sujeira e desgraça. Dessa desgraça horrível, humanamente desmoralizadora, de seres que nem sequer se imaginam desgraçados mais. Cruzavam-se no teto uns cordões de bandeirolas de papel de embrulho, que se ajuntavam no fundo da saleta, caindo por detrás da lapinha mais tosca, mais ridícula que nunca supus. Apenas sobre uma mesa, com três velinhas na frente grudadas com seu próprio sebo na madeira sem toalha, um caixão de querosene, pintado no fundo com uns morros muito verdes e um céu azul claro cheio de estrelas cor-de-rosa, abrigava as figurinhas santas do presépio, minúsculas, do mais barato bricabraque imaginável. O pastoril já estava em meio ou findava, não sei. Dançando e cantando, aliás com a sempre segura musicalidade nordestina, eram nove mulheres, de vária idade, em dois cordões, o cordão azul e o encarnado da tradição, com mais a Diana ao centro. O que cantavam, o que diziam não sei, com suas toadas sonolentas, de visível importação urbana, em que a horas tantas julguei perceber até uma marchinha carioca de carnaval.

Mas eu estava completamente desnorteado por aquela visão de miséria degradada, perseguido de remorsos, cruzado de pensamentos tristes, saudoso da noite fora. E arrependido. Tanto mais que a nossa aparição ali, trouxera o pânico entre as mulheres. Se antes já trejeitavam sem gosto, no monótono cumprimento de um dever, agora que duas pessoas "direitas" estavam ali, seus gestos, suas danças, se desmanchavam na mais repulsiva estupidez. Todas seminuas com uns vestidos quase trapos, que tinham sido de festas e bailes muito antigos, e com a grande faixa azul ou encarnada atravessando do ombro à cintura, braços nus, os colos magros desnudados, em que a faixa colorida apertava a abertura dos seios murchos. Mais que a Diana central, rapariguinha bem tratada e nova, quem chamava a atenção era a primeira figura do cordão azul. Seu vestido fora rico há vinte anos atrás, todo inteirinho de lantejoulas brilhantes, que ofuscavam contrastando com os outros vestidos opacos em suas sedinhas ralas. Essa a Maria Cuncau, dona do pastoril e do mocambo.

Fora, isto eu soube depois, a moça mais linda da Mata, filha de um morador que voltara do sul casado com uma italiana. Dera em nada (e aqui meu informante se atrapalhou um bocado) porque um senhor de engenho, naquele tempo ainda não era senhor de engenho não, a perdera. Tinha havido facadas, o pai, o João Cuncau morrera na prisão, ela fora mulher-dama de celebridade no Recife, depois viera pra aquela miséria de velhice em sua terra, onde pelo menos, de vez em quando, às escondidas, o senhor de engenho, dinheiro não mandava não, que também já tinha pouco pra educar os filhos, mas enfim sempre mandava algum carneiro pra ela vender ou comer.

Maria Cuncau, assim que nos vira, empalidecera muito sob o vermelho das faces, obtido com tinta de papel de seda. Mas logo se recobrara, erguera o rosto, sacudindo pra trás a violenta cabeleira agrisalhada, ainda voluptuosa, e nos olhava com desafio. Rebolava agora com mais cuidado, fazendo um esforço infinito pra desencantar do fundo da memória, as graças antigas que a tinham celebrizado em moça. E era sórdido. Não se podia sequer supor a sua beleza falada, não ficara nada. A não ser aquele vestido de lantejoulas rutilantes, que pendiam, num ruidinho escarninho, enquanto Maria Cuncau malhava os ossos curtos, frágil, baixinha, olhos rubescentes de alcoolizada, naquele reboleio de pastora.

Quando dei tento de mim, é que a coisa acabara, com uns fracos aplausos em torno e as risadas altas dos homens. As pastoras se dispersavam na sala, algumas vinham se esconder no sereno, passando por nós de olhos baixos, encabuladíssimas. Carlos, bastante inconsciente, examinava sempre os manejos da Diana moça, na sua feroz animalidade de rapaz. Mas eu lhe tocava já no braço, queria partir, me livrar daquele ambiente sem nenhum interesse folclórico, e que me repugnava pela sordidez. Maria Cuncau, que fingindo conversar com as mulheres da sala, enxugava muito a cara, nos olhando de soslaio, adivinhou minha intenção. Se dirigiu francamente pra nós e convidou, meio apressada mas sem nenhuma timidez, com decisão:

— Os senhores não querem adorar a lapinha!...

De-certo era nisso que todas aquelas mulheres pensavam porque num segundo vi todas as pastoras me olhando na sala e as que estavam de fora se chegando à janelinha pra me examinar. Percebi logo a finalidade do convite, quando cheguei junto da lapinha, enquanto o Carlos se atrasava um pouco, tirando um naco desajeitado de conversa com a Diana. Os outros assistentes também desfilavam junto ao presépio, parece que rezavam alguma coisa, e alguns deixavam escorregar qualquer níquel num pires colocado bem na frente do Menino--Deus. Fingi contemplar com muito respeito a lapinha, mas na verdade estava discutindo dentro comigo quanto daria. Já não fora pouco o que o rancho do Boi me levara, e aliás as pessoas da casa-grande estavam sempre me censurando pelo muito que eu dava aos meus cantadores. Puxei a carteira, decidido a deixar uns vinte mil-réis no pires. Seria uma fortuna entre aqueles níqueis magriços em que dominava uma única rodela mais volumosa de cruzado. Porém, se ansiava por sair dali, estava também muito comovido com toda aquela miséria, miséria de tudo. A Maria Cuncau então me dava uma piedade tão pesada, que já me seria difícil especificar bem se era comiseração se era horror.

Sinto é maltratar os meus leitores. Este conto que no princípio parecia preparar algum drama forte, e já está se tornando apenas uma esperança de dramazinho miserável, vai acabar em plena mesquinharia. Quando puxei a carteira, decidido a dar vinte mil-réis, a piedade roncou forte, tirei com decisão a única nota de cinquenta que me restava da noite e pus no pires. Todos viram muito bem que era uma nota, e eu já me voltava pra partir, encontrando o olho de censura que o Carlos me enviava. O mal foi um mulatinho esperto, não sei se sabia ler ou conhecia dinheiro, que estava junto de mim, me devorando os gestos, extasiado. Não pôde se conter, casquinou uma risada estrídula de comoção assombrada, e apenas conseguiu ainda agarrar com a mão fechada a enorme palavra-feia que esteve pra soltar, gritou:

— Pó... cincoentão!

Foi um silêncio de morte. Eu estava desapontadíssimo, ninguém me via, ninguém se movia, as pastoras todas estateladas, com os olhos fixos no pires. Carlos continuava parado, esquecido da Diana que também não o via mais, olhava o pires. E ele sacudia de leve o rosto para os lados, me censurando.

—Vamos, Carlos.

E nos dirigimos para a porta da saída. Mas nisto, aquela pastora do cordão encarnado que estava mais próxima da lapinha, num pincho agílimo (devia estar inteiramente desvairada pois lhe seria impossível fugir), abrindo caminho no círculo apertado, alcançou o pires, agarrou a nota, enquanto as outras moedinhas rolavam no chão de terra socada. Mas Maria Cuncau fora tão rápida como a outra, encontrara de peito com a fugitiva, foi um baque surdo, e a luta muda, odienta, cheia de guinchos entre as duas pastoras enfurecidas. Nós nos voltáramos aturdidos com o caso e a multidão devorava a briga das pastoras, também pasma, incapaz de socorrer ninguém. E aqueles braços se batiam, se agarravam, se entrelaçavam numa briga chué, entre bufidos selvagens, até que Maria Cuncau, mordendo de fazer sangue o punho da outra, lhe agarrou a nota, enfiou-a fundo no seio, por baixo da faixa azul apertada. A outra agora chorava, entre borbotões de insultos horríveis.

— É da lapinha! que Maria Cuncau grunhia, se encostando na mesa, esfalfada. É da lapinha!

Os homens já se riam outra vez com caçoadas ofensivas, e as pastoras se ajuntando, faziam dois grupos em torno das briguentas, consolando, buscando consertar as coisas.

Partimos apressados, sem nenhuma vontade ainda de rir nem conversar, descendo por entre as árvores, com dificuldade, desacostumados à escureza da noite. Já estávamos quase no fim da descida, quando um ruído arrastado de animal em disparada, cresceu por trás de nós. Nem bem eu me voltara que duas mãos frias me agarraram pela mão, pelo braço, me puxavam, era Maria Cuncau. Baixinha, magríssima, naquele esbulho grotesco de luz das lantejoulas, cabeça que era um ninho de cabelos desgrenhados...

— Moço! ôh moço!... me deixa alguma nota pra mim também, aquela é da lapinha!... eu preciso mais! aquela é da lapinha, moço!

Aí, Carlos perdeu a paciência. Agarrou Maria Cuncau com aspereza, maltratando com vontade, procurando me libertar dela:

— Deixe de ser sem-vergonha, Maria Cuncau! Vocês repartem o dinheiro, que história é essa de dinheiro pra lapinha! largue o homem, Maria Cuncau!

— Moço! me dá uma nota pra... me largue, seu Carlos! E agora se estabelecia uma verdadeira luta entre ela e o Carlos fortíssimo, que facilmente me desvencilhara dela.
— Carlos, não maltrate essa coitada...
— Coitada não! me largue, seu Carlos, eu mordo!...
—Vá embora, Maria Cuncau!
— Olha, esta é pra...
— Não! não dê mais não! faço questão que...
Porém Maria Cuncau já arrancara o dinheiro da minha mão e num salto pra trás se distanciara de nós, olhando a nota. Teve um risinho de desprezo:
—Vôte! só mais vinte!...
E então se aprumou com orgulho, enquanto alisava de novo no corpo o vestido desalinhado. Olhou bem fria o meu companheiro:
— Dê lembrança a seu pai.
Desatou a correr para o mocambo.

**1939**[1]

---

[1] "Briga das pastoras" foi publicado pela primeira vez em *O Cruzeiro*, em 23 de dezembro de 1939. Depois, em 1944, foi parar nas páginas de *Primeiro andar*, incluído ali pelo próprio Mário de Andrade. (N.E.)

## Vestida de preto

Tanto andam agora preocupados em definir o conto que não sei bem se o que vou contar é conto ou não, sei que é verdade. Minha impressão é que tenho amado sempre... Depois do amor grande por mim que me brotou aos três anos e durou até os cinco mais ou menos, logo o meu amor se dirigiu para uma espécie de prima longínqua que frequentava a nossa casa. Como se vê, jamais sofrido complexo de Édipo, graças a Deus. Toda a minha vida, mamãe e eu fomos muito bons amigos, sem nada de amores perigosos.

    Maria foi o meu primeiro amor. Não havia nada entre nós, está claro, ela como eu nos seus cinco anos apenas, mas não sei que divina melancolia nos tomava, se acaso nos achávamos juntos e sozinhos. A voz baixava de tom, e principalmente as palavras é que se tornavam mais raras, muito simples. Uma ternura imensa, firme e reconhecida, não exigindo nenhum gesto. Aquilo aliás durava pouco, porque logo a criançada chegava. Mas tínhamos então uma raiva impensada dos manos e dos primos, sempre exteriorizada em palavras ou modos de irritação. Amor apenas sensível naquele instinto de estarmos sós.

    E só bem mais tarde, já pelos nove ou dez anos, é que lhe dei nosso único beijo, foi maravilhoso. Se a criançada estava toda junta naquela casa sem jardim da Tia Velha, era fatal brincarmos de família, porque assim Tia Velha evitava correrias e estragos. Brinquedo aliás que nos interessava muito, apesar da idade já avançada para ele. Mas é que na casa de Tia Velha tinha muitos quartos, de forma que casávamos rápido, só de boca, sem nenhum daqueles cerimoniais de mentira que dantes nos interessavam tanto, e cada par fugia logo, indo viver no seu quarto. Os melhores interesses infantis do brinquedo, fazer comidinha, amamentar bonecas, pagar visita, isso nós deixávamos com generosidade apressada para os menores. Íamos para os nossos quartos e ficávamos vivendo lá. O que os outros faziam, não sei. Eu, isto é, eu com Maria, não fazíamos nada. Eu adorava principalmente era ficar assim sozinho com ela, sabendo várias safadezas já mas sem tentar nenhuma. Havia, não havia não, mas sempre como que havia um perigo iminente que ajuntava o seu crime à intimidade daquela solidão. Era suavíssimo e assustador.

Maria fez uns gestos, disse algumas palavras. Era o aniversário de alguém, não lembro mais, o quarto em que estávamos fora convertido em despensa, cômodas e armários cheinhos de pratos de doces para o chá que vinha logo. Mas quem se lembrasse de tocar naqueles doces, no geral secos, fáceis de disfarçar qualquer roubo! estávamos longe disso. O que nos deliciava era mesmo a grave solidão.

Nisto os olhos de Maria caíram sobre o travesseiro sem fronha que estava sobre uma cesta de roupa suja a um canto. E a minha esposa teve uma invenção que eu também estava longe de não ter. Desde a entrada no quarto eu concentrara todos os meus instintos na existência daquele travesseiro, o travesseiro cresceu como um danado dentro de mim e virou crime. Crime não, "pecado" que é como se dizia naqueles tempos cristãos... E por causa disto eu conseguira não pensar até ali, no travesseiro.

— Já é tarde, vamos dormir. — Maria falou.

Fiquei estarrecido, olhando com uns fabulosos olhos de imploração para o travesseiro quentinho, mas quem disse travesseiro ter piedade de mim. Maria, essa estava simples demais pra me olhar e surpreender os efeitos do convite: olhou em torno e afinal, vasculhando na cesta de roupa suja, tirou de lá uma toalha de banho muito quentinha que estendeu sobre o assoalho. Pôs o travesseiro no lugar da cabeceira, cerrou as venezianas da janela sobre a tarde, e depois deitou, arranjando o vestido pra não amassar.

Mas eu é que nunca havia de pôr a cabeça naquele restico de travesseiro que ela deixou pra mim, me dando as costas. Restinho sim, apesar do travesseiro ser grande. Mas imaginem numa cabeleira explodindo, os famosos cabelos assustados de Maria, citação obrigatória e orgulho de família. Tia Velha, muito ciumenta por causa duma neta preferida que ela imaginava deusa, era a única a pôr defeito nos cabelos de Maria.

— Você não vem dormir também? — ela perguntou com fragor, interrompendo o meu silêncio trágico.

— Já vou, — que eu disse — estou conferindo a conta do armazém.

Fui me aproximando incomparavelmente sem vontade, sentei no chão tomando cuidado em sequer tocar no vestido, puxa! também o vestido dela estava completamente assustado, que dificuldade! Pus a cara no travesseiro sem a menor intenção de. Mas os cabelos de Maria, assim era pior, tocavam de leve no meu nariz, eu podia espirrar, marido não espirra. Senti, pressenti que espirrar seria muito ridículo, havia de ser um espirrão enorme, os outros escutavam lá da sala-de-visita longínqua, e daí é que o nosso segredo se desvendava todinho.

Fui afundando o rosto naquela cabeleira e veio a noite, senão os cabelos (mas juro que eram cabelos macios) me machucavam os olhos. Depois que não vi nada, ficou fácil continuar enterrando a cara, a cara toda, a alma, a vida, naqueles cabelos, que maravilha! até que o meu nariz tocou num pescocinho roliço. Então fui empurrando os meus lábios, tinha uns bonitos lábios grossos, nem eram lábios, era beiço, minha boca foi ficando encanudada até que encontrou o pescocinho roliço. Será que ela dorme de verdade?... Me ajeitei muito sem-cerimônia, mulherzinha! e então beijei. Quem falou que este mundo é ruim! só recordar... Beijei Maria, rapazes! eu nem sabia beijar, está claro, só beijava mamãe, boca fazendo bulha, contato sem nenhum valor sensual.

Maria, só um leve entregar-se, uma levíssima inclinação pra trás me fez sentir que Maria estava comigo em nosso amor. Nada mais houve. Não, nada mais houve. Durasse aquilo uma noite grande, nada mais haveria porque é engraçado como a perfeição fixa a gente. O beijo me deixara completamente puro, sem minhas curiosidades nem desejos de mais nada, adeus pecado e adeus escuridão! Se fizera em meu cérebro uma enorme luz branca, meu ombro bem que doía no chão, mas a luz era violentamente branca, proibindo pensar, imaginar, agir. Beijando.

Tia Velha, nunca eu gostei de Tia Velha, abriu a porta com um espantoso barulho. Percebi muito bem, pelos olhos dela, que o que estávamos fazendo era completamente feio.

— Levantem!...Vou contar pra sua mãe, Juca!

Mas eu, levantando com a lealdade mais cínica deste mundo:

— Tia Velha me dá um doce?

Tia Velha — eu sempre detestei Tia Velha, o tipo da bondade Berlitz, injusta, sem método — pois Tia Velha teve a malvadeza de escorrer por mim todo um olhar que só alguns anos mais tarde pude compreender inteiramente. Naquele instante, eu estava só pensando em disfarçar, fingindo uma inocência que poucos segundos antes era real.

—Vamos! saiam do quarto!

Fomos saindo muito mudos, numa bruta vergonha, acompanhados de Tia Velha e os pratos que ela viera buscar para a mesa de chá.

O estranhíssimo é que principiou nesse acordar à força provocado por Tia Velha, uma indiferença inexplicável de Maria por mim. Mais que indiferença, frieza viva, quase antipatia. Nesse mesmo chá inda achou jeito de me maltratar diante de todos, fiquei zonzo.

Dez, treze, quatorze anos... Quinze anos. Foi então o insulto que julguei definitivo. Eu estava fazendo um ginásio sem gosto, muito arrastado, cheio de revoltas íntimas, detestava estudar. Só no desenho e nas composições de português tirava as melhores notas. Vivia nisso: dez nestas matérias, um, zero em todas as outras. E todos os anos era aquela já esperada fatalidade: uma, duas bombas (principalmente em matemáticas) que eu tomava apenas o cuidado de apagar nos exames de segunda época.

Gostar, eu continuava gostando muito de Maria, cada vez mais, conscientemente agora. Mas tinha uma quase certeza que ela não podia gostar de mim, quem gostava de mim!... Minha mãe... Sim, mamãe gostava de mim, mas naquele tempo eu chegava a imaginar que era só por obrigação. Papai, esse foi sempre insuportável, incapaz duma carícia. Como incapaz de uma repreensão também. Nem mesmo comigo, a tara da família, ele jamais ralhou. Mas isto é caso pra outro dia. O certo é que, decidido em minha desesperada revolta contra o mundo que me rodeava, sentindo um orgulho de mim que jamais buscava esclarecer, tão absurdo o pressentia, o certo é que eu já principiava me aceitando por um caso perdido, que não adiantava melhorar. Esse ano até fora uma bomba só. Eu entrava da aula do professor particular, quando enxerguei a saparia na varanda e Maria entre os demais. Passei bastante encabulado, todos em férias, e os livros que eu trazia na mão me denunciando, lembrando a bomba, me achincalhando em minha imperfeição de caso perdido. Esbocei um gesto falsamente alegre de bom-dia e fui no escritório pegado, esconder os livros na escrivaninha de meu pai. Ia já voltar para o meio de todos, mas Matilde, a peste, a implicante, a deusa estúpida que Tia Velha perdia com suas preferências:

— Passou seu namorado, Maria.

— Não caso com bombeado. — ela respondeu imediato, numa voz tão feia, mas tão feia, que parei estarrecido. Era a decisão final, não tinha dúvida nenhuma. Maria não gostava mais de mim. Bobo do assim parado, sem fazer um gesto, mal podendo respirar.

Aliás um caso recente vinha se ajuntar ao insulto pra decidir de minha sorte. Nós seríamos até pobretões, comparando com a família de Maria, gente que até viajava na Europa. Pois pouco antes, os pais dela tinham feito um papel bem indecente, se opondo ao casamento duma filha com um rapaz diz-que pobre mas ótimo. Houvera rompimento de amizades, malestar na parentagem toda, o caso virara escândalo mastigado e remastigado nos comentários de hora de jantar. Tudo por causa do dinheiro.

Se eu insistisse em gostar de Maria, casar não casava mesmo, que a família dela não havia de me querer. Me passou pela cabeça comprar um bilhete de loteria. "Não caso com bombeado"... Fui abraçando os livros de mansinho, acariciei-os junto ao rosto, pousei a minha boca numa capa feia, suja de pó suado, retirei a boca sem desgosto. Naquele instante eu não sabia, hoje sei: era o segundo beijo que eu dava em Maria, último beijo, beijo de despedida, que o cheiro desagradável do papelão confirmou. Estava tudo acabado entre nós dois.

Não tive mais coragem pra voltar à varanda e conversar com... os outros. Estava com uma raiva desprezadora de todos, principalmente de Matilde. Não, me parecia que já não tinha raiva de ninguém, não valia a pena, nem de Matilde, o insulto partira dela, fora por causa dela, mas eu não tinha raiva dela não, só tristeza, só vazio, não sei... creio que uma vontade de ajoelhar. Ajoelhar sem mais nada, ajoelhar ali junto da escrivaninha e ficar assim, ajoelhar. Afinal das contas eu era um perdido mesmo, Maria tinha razão, tinha razão, tinha razão, oh que tristeza...

Foi o fim? Agora é que vem o mais esquisito de tudo, ajuntando anos pulados. Acho que até não consigo contar bem claro tudo o que sucedeu. Vamos por ordem: pus tal firmeza em não amar Maria mais, que nem meus pensamentos me traíram. De resto a mocidade raiava e eu tinha tudo a aprender. Foi espantoso o que se passou em mim. Sem abandonar meu jeito de "perdido", o cultivando mesmo, ginásio acabado, eu principiara gostando de estudar. Me batera, súbito, aquela vontade irritada de saber, me tornara estudiosíssimo. Era mesmo uma impaciência raivosa, que me fazia devorar bibliotecas, sem nenhuma orientação. Mas brilhava, fazia conferências empoladas em sociedadinhas de rapazes, tinha ideias que assustavam todo o mundo. E todos principiavam maldando que eu era muito inteligente mas perigoso.

Maria, por seu lado, parecia uma doida. Namorava com Deus e todo o mundo, aos vinte anos fica noiva de um rapaz bastante rico, noivado que durou três meses e se desfez de repente, pra dias depois ela ficar noiva de outro, um diplomata riquíssimo, casar em duas semanas com alegria desmedida, rindo muito no altar e partir em busca duma embaixada europeia, com o secretário chique, seu marido.

Às vezes meio tonto com estes acontecimentos fortes, acompanhados meio de longe, eu me recordava do passado, mas era só pra sorrir da nossa infantilidade e devorar numa tarde mais um livro incompreensível de filosofia. De mais a mais, havia a Rose pra de-noite, e uma linda namoradinha oficial, a Violeta. Meus amigos me chamavam de "jardineiro", e eu punha na coincidência daquelas duas flores uma força de destinação fatalizada. Tamanha mesmo que topando numa livraria com *The Gardener* de Tagore, comprei o livro e comecei estudando o inglês com loucura. Mário de Andrade conta num dos seus livros que estudou o alemão por causa duma emboaba tordilha... eu também: meu inglês nasceu duma Violeta e duma Rose.

Não, nasceu de Maria. Foi quando uns cinco anos depois, Maria estava pra voltar pela primeira vez ao Brasil, a mãe dela, queixosa de tamanha ausência, conversando com mamãe na minha frente, arrancou naquele seu jeito de gorda desabrida:

— Pois é! Maria gostou tanto de você, você não quis!... e agora ela vive longe de nós.

Pela terceira vez fiquei estarrecido neste conto. Percebi tudo num tiro de canhão. Percebi ela doidejando, noivando com um, casando com outro, se atordoando com dinheiro e brilho. Percebi que eu fora uma besta, sim, agora que principiava sendo alguém, estudando por mim fora dos ginásios, vibrando em versos que muita gente já considerava. E percebi horrorizado, que Rose! nem Violeta, nem nada! era Maria que eu amava como louco! Maria é que eu amara sempre, como louco: oh como eu vinha sofrendo a vida inteira, desgraçadíssimo, aprendendo a vencer só de raiva, me impondo ao mundo por despique, me superiorizando em mim só por vingança de desesperado. Como é que eu pudera me imaginar feliz, pior: ser feliz, sofrendo daquele jeito! Eu? eu não! era Maria, era exclusivamente Maria toda aquela superioridade que estava aparecendo em mim... E tudo aquilo era uma desgraça muito cachorra mesmo. Pois não andavam falando muito de Maria? Contavam que pintava o sete, ficara célebre com as extravagâncias e aventuras. Estivera pouco antes às portas do divórcio, com um caso escandaloso por demais, com um pintor de nomeada que só pintava efeitos de luz. Maria falada, Maria bêbada, Maria passando de mão em mão, Maria pintada nua...

    Se dera como que uma transposição de destinos... E tive um pensamento que ao menos me salvou no instante: se o que tinha de útil agora em mim era Maria, se ela estava se transformando no Juca imperfeitíssimo que eu fora, se eu era apenas uma projeção dela, como ela agora apenas uma projeção de mim, se nos trocáramos por um estúpido engano de amor: mas ao menos que eu ficasse bem ruim, mas bem ruim mesmo outra vez, pra me igualar a ela de novo. Foi a razão da briga com Violeta, impiedosa, e a farra dessa noite — bebedeira tamanha que acabei ficando desacordado, numa série de vertigens, com médico, escândalo, e choro largo de mamãe com minha irmã.

Bom, tinha que visitar Maria, está claro, éramos "gente grande" agora. Quando soube que ela devia ir a um banquete, pensei comigo: "ótimo, vou hoje logo depois de jantar, não encontro ela e deixo o cartão". Mas fui cedo demais. Cheguei na casa dos pais dela, seriam nove horas, todos aqueles requififes de gente ricaça, criado que leva cartão numa salva de prata etc. Os da casa estavam ainda jantando. Me introduziram na saletinha da esquerda, uma espécie de luís-quinze muito sem-vergonha, dourado por inteiro, dando pro hol central. Que fizesse o favor de esperar, já vinham.

Contemplando a gravura cor-de-rosa, senti de supetão que tinha mais alguém na saleta, virei. Maria estava na porta, olhando pra mim, se rindo, toda vestida de preto. Olhem: eu sei que a gente exagera em amor, não insisto. Mas se eu já tive a sensação da vontade de Deus, foi ver Maria assim, toda de preto vestida, fantasticamente mulher. Meu corpo soluçou todinho e tornei a ficar estarrecido.

— Ao menos diga boa-noite, Juca...

"Boa-noite, Maria, eu vou-me embora..." meu desejo era fugir, era ficar e ela ficar mas, sim, sem que nos tocássemos sequer. Eu sei, eu juro que sei que ela estava se entregando a mim, me prometendo tudo, me cedendo tudo quanto eu queria, naquele se deixar olhar, sorrindo leve, mãos unidas caindo na frente do corpo, toda vestida de preto. Um segundo, me passou na visão devorá-la numa hora estilhaçada de quarto de hotel, foi horrível. Porém, não havia dúvida: Maria despertava em mim os instintos da perfeição. Balbuciei afinal um boa-noite muito indiferente, e as vozes amontoadas vinham do hol, dos outros que chegavam.

Foi este o primeiro dos quatro amores eternos que fazem de minha vida uma grave condensação interior. Sou falsamente um solitário. Quatro amores me acompanham, cuidam de mim, vêm conversar comigo. Nunca mais vi Maria, que ficou pelas Europas, divorciada afinal, hoje dizem que vivendo com um austríaco interessado em feiras internacionais. Um aventureiro qualquer. Mas dentro de mim, Maria... bom: acho que vou falar banalidade.

**1939**[1]

---

[1] Publicado pela primeira vez no I° Suplemento do *Diário de Notícias* do Rio de Janeiro, em 26 de fevereiro de 1939, "Vestida de preto" é retomado por Mário de Andrade em 1943 para figurar nos seus *Contos novos* (1947). (N.E.)

## Tempo da camisolinha

A feiura dos cabelos cortados me fez mal. Não sei que noção prematura da sordidez dos nossos atos, ou exatamente, da vida, me veio nessa experiência da minha primeira infância. O que não pude esquecer, e é minha recordação mais antiga, foi, dentre as brincadeiras que faziam comigo para me desemburrar da tristeza em que ficara por me terem cortado os cabelos, alguém, não sei mais quem, uma voz masculina falando: "Você ficou um homem, assim!". Ora eu tinha três anos, fui tomado de pavor. Veio um medo lancinante de já ter ficado homem naquele tamanhinho, um medo medonho, e recomecei a chorar.

Meus cabelos eram muito bonitos, dum negro quente, acastanhado nos reflexos. Caíam pelos meus ombros em cachos gordos, com ritmos pesados de molas de espiral. Me lembro de uma fotografia minha desse tempo, que depois destruí por uma espécie de polidez envergonhada... Era já agora bem homem e aqueles cabelos adorados na infância, me pareceram de repente como um engano grave, destruí com rapidez o retrato. Os traços não eram felizes, mas na moldura da cabeleira havia sempre um olhar manso, um rosto sem marcas, franco, promessa de alma sem maldade. De um ano depois do corte dos cabelos ou pouco mais, guardo outro retrato tirado junto com Totó, meu mano. Ele, quatro anos mais velho que eu, vem garboso e completamente infantil numa bonita roupa marinheira; eu, bem menor, inda conservo uma camisolinha de veludo, muito besta, que minha mãe por economia teimava utilizar até o fim.

Guardo esta fotografia porque se ela não me perdoa do que tenho sido, ao menos me explica. Dou a impressão de uma monstruosidade insubordinada. Meu irmão, com seus oito anos, é uma criança integral, olhar vazio de experiência, rosto rechonchudo e lisinho, sem caráter fixo, sem malícia, a própria imagem da infância. Eu, tão menor, tenho esse quê repulsivo do anão, pareço velho. E o que é mais triste, com uns sulcos vividos descendo das abas voluptuosas do nariz e da boca larga, entreaberta num risinho pérfido. Meus olhos não olham, espreitam. Fornecem às claras, com uma facilidade teatral, todos os indícios de uma segunda intenção.

Não sei por que não destruí em tempo também essa fotografia, agora é tarde. Muitas vezes passei minutos compridos me contemplando, me buscando dentro dela. E me achando. Comparava-a com meus atos e tudo eram confirmações. Tenho certeza que essa fotografia me fez imenso mal, porque me deu muita preguiça de reagir. Me proclamava demasiadamente em mim e afogou meus possíveis anseios de perfeição. Voltemos ao caso que é melhor.

Toda a gente apreciava os meus cabelos cacheados, tão lentos! e eu me envaidecia deles, mais que isso, os adorava por causa dos elogios. Foi por uma tarde, me lembro bem, que meu pai suavemente murmurou uma daquelas suas decisões irrevogáveis: "É preciso cortar os cabelos desse menino." Olhei de um lado, de outro, procurando um apoio, um jeito de fugir daquela ordem, muito aflito. Preferi o instinto e fixei os olhos já lacrimosos em mamãe. Ela quis me olhar compassiva, mas me lembro como se fosse hoje, não aguentou meus últimos olhos de inocência perfeita, baixou os dela, oscilando entre a piedade por mim e a razão possível que estivesse no mando do chefe. Hoje, imagino um egoísmo grande da parte dela, não reagindo.

As camisolinhas, ela as conservaria ainda por mais de ano, até que se acabassem feitas trapos. Mas ninguém percebeu a delicadeza da minha vaidade infantil. Deixassem que eu sentisse por mim, me incutissem aos poucos a necessidade de cortar os cabelos, nada: uma decisão à antiga, brutal, impiedosa, castigo sem culpa, primeiro convite às revoltas íntimas: "É preciso cortar os cabelos desse menino."

Tudo o mais são memórias confusas ritmadas por gritos horríveis, cabeça sacudida com violência, mãos enérgicas me agarrando, palavras aflitas me mandando com raiva entre piedades infecundas, dificuldades irritadas do cabeleireiro que se esforçava em ter paciência e me dava terror. E o pranto, afinal. E no último e prolongado fim, o chorinho doloridíssimo, convulsivo, cheio de visagens próximas atrozes, um desespero desprendido de tudo, uma fixação emperrada em não querer aceitar o consumado.

Me davam presentes. Era razão pra mais choro. Caçoavam de mim: choro. Beijos de mamãe: choro. Recusava os espelhos em que me diziam bonito. Os cadáveres de meus cabelos guardados naquela caixa de sapatos: choro. Choro e recusa. Um não-conformismo navalhante que de um momento pra outro me virava homem-feito, cheio de desilusões, de revoltas, fácil para todas as ruindades. De--noite fiz questão de não rezar; e minha mãe, depois de várias tentativas, olhou o lindo quadro de N. S. do Carmo, com mais de século na família dela, gente empobrecida mas diz-que nobre, o olhou com olhos de imploração. Mas eu estava com raiva da minha madrinha do Carmo.

E o meu passado se acabou pela primeira vez. Só ficavam como demonstrações desagradáveis dele, as camisolinhas. Foi dentro delas, camisolas de fazendinha barata (a gloriosa, de veludo, era só para as grandes ocasiões), foi dentro ainda das camisolinhas que parti com os meus pra Santos, aproveitar as férias do Totó sempre fraquinho, um junho. Havia aliás outra razão mais tristonha pra essa vilegiatura aparentemente festiva de férias. Me viera uma irmãzinha aumentar a família e parece que o parto fora desastroso, não sei direito... Sei que mamãe ficara quase dois meses de cama, paralítica, e só principiara mesmo a andar premida pelas obrigações da casa e dos filhos. Mas andava mal, se encostando nos móveis, se arrastando, com dores insuportáveis na voz, sentindo puxões nos músculos das pernas e um desânimo vasto. Menos tratava da casa que se iludia, consolada por cumprir a obrigação de tratar da casa. Diante da iminência de algum desastre maior, papai fizera um esforço espantoso para o seu ser que só imaginava a existência no trabalho sem recreio, todo assombrado com os progressos financeiros que fazia e a subida de classe. Resolvera aceitar o conselho do médico, se dera férias também, e levara mamãe aos receitados banhos de mar.

Isso foi, convém lembrar, ali pelos últimos anos do século passado, e a praia do José Menino era quase um deserto longe. Mesmo assim, a casa que papai alugara não ficava na praia exatamente, mas numa das ruas que a ela davam e onde uns operários trabalhavam diariamente no alinhamento de um dos canais que carreavam o enxurro da cidade para o mar do golfo. Aí vivemos perto de dois meses, casão imenso e vazio, lar improvisado cheio de deficiências, a que o desmazelo doentio de mamãe ainda melancolizava mais, deixando pousar em tudo um ar de mau trato e passagem.

É certo que os banhos logo lhe tinham feito bem, lhe voltaram as cores, as forças, e os puxões dos nervos desapareciam com rapidez. Mas ficara a lembrança do sofrimento muito grande e próximo, e ela sentia um prazer perdoável de representar naquelas férias o papel largado da convalescente. A papai então o passeio deixara bem menos pai, um ótimo camarada com muita fome e condescendência. Eu é que não tomava banho de mar nem que me batessem! No primeiro dia, na roupinha de baeta calçuda, como era a moda de então, fora com todos até a primeira onda, mas não sei que pavor me tomou, dera tais gritos, que nem mesmo o exemplo sempre invejado de meu mano mais velho me fizera mais entrar naquelas águas vivas. Me parecia morte certa, vingativa, um castigo inexplicável do mar, que o céu de névoa de inverno deixava cinzento e mau, enfarruscado, cheio de ameaças impiedosas. E até hoje detesto banho de mar... Odiei o mar, e tanto, que nem as caminhadas na praia me agradavam, apesar da companhia agora deliciosa e faladeira de papai. Os outros que fossem passear, eu ficava no terreno maltratado da casa, algumas árvores frias e um capim amarelo, nas minhas conversas com as formigas e o meu sonho grande. Ainda apreciava mais, ir até à borda barrenta do canal, onde os operários me protegiam de qualquer perigo. Papai é que não gostava muito disso não, porque tendo sido operário um dia e subido de classe por esforço pessoal e Deus sabe lá que sacrifícios, considerava operário má companhia pra filho de negociante mais ou menos. Porém mamãe intervinha com o "deixe ele!" de agora, fatigado, de convalescente pela primeira vez na vida com vontades; e lá estava eu dia inteiro, sujando a barra da camisolinha na terra amontoada do canal, com os operários.

Vivia sujo. Muitas vezes agora até me faltavam, por baixo da camisola, as calcinhas de encobrir as coisas feias, e eu sentia um esporte de inverno em levantar a camisola na frente pra o friozinho entrar. Mamãe se incomodava muito com isso, mas não havia calcinhas que chegassem, todas no varal enxugando ao sol fraco. E foi por causa disso que entrei a detestar minha madrinha, N.S. do Carmo. Não vê que minha mãe levara pra Santos aquele quadro antigo de que falei e de que ela não se separava nunca, e quando me via erguendo a camisola no gesto indiscreto, me ameaçava com a minha encantadora madrinha: "Meu filho, não mostre isso, que feio! repare: sua madrinha está te olhando na parede!" Eu espiava pra minha madrinha do Carmo na parede, e descia a camisolinha, mal convencido, com raiva da santa linda, tão apreciada noutros tempos, sorrindo sempre e com aquelas mãos gordas e quentes. E desgostoso ia brincar no barro do canal, botando a culpa de tudo no quadro secular. Odiei minha madrinha santa.

Pois um dia, não sei o que me deu de repente, o desígnio explodiu, nem pensei: largo correndo os meus brinquedos com o barro, barafusto porta a dentro, vou primeiro espiar onde mamãe estava. Não estava. Fora passear na praia matinal com papai e Totó. Só a cozinheira no fogão perdida, conversando com a ama da Mariazinha nova. Então podia! Entrei na sala da frente, solene, com uma coragem desenvolta, heroica, de quem perde tudo mas se quer liberto. Olhei francamente, com ódio, a minha madrinha santa, eu bem sabia, era santa, com os doces olhos se rindo pra mim. Levantei quanto pude a camisola e empinando a barriguinha, mostrei tudo pra ela. "Tó! que eu dizia, olhe! olhe bem! tó! olhe bastante mesmo!" E empinava a barriguinha de quase me quebrar pra trás. Mas não sucedeu nada, eu bem imaginava que não sucedia nada... Minha madrinha do quadro continuava olhando pra mim, se rindo, a boba, não zangando comigo nada. E eu saí muito firme, quase sem remorso, delirando num orgulho tão corajoso no peito, que me arrisquei a chegar sozinho até a esquina da praia larga. Estavam uns pescadores ali mesmo na esquina, conversando, e me meti no meio deles, sempre era uma proteção. E todos eles eram casados, tinham filhos, não se amolavam proletariamente com os filhos, mas proletariamente davam muita importância pra o filhinho de "seu dotô" meu pai, que nem era doutor, graças a Deus.

Ora se deu que um dos pescadores pegara três lindas estrelas-do-mar e brincava com elas na mão, expondo-as ao solzinho. E eu fiquei num delírio de entusiasmo por causa das estrelas-do-mar. O pescador percebeu logo meus olhos de desejo, e sem paciência pra ser bom devagar, com brutalidade, foi logo me dando todas.

— Tome pra você, que ele disse, estrela-do-mar dá boa-sorte.

— O que é boa-sorte, hein?

Ele olhou rápido os companheiros porque não sabia explicar o que era boa-sorte. Mas todos estavam esperando e ele arrancou meio bravo:

— Isto é... não vê que a gente fica cheio de tudo... dinheiro, saúde...

Pigarreou fatigado. E depois de me olhar com um olho indiferentemente carinhoso, acrescentou mais firme:

— Seque bem elas no sol que dá boa-sorte.

Isso nem agradeci, fui numa chispada luminosa pra casa esconder minhas estrelas-do-mar. Pus as três ao sol, perto do muro lá no fundo do quintal onde ninguém chegava, e entre feliz e inquieto fui brincabrincar no canal. Mas quem disse brincar! me dava aquela vontade amante de ver minhas estrelas e voltava numa chispada luminosa contemplar as minhas tesoureiras da boa-sorte. A felicidade era tamanha e o desejo de contar minha glória, que até meu pai se inquietou com o meu fastio no almoço. Mas eu não queria contar. Era um segredo contra tudo e todos, a arma certa da minha vingança, eu havia de machucar bastante Totó, e quando mamãe se incomodasse com o meu sujo, não sei não... mas pelo menos ela havia de dar um trupicão de até dizer "ai!", bem feito! As minhas estrelas-do-mar estavam lá escondidas junto do muro me dando boa-sorte. Comer? pra que comer? elas me davam tudo, me alimentavam, me davam licença pra brincar no barro, e se Nossa Senhora, minha madrinha, quisesse se vingar daquilo que eu fizera pra ela, as estrelas me salvavam, davam nela, machucavam muito ela, isto é... muito eu não queria não, só um bocadinho, que machucassem um pouco, sem estragar a cara tão linda da pintura, só pra minha madrinha saber que agora eu tinha a boa-sorte, estava protegido e nem precisava mais dela, tó! ai que saudades das minhas estrelas-do-mar!... Mas não podia desistir do almoço pra ir espiá-las, Totó era capaz de me seguir e querer uma pra ele, isso nunca!

— Esse menino não come nada, Maria Luísa!

— Não sei o que é isso hoje, Carlos! Meu filho, coma ao menos a goiabada...

Que goiabada nem mané goiabada! eu estava era pensando nas minhas estrelas, doido por enxergá-las. E nem bem o almoço se acabou, até disfarcei bem, e fui correndo ver as estrelas-do-mar. Eram três, uma menorzinha e duas grandonas. Uma das grandonas tinha as pernas um bocado tortas para o meu gosto, mas assim mesmo era muito mais bonita que a pequetitinha, que trazia um defeito imenso numa das pernas, faltava a ponta. Essa decerto não dava boa-sorte não, as outras é que davam: e agora eu havia de ser sempre feliz, não havia de crescer, minha madrinha gostosa se rindo sempre, mamãe completamente sarada me dando brinquedos, com papai não se amolando por causa dos gastos. Não! a estrela pequenina dava boa-sorte também, nunca que eu largasse de uma delas!

Foi então que aconteceu o caso desgraçado de que jamais me esquecerei no seu menor detalhe. Cansei de olhar minhas estrelas e fui brincar no canal. Era já na hora do meio-dia, hora do almoço, da janta, do não-sei-o-quê dos operários, e eles estavam descansando jogados na sombra das árvores. Apenas um porém, um portuga magruço e bárbaro, de enormes bigodões, que não me entrava nem jamais dera importância pra mim, estava assentado num monte de terra, afastado dos outros, ar de melancolia. Eu brincava por ali tudo, mas a solidão do homem me preocupava, quase me doía, e eu rabeava umas olhadelas para a banda dele, desejoso de consolar. Fui chegando com ar de quem não quer e perguntei o que ele tinha. O operário primeiro deu de ombros, português, bruto, bárbaro, longe de consentir na carícia da minha pergunta infantil. Mas estava com uns olhos tão tristes, o bigode caía tanto, desolado, que insisti no meu carinho e perguntei mais outra vez o que ele tinha. "Má sorte" ele resmungou, mais a si mesmo que a mim.

Eu porém é que ficara aterrado. Minha Nossa Senhora! aquele homem tinha má sorte! aquele homem enorme com tantos filhinhos pequenos e uma mulher paralítica na cama!... E no entanto eu era feliz, feliz! e com três estrelinhas-do-mar pra me darem boa-sorte... É certo: eu pusera imediatamente as três estrelas no diminutivo, porque se houvesse de ceder alguma ao operário, já de antemão eu desvalorizava as três, todas as três, na esperança desesperada de dar apenas a menor. Não havia diferença mais, eram apenas três "estrelinhas"-do-mar. Fiquei desesperado. Mas a lei se riscara iludível no meu espírito: e se eu desse boa-sorte ao operário na pessoa da minha menor estrelinha pequetitinha?... Bem que podia dar a menor, era tão feia mesmo, faltava uma das pontas, mas sempre era uma estrelinha-do-mar. Depois: operário não era bem-vestido como papai, não carecia de uma boa-sorte muito grande não. Meus passos tontos já me conduziam para o fundo do quintal fatalizadamente. Eu sentia um sol de rachar completamente forte. Agora é que as estrelinhas ficavam bem secas e davam uma boa-sorte danada, acabava duma vez a paralisia da mulher do operário, os filhinhos teriam pão e N.S. do Carmo, minha madrinha, nem se amolava de enxergar o pintinho deles. Lá estavam as três estrelinhas, brilhando no ar do sol, cheias de uma boa-sorte imensa. E eu tinha que me desligar de uma delas, da menorzinha estragada, tão linda! justamente a que eu gostava mais, todas valiam igual, porque a mulher do operário não tomava banhos de mar? mas sempre, ah meu Deus que sofrimento! eu

bem não queria pensar mas pensava sem querer, deslumbrado, mas a boa mesmo era a grandona perfeita, que havia de dar mais boa-sorte pra aquele malvado de operário que viera, cachorro! dizer que estava com má sorte. Agora eu tinha que dar pra ele a minha grande, a minha sublime estrelona-do-mar!...
 Eu chorava. As lágrimas corriam francas listrando a cara sujinha. O sofrimento era tanto que os meus soluços nem me deixavam pensar bem. Fazia um calor horrível, era preciso tirar as estrelas do sol, senão elas secavam demais, se acabava a boa-sorte delas, o sol me batia no coco, eu estava tonto, operário, má sorte, a estrela, a paralítica, a minha sublime estrelona-do-mar! Isso eu agarrei na estrela com raiva, meu desejo era quebrar a perna dela também pra que ficasse igualzinha à menor, mas as mãos adorantes desmentiam meus desígnios, meus pés é que resolveram correr daquele jeito, rapidíssimos, pra acabar de uma vez com o martírio. Fui correndo, fui morrendo, fui chorando, carregando com fúria e carícia a minha maiorzona estrelinha-do-mar. Cheguei pro operário, ele estava se erguendo, toquei nele com aspereza, puxei duro a roupa dele:
 — Tome! eu soluçava gritado, tome a minha... tome a estrela-do-mar! dá... dá, sim, boa-sorte!...
 O operário olhou surpreso sem compreender. Eu soluçava, era um suplício medonho.
 — Pegue depressa! faz favor! depressa! dá boa-sorte mesmo!
 Aí que ele entendeu, pois não me aguentava mais! Me olhou, foi pegando na estrela, sorriu por trás dos bigodões portugas, um sorriso desacostumado, não falou nada

felizmente que senão eu desatava a berrar. A mão calosa quis se ajeitar em concha pra me acarinhar, certo! ele nem media a extensão do meu sacrifício! e a mão calosa apenas roçou por meus cabelos cortados. Eu corri. Eu corri pra chorar à larga, chorar na cama, abafando os soluços no travesseiro sozinho. Mas por dentro era impossível saber o que havia em mim, era uma luz, uma Nossa Senhora, um gosto maltratado, cheio de desilusões claríssimas, em que eu sofria arrependido, vendo inutilizar-se no infinito dos sofrimentos humanos a minha estrela-do-mar.

**1939**[1]

---

[1] A redação de "Tempo da camisolinha" data de 1939. Em 1943, quando da organização dos textos para publicação em *Contos novos* (1947), Mário revisita o texto e faz algumas alterações. (N.E.)

# O POÇO

Ali pelas onze horas da manhã o velho Joaquim Prestes chegou no pesqueiro. Embora fizesse força em se mostrar amável por causa da visita convidada para a pescaria, vinha mal-humorado daquelas cinco léguas de fordinho cabritando na estrada péssima. Aliás o fazendeiro era de pouco riso mesmo, já endurecido por setenta e cinco anos que o mumificavam naquele esqueleto agudo e taciturno.

O fato é que estourara na zona a mania dos fazendeiros ricos adquirirem terrenos na barranca do Moji pra pesqueiros de estimação. Joaquim Prestes fora dos que inventaram a moda, como sempre: homem cioso de suas iniciativas, meio cultivando uma vaidade de família — gente escoteira por aqueles campos altos, desbravadora de terras. Agora Joaquim Prestes desbravava pesqueiros na barranca fácil do Moji. Não tivera que construir a riqueza com a mão, dono de fazendas desde o nascer, reconhecido como chefe, novo ainda. Bem rico, viajado, meio sem quefazer, desbravava outros matos.

Fora o introdutor do automóvel naquelas estradas, e se o município agora se orgulhava de ser um dos maiores produtores de mel, o devia ao velho Joaquim Prestes, primeiro a se lembrar de criar abelhas ali. Falando o alemão (uma das suas "iniciativas" goradas na zona) tinha uma verdadeira biblioteca sobre abelhas. Joaquim Prestes era assim. Caprichosíssimo, mais cioso de mando que de justiça, tinha a idolatria da autoridade. Pra comprar o seu primeiro carro fora à Europa, naqueles tempos em que os automóveis eram mais europeus que americanos. Viera uma "autoridade" no assunto. E o mesmo com as abelhas de que sabia tudo. Um tempo até lhe dera de reeducar as abelhas nacionais, essas "porcas" que misturavam o mel com a samora. Gastou anos e dinheiro bom nisso, inventou ninhos artificiais, cruzou raças, até fez vir umas abelhas amazônicas. Mas se mandava nos homens e todos obedeciam, se viu obrigado a obedecer às abelhas que não se educaram um isto. E agora que ninguém falasse perto dele numa inocente jeteí, Joaquim Prestes xingava. Tempo de florada no cafezal ou nas fruteiras do pomar maravilhoso, nunca mais foi feliz. Lhe amargavam penosamente aquelas mandassaias, mandaguaris, bijuris que vinham lhe roubar o mel da *Apis Mellifica*.

E tudo o que Joaquim Prestes fazia, fazia bem. Automóveis tinha três. Aquela marmon de luxo pra o levar da fazenda à cidade, em compras e visitas. Mas como fosse um bocado estreita para que coubessem à vontade, na frente, ele choferando e a mulher que era gorda (a mulher não podia ir atrás com o mecânico, nem este na frente e ela atrás) mandou fazer uma rolls-royce de encomenda, com dois assentos na frente que pareciam poltronas de hol, mais de cem contos. E agora, por causa do pesqueiro e da estrada nova, comprara o fordinho cabritante, todo dia quebrava alguma peça, que o deixava de mau-humor.

Que outro fazendeiro se lembrara mais disso! Pois o velho Joaquim Prestes dera pra construir no pesqueiro uma casa de verdade, de tijolo e telha, embora não imaginasse passar mais que o claro do dia ali, de medo da maleita. Mas podia querer descansar. E era quase uma casa--grande se erguendo, quarto do patrão, quarto pra algum convidado, a sala vasta, o terraço telado, tela por toda a parte pra evitar pernilongo. Só desistiu da água encanada porque ficava um dinheirão. Mas a casinha, por detrás do bangalô, até era luxo, toda de madeira aplainada, pintadinha de verde pra confundir com os mamoeiros, os porcos de raça por baixo (isso de fossa nunca!) e o vaso de esmalte e tampa. Numa parte destocada do terreno, já pastavam no capim novo quatro vacas e o marido, na espera de que alguém quisesse beber um leitezinho caracu. E agora que a casa estava quase pronta, sua horta folhuda e uns girassóis na frente, Joaquim Prestes não se contentara mais com a água da geladeira, trazida sempre no forde em dois termos gordos, mandara abrir um poço. Quem abria era gente da fazenda mesmo, desses camaradas que entendem um pouco de tudo. Joaquim Prestes era assim. Tinha dez chapéus estrangeiros, até um panamá de conto de réis, mas as meias, só usava meias feitas pela mulher, "pra economizar" afirmava. Afora aqueles quatro operários ali, que cavavam o poço, havia mais dois que lá estavam trabucando no acabamento da casa, as marteladas monótonas chegavam até à fogueira. E todos muito descontentes, rapazes de zona rica e bem servida de progresso, jogados ali na ceva da maleita. Obedeceram, mandados, mas corroídos de irritação.

    Só quem estava maginando que enfim se arranjara na vida era o vigia, esse, um caipira da gema, bagre sorna dos alagados do rio, maleiteiro eterno a viola e rapadura, mais a mulher e cinco famílias enfezadas. Esse agora, se quisesse, tinha leite, tinha ovos de legornes finas e horta de semente. Mas lhe bastava imaginar que tinha. Continuava feijão com farinha, e a carne-seca do domingo.

    Batera um frio terrível esse fim de julho, bem diferente dos invernos daquela zona paulista, sempre bem secos nos dias claros e solares, e as noites de uma nitidez sublime, perfeitas pra quem pode dormir no quente. Mas aquele ano umas chuvas diluviais alagavam tudo, o couro das carteiras embolorava no bolso e o café apodrecia no chão.

No pesqueiro o frio se tornara feroz, lavado daquela umidade maligna que, além de peixe, era só o que o rio sabia dar. Joaquim Prestes e a visita foram se chegando pra fogueira dos camaradas, que logo levantaram, machucando chapéu na mão, bom-dia, bom-dia. Joaquim Prestes tirou o relógio do bolso, com muita calma, examinou bem que horas eram. Sem censura aparente, perguntou aos camaradas se ainda não tinham ido trabalhar.

Os camaradas responderam que já tinham sim, mas que com aquele tempo quem aguentava permanecer dentro do poço continuando a perfuração! Tinham ido fazer outra coisa, dando a mão no acabamento da casa.

— Não trouxe vocês aqui pra fazer casa.

Mas que agora estavam terminando o café do meio-dia. Espaçavam as frases, desapontados, principiando a não saber nem como ficar de pé. Havia silêncios desagradáveis. Mas o velho Joaquim Prestes impassível, esperando mais explicações, sem dar sinal de compreender nem desculpar ninguém. Tinha um, era o mais calmo, mulato desempenado, fortíssimo, bem escuro na cor. Ainda nem falara. Mas foi esse que acabou inventando um jeito humilhante de disfarçar a culpa inexistente, botando um pouco de felicidade no dono. De repente contou que agora ainda ficara mais penoso o trabalho porque enfim já estava minando água. Joaquim Prestes ficou satisfeito, era visível, e todos suspiraram de alívio.

— Mina muito?

— A água vem de com força, sim senhor.

— Mas percisa cavar mais.

— Quanto chega?

— Quer dizer, por enquanto dá pra uns dois palmo.
— Parmo e meio, Zé.
O mulato virou contrariado para o que falara, um rapaz branco, enfezadinho, cor de doente.
— Ocê marcou, mano...
— Marquei sim.
— Então com mais dois dias de trabalho tenho água suficiente.
Os camaradas se entreolharam. Ainda foi o José quem falou:
— Quer dizer... a gente nem não sabe, tá uma lama... O poço tá fundo, só o mano que é leviano pode descer...
— Quanto mede?
— Quarenta e cinco palmo.
— Papagaio! escapou da boca de Joaquim Prestes. Mas ficou muito mudo, na reflexão. Percebia-se que ele estava lá dentro consigo, decidindo uma lei. Depois meio que largou de pensar, dando todo o cuidado lento em fazer o cigarro de palha com perfeição. Os camaradas esperavam, naquele silêncio que os desprezava, era insuportável quase. O rapaz não conseguiu se aguentar mais, como que se sentia culpado de ser mais leve que os outros. Arrancou:
— Por minha causa não, Zé, que eu desço bem.
José tornou a se virar com olhos enraivecidos pro irmão. Ia falar, mas se conteve enquanto outro tomava a dianteira.
— Então ocê vai ficar naquela dureza de trabalho com essa umidade!
— Se a gente pudesse revezar inda que bem... murmurou o quarto, também regularmente leviano de corpo mas nada disposto a se sacrificar. E decidiu:

— Com essa chuvarada a terra tá mole demais, e se afunda!... Deus te livre...

Aí José não pôde mais adiar o pressentimento que o invadia e protegeu o mano:

— 'cê besta, mano! e sua doença!...

A doença, não se falava o nome. O médico achara que o Albino estava fraco do peito. Isso de um ser mulato e o outro branco, o pai espanhol primeiro se amigara com uma preta do litoral, e quando ela morrera, mudara de gosto, viera pra zona da Paulista casar com moça branca. Mas a mulher morrera dando à luz o Albino, e o espanhol, gostando mesmo de variar, se casara mas com a cachaça. José, taludinho, inda aguentou-se bem na orfandade, mas o Albino, tratado só quando as colonas vizinhas lembravam, Albino comeu terra, teve tifo, escarlatina, desinteria, sarampo, tosse comprida. Cada ano era uma doença nova, e o pai até esbravejava nos janeiros: "Que enfermidade le falta, caramba!" e bebia mais. Até que desapareceu pra sempre.

Albino, nem que fosse pra demonstrar a afirmativa do irmão, teve um acesso forte de tosse. E Joaquim Prestes:

—Você acabou o remédio?

— Inda tem um poucadinho, sim sinhô.

Joaquim Prestes mesmo comprava o remédio do Albino e dava, sem descontar no ordenado. Uma vidraça que o rapaz quebrara, o fazendeiro descontou os três mil e quinhentos do custo. Porém montava na marmon, dava um pulo até a cidade só pra comprar aquele fortificante estrangeiro, "um dinheirão!" resmungava. E eram mesmo dezoito mil-réis.

Com a direção da conversa, os camaradas perceberam que tudo se arranjava pelo melhor. Um comentou:

— Não vê que a gente está vendo se o sol vem e seca um pouco, mode o Albino descer no poço.

Albino, se sentindo humilhado nessa condição de doente, repetiu agressivo:

— Por isso não que eu desço bem! já falei...

José foi pra dizer qualquer coisa mas sobresteve o impulso, olhou o mano com ódio. Joaquim Prestes afirmou:

— O sol hoje não sai.

O frio estava por demais. O café queimando, servido pela mulher do vigia, não reconfortara nada, a umidade corroía os ossos. O ar sombrio fechava os corações. Nenhum passarinho voava, quando muito algum pio magoado vinha botar mais tristeza no dia. Mal se enxergava o aclive da barranca, o rio não se enxergava. Era aquele arminho sujo da névoa, que assim de longe parecia intransponível.

A afirmação do fazendeiro trouxera de novo um som apreensivo no ambiente. Quem concordou com ele foi o vigia chegando. Só tocou de leve no chapéu, foi esfregar forte as mãos, rumor de lixa, em cima do fogo. Afirmou baixo, com voz taciturna de afeiçoado àquele clima ruim:

— Peixe hoje não dá.

Houve um silêncio. Enfim o patrão, o busto dele foi se erguendo impressionantemente agudo, se endireitou rijo e todos perceberam que ele decidira tudo. Com má vontade, sem olhar os camaradas, ordenou:

— Bem... é continuar todos na casa, vocês estão ganhando.

A última reflexão do fazendeiro pretendera ser cordial. Mas fora navalhante. Até a visita se sentiu ferida. Os camaradas mais que depressa debandaram, mas Joaquim Prestes:

—Você me acompanhe, Albino, quero ver o poço.

Ainda ficou ali dando umas ordens. Haviam de tentar uma rodada assim mesmo. Afinal jogou o toco do cigarro na fogueira, e com a visita se dirigiu para a elevação a uns vinte metros da casa, onde ficava o poço. Albino já estava lá, com muito cuidado retirando as tábuas que cobriam a abertura. Joaquim Prestes, nem mesmo durante a construção, queria que caíssem "coisas" na água futura que ele iria beber. Afinal ficaram só aquelas tábuas largas, longas, de cabreúva, protegendo a terra do rebordo do perigo de esbarrondar. E mais aquele aparelho primário, que "não era o elegante, definitivo" Joaquim Prestes foi logo explicando à visita, servindo por agora pra descer os operários no poço e trazer terra.

— Não pise aí, nhô Prestes! Albino gritou com susto.

Mas Joaquim Prestes queria ver a água dele. Com mais cuidado, se acocorou numa das tábuas do rebordo e firmando bem as mãos em duas outras que atravessavam a boca do poço e serviam apenas pra descanso da caçamba, avançou o corpo pra espiar. As tábuas abaularam. Só o viram fazer o movimento angustiado, gritou:

— Minha caneta!

Se ergueu com rompante e sem mesmo cuidar de sair daquela bocarra traiçoeira, olhou os companheiros, indignado:

— Essa é boa!... Eu é que não posso ficar sem a minha caneta-tinteiro! Agora vocês hão-de ter paciência, mas ficar sem minha caneta é que eu não posso! têm que descer lá dentro buscar! Chame os outros, Albino! e depressa! que com o barro revolvido como está, a caneta vai afundando!

Albino foi correndo. Os camaradas vieram imediatamente, solícitos, ninguém sequer lembrava mais de fazer corpo mole nem nada. Pra eles era evidente que a caneta-tinteiro do dono não podia ficar lá dentro. Albino já tirava os sapatões e a roupa. Ficou nu num átimo da cintura pra cima, arregaçou a calça. E tudo, num átimo, estava pronto, a corda com o nó grosso pro rapaz firmar os pés, afundando na escureza do buraco. José mais outro, firmes, seguravam o cambito. Albino com rapidez pegou na corda, se agarrou nela, balanceando no ar. José olhava, atento:

— Cuidado, mano...
—Vira.
— Albino...
— Nhô?
— ... veja se fica na corda pra não pisar na caneta. Passe a mão de leve no barro...
— Então é melhor botar um pau na corda pra fincar os pé.
— Qual, mano! vira isso logo!

José e o companheiro viraram o cambito, Albino desapareceu no poço. O sarilho gemeu, e à medida que a corda se desenrolava o gemido foi aumentando, aumentando, até que se tornou num uivo lancinante. Todos estavam atentos, até que se escutou o grito de aviso do Albino, chegado apenas uma queixa até o grupo. José parou o manejo e fincou o busto no cambito.

Era esperar, todos imóveis. Joaquim Prestes, mesmo o outro camarada espiavam, meio esquecidos do perigo da terra do rebordo esbarrondar. Passou um minuto, passou mais outro minuto, estava desagradabilíssimo. Passou mais tempo. José não se conteve. Segurando firme só com a mão direita o cambito, os músculos saltaram no braço magníficos, se inclinou quanto pôde na beira do poço:

— Achooooou!

Nada de resposta.

— Achou, manoooo!...

Ainda uns segundos. A visita não aguentara mais aquela angústia, se afastara com o pretexto de passear. Aquela voz de poço, um tom surdo, ironicamente macia que chegava aqui em cima em qualquer coisa parecida com um "não". Os minutos passavam, ninguém mais se aguentava na impaciência. Albino havia de estar perdendo as forças, grudado naquela corda, de cócoras, passando a mão na lama coberta de água.

— José...

— Nhô.

Mas atentando onde o velho estava, sem mesmo esperar a ordem, José asperejou com o patrão:

— Por favor, nhô Joaquim Prestes, sai daí, terra tá solta!

Joaquim Prestes se afastou de má vontade. Depois continuou:

— Grite pro Albino que pise na lama, mas que pise num lugar só.

José mais que depressa deu a ordem. A corda bambeou. E agora, aliviados, os operários entreconversavam. O magruço, que sabia ler no jornal da vendinha da estação, deu de falar, o idiota, no caso do "Soterrado de Campinas". O outro se confessou pessimista, mas pouco, pra não desagradar o patrão. José mudo, cabeça baixa, olho fincado no chão, muito pensando. Mas a experiência de todos ali sabia mesmo que a caneta-tinteiro se metera pelo barro mole e que primeiro era preciso esgotar a água do poço. José ergueu a cabeça, decidido:

— Assim não vai não, nhô Joaquim Prestes, percisa secar o poço.

Aí Joaquim Prestes concordou. Gritaram ao Albino que subisse. Ele ainda insistiu uns minutos. Todos esperavam em silêncio, irritados com aquela teima do Albino. A corda sacudiu, chamando. José mais que depressa agarrou o cambito e gritou:

— Pronto!

A corda enrijou retesada. Mesmo sem esperar que o outro operário o ajudasse, José com músculos de amor virou sozinho o sarilho. A mola deu aquele uivo esganado, assim virada rápido, e veio uivando, gemendo.

—Vocês me engraxem isso, que diabo!

Só quando Albino surgiu na boca do poço o sarilho parou de gemer. O rapaz estava que era um monstro de lama. Pulou na terra firme e tropeçou três passos, meio tonto. Baixou muito a cabeça sacudida com estertor purrr! agitava as mãos, os braços, pernas, num halo de lama pesada que caía aos ploques no chão. Deu aquele disfarce pra não desapontar:

— Puta frio!

Foi vestindo, sujo mesmo, com ânsia, a camisa, o pulôver esburacado, o paletó. José foi buscar o seu próprio paletó, o botou silencioso na costinha do irmão. Albino o olhou, deu um sorriso quase alvar de gratidão. Num gesto feminino, feliz, se encolheu dentro da roupa, gostando.

Joaquim Prestes estava numa exasperação terrível, isso via-se. Nem cuidava de disfarçar para a visita. O caipira viera falando que a mulher mandava dizer que o almoço do patrão estava pronto. Disse um "Já vou" duro, continuando a escutar os operários. O magruço lembrou buscarem na cidade um poceiro de profissão. Joaquim Prestes estrilou. Não estava pra pagar poceiro por causa duma coisa à toa! que eles estavam com má vontade de trabalhar! esgotar poço de pouca água não era nenhuma áfrica. Os homens acharam ruim, imaginando que o patrão os tratara de negros. Se tomaram dum orgulho machucado. E foi o próprio magro, mais independente, quem fixou José bem nos olhos, animando o mais forte, e meio que perguntou, meio que decidiu:

— Bamo!...

Imediatamente se puseram nos preparos, buscando o balde, trocando as tábuas atravessadas por outras que aguentassem peso de homem. Joaquim Prestes e a visita foram almoçar.

Almoço grave, apesar do gosto farto do dourado. Joaquim Prestes estava árido. Dera nele aquela decisão primária, absoluta de reaver a caneta-tinteiro hoje mesmo. Pra ele, honra, dignidade, autoridade não tinham gradação, era uma só: tanto estava no custear a mulher da gente como em reaver a caneta-tinteiro. Duas vezes a visita, com ares de quem não sabe, perguntou sobre o poceiro da cidade. Mas só o forde podia ir buscar o homem e Joaquim Prestes, agora que o vigia afirmara que não dava peixe, tinha embirrado, havia de mostrar que, no pesqueiro dele, dava. Depois que diabo! os camaradas haviam de secar o poço, uns palermas! Estava numa cólera desesperada. Botando a culpa nos operários, Joaquim Prestes como que distrai a culpa de fazê-los trabalhar injustamente.

Depois do almoço chamou a mulher do vigia, mandou levar café aos homens, porém que fosse bem quente. Perguntou se não havia pinga. Não havia mais, acabara com a friagem daqueles dias. Deu de ombros. Hesitou. Ainda meio que ergueu os olhos pra visita, consultando. Acabou pedindo desculpa, ia dar uma chegadinha até o poço pra ver o que os camaradas andavam fazendo. E não se falou mais em pescaria.

Tudo trabalhava na afobação. Um descia o balde. Outro, com empuxões fortes na corda, afinal conseguia deitar o balde lá no fundo pra água entrar nele. E quando o balde voltava, depois de parar tempo lá dentro, vinha cheio apenas pelo terço, quase só lama. Passava de mão em mão, pra ser esvaziado longe e a água não se infiltrar pelo terreno de rebordo. Joaquim Prestes perguntou se a água já diminuíra. Houve um silêncio emburrado dos trabalhadores. Afinal um falou com rompante:

— Quá!...

Joaquim Prestes ficou ali, imóvel, guardando o trabalho. E ainda foi o próprio Albino, mais servil, quem inventou:

— Se tivesse duas caçamba...

Os camaradas se sobressaltaram, inquietos, se entreolhando. E aquele peste de vigia lembrou que a mulher tinha uma caçamba em casa, foi buscar. O magruço, ainda mais inquieto que os outros, afiançou:

— Nem com duas caçamba não vai não! é lama por demais! tá minando muito...

Aí o José saiu do seu silêncio torvo pra pôr as coisas às claras:

— De mais a mais, duas caçamba percisa ter gente lá dentro, Albino não desce mais.

— Que que tem, Zé! Deixa de história! Albino meio que estourou.

De resto o dia aquentara um bocado, sempre escuro, nuvens de chumbo tomando o céu todo. Nenhum pássaro. Mas a brisa caíra por volta das treze horas, e o ar curto deixava o trabalho aquecer os corpos movidos. José se virara com tanta indignação para o mano, todos viram: mesmo com desrespeito pelo velho Joaquim Prestes, o Albino ia tomar com um daqueles cachações que apanhava quando pegado no truco ou na pinga. O magruço resolveu se sacrificar, evitando mais aborrecimento. Interferiu rápido:

— Nós dois se reveza, José! Desta eu que vou.

O mulato sacudiu a cabeça, desesperado, engolindo raiva. A caçamba chegava e todos se atiraram aos preparativos novos. O velho Joaquim Prestes ali, mudo, imóvel. Apenas de vez em quando aquele jeito lento de tirar o relógio e consultar a claridade do dia, que era feito uma censura tirânica, pondo vergonha, quase remorso naqueles homens.

E o trabalho continuava infrutífero, sem cessar. Albino ficava o quanto podia lá dentro, e as caçambas, lentas, naquele exasperante ir e vir. E agora o sarilho deu de gritar tanto que foi preciso botar graxa nele, não se suportava aquilo. Joaquim Prestes mudo, olhando aquela boca de poço. E quando Albino não se aguentava mais, o outro magruço o revezava. Mas este, depois da primeira viagem, se tomara dum medo tal, se fazia lerdo de propósito, e eram recomendações a todos, tinha exigências. Já por duas vezes falara em cachaça.

Então o vigia lembrou que o japonês da outra margem tinha cachaça à venda. Dava uma chegadinha lá, que o homem também sempre tinha algum trairão de rede, pegado na lagoa.

Aí Joaquim Prestes se destemperou por completo. Ele bem que estava percebendo a má vontade de todos. Cada vez que o magruço tinha que descer eram cinco minutos, dez, mamparreando, se despia lento. Pois até não se lembrara de ir na casinha e foi aquela espera insuportável pra ninguém! (E o certo é que a água minava mais forte agora, livre da muita lama. O dia passava. E uma vez que o

Albino subiu, até, contra o jeito dele, veio irritado, porque achara o poço na mesma.) Joaquim Prestes berrava, fulo de raiva. O vigia que fosse tratar das vacas, deixasse de invencionice! Não pagava cachaça pra ninguém não, seus imprestáveis! Não estava pra alimentar manha de cachaceiro! Os camaradas, de golpe, olharam todos o patrão, tomados de insulto, feridíssimos, já muito sem paciência mais. Porém Joaquim Prestes ainda insistia, olhando o magruço:

— É isso mesmo!... Cachaceiro!... Dispa-se mais depressa! cumpra o seu dever!...

E o rapaz não aguentou o olhar acutilante do patrão, baixou a cabeça, foi se despindo. Mas ficara ainda mais lerdo, ruminando uma revolta inconsciente, que escapava na respiração precipitada, silvando surda pelo nariz. A visita percebendo o perigo, interveio. Fazia gosto de levar um pescado à mulher, se o fazendeiro permitisse, ele dava um pulo com o vigia lá no tal de japonês. E irritado fizera um sinal ao caipira. Se foram, fugindo daquilo, sem mesmo esperar o assentimento de Joaquim Prestes. Este mal encolheu os ombros, de novo imóvel, olhando o trabalho do poço.

Quando mais ou menos uma hora depois, a visita voltou ao poço outra vez, trazia afobada uma garrafa de caninha. Foi oferecendo com felicidade aos camaradas, mas eles só olharam a visita assim meio de lado, nem responderam. Joaquim Prestes nem olhou, e a visita percebeu que tinha sucedido alguma coisa grave. O ambiente estava tensíssimo. Não se via nem o Albino nem o magruço que o revezava. Mas não estavam ambos no fundo do poço, como a visita imaginou.

Minutos antes, poço quase seco agora, o magruço que já vira um bloco de terra se desprender do rebordo, chegada a vez dele, se recusara descer. Foi meio minuto apenas de discussão agressiva entre ele e o velho Joaquim Prestes, desce, não desce, e o camarada, num ato de desespero, se despedira por si mesmo, antes que o fazendeiro o despedisse. E se fora, dando as costas a tudo, oito anos de fazenda, curtindo uma tristeza funda, sem saber. E Albino, aquela mansidão doentia de fraco, pra evitar briga maior, fizera questão de descer outra vez, sem mesmo recobrar fôlego. Os outros dois, com o fantasma próximo de qualquer coisa mais terrível, se acovardaram. Albino estava no fundo do poço.

Agora o vento soprando, chicoteava da gente não aguentar. Os operários tremiam muito, e a própria visita. Só Joaquim Prestes não tremia nada, firme, olhos fincados na boca do poço. A despedida do operário o despeitara ferozmente, ficara num deslumbramento horrível. Nunca imaginara que num caso qualquer o adversário se arrogasse a iniciativa de decidir por si. Ficara assombrado. Por certo que havia de mandar embora o camarada, mas que este se fosse por vontade própria, nunca pudera imaginar. A sensação do insulto estourara nele feito uma bofetada. Se não revidasse era uma desonra, como se vingar!... Mas só as mãos se esfregando lentíssimas, denunciavam o desconcerto interior do fazendeiro. E a vontade reagia com aquela decisão já desvairada de conseguir a caneta-tinteiro, custasse o que custasse. Os olhos do velho engoliam a boca do poço, ardentes, com volúpia quase. Mas a corda já sacudia outra vez, agitadíssima agora, avisando que o Albino queria subir. Os operários se afobaram. Joaquim Prestes abriu os braços, num gesto de desespero impaciente.

— Também Albino não parou nem dez minutos!

José ainda lançou um olhar de imploração ao chefe, mas este não compreendia mais nada. Albino apareceu na boca do poço. Vinha agarrado na corda, se grudando nela com terror, como temendo se despegar. Deixando o outro operário na guarda do cambito, José com muita maternidade ajudava o mano. Este olhava todos, cabeça de banda decepando na corda, boca aberta. Era quase impossível lhe aguentar o olho abobado. Como não queria se desagarrar da corda, foi preciso o José, "sou eu, mano", o tomar nos braços, lhe fincar os pés na terra firme. Aí Albino largou da corda. Mas com o frio súbito do ar livre, principiou tremendo demais. O seguraram pra não cair. Joaquim Prestes perguntava se ainda tinha água lá embaixo.

— Fa... Fa...

Levou as mãos descontroladas à boca, na intenção de animar os beiços mortos. Mas não podia limitar os gestos mais, tal o tremor. Os dedos dele tropeçavam nas narinas, se enfiavam pela boca, o movimento pretendido de fricção se alargava demais e a mão se quebrava no queixo. O outro camarada lhe esfregava as costas. José veio, tirou a garrafa das mãos da visita, quis desarrolhar mas não conseguindo isso logo com aqueles dedos endurecidos, abocanhou a rolha, arrancou. José estava tão triste... Enrolou, com que macieza! a cabeça do maninho no braço esquerdo, lhe pôs a garrafa na boca:

— Beba, mano.

Albino engoliu o álcool que lhe enchera a boca. Teve aquela reação desonesta que os tragos fortes dão. Afinal pôde falar:

— Farta... é só... tá-tá seco.

Joaquim Prestes falava manso, compadecido, comentando inflexível:

— Pois é, Albino: se você tivesse procurado já, decerto achava. Enquanto isso a água vai minando.
— Se eu tivesse uma lúiz...
— Pois leve.
José parou de esfregar o irmão. Se virou pra Joaquim Prestes. Talvez nem lhe transparecesse ódio no olhar, estava simples. Mandou calmo, olhando o velho nos olhos:
— Albino não desce mais.
Joaquim Prestes ferido desse jeito, ficou que era a imagem descomposta do furor. Recuou um passo na defesa instintiva, levou a mão ao revólver. Berrou já sem pensar:
— Como não desce!
— Não desce não. Eu não quero.
Albino agarrou o braço do mano mas toma com um safanão que quase cai. José traz as mãos nas ancas, devagar, numa calma de morte. O olhar não pestaneja, enfiando no do inimigo. Ainda repete, bem baixo, mas mastigando:
— Eu não quero não sinhô.
Joaquim Prestes, o mal pavoroso que terá vivido aquele instante... A expressão do rosto dele se mudara de repente, não era cólera mais, boca escancarada, olhos brancos, metálicos, sustentando o olhar puro, tão calmo, do mulato. Ficaram assim. Batia agora uma primeira escureza do entardecer. José, o corpo dele oscilou milímetros, o esforço moral foi excessivo. Que o irmão não descia estava decidido, mas tudo mais era uma tristeza em José, uma desolação vazia, uma semiconsciência de culpa lavrada pelos séculos.
Os olhos de Joaquim Prestes reassumiam uma vibração humana. Afinal baixaram, fixando o chão. Depois foi a cabeça que baixou, de súbito, refletindo. Os ombros dele também foram descendo aos poucos. Joaquim Prestes ficou sem perfil mais. Ficou sórdido.

— Não vale a pena mesmo...
Não teve a dignidade de aguentar também com a aparência externa da derrota. Esbravejou:
— Mas que diacho, rapaz! vista saia!
Albino riu, iluminando o rosto agradecido. A visita riu pra aliviar o ambiente. O outro camarada riu, covarde. José não riu. Virou a cara, talvez para não mostrar os olhos amolecidos. Mas ombros derreados, cabeça enfiada no peito, se percebia que estava fatigadíssimo. Voltara a esfregar maquinalmente o corpo do irmão, agora não carecendo mais disso. Nem ele nem os outros, que o incidente espantara por completo qualquer veleidade do frio.

Quer dizer, o caipira também não riu, ali chegado no meio da briga pra avisar que os trairões, como Joaquim Prestes exigia, devidamente limpos e envoltos em sacos de linho alvo, esperavam pra partir. Joaquim Prestes rumou pro forde. Todos o seguiram. Ainda havia nele uns restos de superioridade machucada que era preciso enganar. Falava ríspido, dando a lei com lentidão:

— Amanhã vocês se aprontem. Faça frio não faça frio mando o poceiro cedo. E... José...

Parou, voltou-se, olhou firme o mulato:

— ... doutra vez veja como fala com seu patrão.

Virou, continuou, mais agitado agora, se dirigindo ao forde. Os mais próximos ainda o escutaram murmurar consigo: "... não sou nenhum desalmado..."

Dois dias depois o camarada desapeou da besta com a caneta-tinteiro. Foram levá-la a Joaquim Prestes que, sentado à escrivaninha, punha em dia a escrita da fazenda, um brinco. Joaquim Prestes abriu o embrulho devagar. A caneta vinha muito limpa, toda arranhada. Se via que os homens tinham tratado com carinho aquele objeto meio místico, servindo pra escrever sozinho. Joaquim Prestes experimentou mas a caneta não escrevia. Ainda a abriu, examinou tudo, havia areia em qualquer frincha. Afinal descobriu a rachadura.

— Pisaram na minha caneta! brutos...

Jogou tudo no lixo. Tirou da gaveta de baixo uma caixinha que abriu. Havia nela várias lapiseiras e três canetas-tinteiro. Uma era de ouro.

**1942**[1]

---

[1] Texto escrito em 1942 para compor o volume dos *Contos novos* (1947). (N.E.)

# Crônicas

## Tempo de dantes

Este é um caso brasileiro da terra potiguar.

No município de Penha suponhamos que Antônio de Oliveira Bretas era senhor de engenho, homem já de seus trinta e cinco anos, casado com dona Clotildes, já sabe: cabeça-chata atarracado, falando alto. Dona Clotildes chamava ele "seu Antônio" e ele respondia "a senhora". A mana dela também morava no engenho que não era grande não, produção curta mas com uma aguardente famosa no bairro.

Na véspera de Ano Bom dançavam um pastoril muito preparado na vila da Boa Vista, ficada a umas três léguas do engenho, e dona Clotildes quis ver. Chamou a negrinha:

— Vá dizer a seu Antônio que eu quero que ele me leve na Boa Vista, ver o pastoril.

A negrinha foi.

— Fale pra dona Clotildes que não quero ir na Boa Vista hoje.

A negrinha foi e voltou falando que dona Clotildes mandava dizer que queria mesmo ir ver o pastoril. O senhor de engenho embrabeceu:

— Pois se ela quiser ir que vá sozinha! Levo ninguém não!

Dona Clotildes teve raiva.

— Clotildes!... ôh Clotildes!...

Que Clotildes nada. O vestido caseiro estava sacudido na cama. Os sapatos caseiros por aí. Dona Clotildes tinha partido com a mana. Três de janeiro um vizinho portou no engenho, chamou Antônio de Oliveira Bretas e deu o recado. Diz que dona Clotildes mandava pedir ao marido ir buscá-la, passado Reis.

— Foi sozinha! pois que venha sozinha! Vou buscar ninguém não!

E não foi mesmo. Dona Clotildes decerto achou desaforo aquilo e ficou esperando na vila. Um mês passou. Mas, e agora? O senhor de engenho careceu de ir na vila por amor duns negócios, ir lá?... Parecia por causa da mulher... Mandou um amigo. Dona Clotildes soube, se moeu de raiva: agora é que não voltava sem seu Antônio ir buscá-la!

Dois meses passaram, três... Passou um ano, passaram dois, meus amigos! No engenho, seu Antônio vivia sozinho, não mostrando tristeza. Mas mandava limpar o quarto de casados sem que mudassem nada do lugar. O sapato direito sacudido no meio do quarto. O vestido caseiro dormindo de atravessado na cama aqueles anos inativos. E nove anos passaram.

Numa noite de lua dona Clotildes voltou. Antônio de Oliveira Bretas fumava na sala de entrada, conversando com o amigo que viera comprar aguardente. Este chegou na porta da casa, se calou de repente, aprumou a vista:

— Compadre!

— Eu?

— Homem, parece que é dona Clotildes que vem lá na estrada!...

— Hum.

Era dona Clotildes com a mana. Apeou do cavalo e chegou na porta.

— Dá licença, seu Antônio?

— A senhora não carece de pedir licença nesta casa.

Não houve uma explicação, uma recriminação, nada. Dona Clotildes entrou, foi até o quarto. O vestido caseiro dela, aquele, meu Deus! faziam nove anos, estava até sacudido com raiva, de atravessado na cama. Os sapatos, mesma coisa, no chão, sem alinhamento. Quarto na mesma. Ar, na mesma. Nove anos passados. Dona Clotildes se trocou e, como estavam na hora da ceia, mandou a agora moça-feita da negrinha botar a mesa. Cearam.Vieram as palavras quotidianas, quer isto? quer aquilo? quero, não quero não, dormiram, se levantaram, etc.

10/01/1929[1]

---

[1] Crônica publicada inicialmente na série resultante da viagem ao Nordeste; saiu no *Diário Nacional*, em São Paulo, em 10 de janeiro de 1929, sob o título: "O Turista Aprendiz". Natal, 17 de dezembro, 21 horas (ANDRADE, Mário de. *O Turista Aprendiz*. Estabelecimento de texto, introdução e notas de Telê Ancona Lopez. São Paulo: Duas Cidades, 1983, p. 233-235).Versão, com variantes, no exemplar de trabalho. Em 1942 foi retomado pelo o autor e passou às páginas de *Os filhos da Candinha* (1943). (N.E.)

## Guaxinim do banhado

O guaxinim está inquieto, mexe dum lado pra outro. Eis que suspira lá na língua dele: — Xente! que vida dura, esta de guaxinim do banhado!... Também: diabo de praieiros que nem galinha criam, pra mim chupar o ovo delas!...
Grunhe. O suspiro sai afilado, sopranista, do focinho fino, ágil que nem brisa. Levanta o narizinho no ar, bota os olhos vivos no longe plano da praia. Qual! nem cana tem ali, pra guaxinim roer...
E guaxinim está com fome. A barriguinha mais clara dele vai dando horas de almoço que não para mais. No sol constante da praia, guaxinim anda rápido, dum lado pra outro. O rabo felpudo, longo dele, dois palmos de guaxinim já igualado, é um enfeite da areia. Bem recheado de pelos, dum cinza mortiço e evasivo, dado a cor-de-castanha, na sombra. Guaxinim sacode a cabecinha, se coça: — Que terra inabitável este Brasil! que governos péssimos, fixe!
E depois dessa exclamação consoladora, guaxinim se dirige pros alagados que estralejam verde-claro de mangue, quinhentos metros além.
Chegado lá, para um bocado e assunta em volta. Logo descobre um buraco. Cheio de cautela, mete o focinho nele, espia lá dentro. Tira o focinho devagar, desalentado. Olha aqui, olha acolá. Se chega pra outra loca adiante. Repete a mesma operação. Guaxinim retira rápido o focinho. No fundo da loca, percebeu muito bem, o guaiamum. Então guaxinim põe reparo bem na topografia do lugar. O terreno perto inda é chão de mangue, úmido, liso, bom pra guaiamum correr. Só quase uns dez metros além é que a areia é de duna mesmo, alva, fofa, escorrendo toda, ruim pra guaiamum fugir.

— Paciência! guaxinim murmura. Chega bem pertinho da loca, dá as costas pra ela, medindo sempre com a pontaria dos olhos a distância do areão afastado. De repente, decidido, bota o rabo no buraco e chega ele de com força bem na cara do sobressaltado guaiamum, machucando os olhos de cogumelo do tal. Guaiamum fica danado e juque! com o ferrão da pata de guerra agarra o rabo de guaxinim. Guaxinim berra de dor mas dá uma mucica formidável e sacode guaiamum lá no areão — voo de Santos Dumont, dez metros só. Isso pra guaiamum, coitadinho, é voo de Sarmento Beires, coisa gigante. O pobre cai atordoado, quase morto, que nem pode se mexer.

Guaxinim está grunhindo desesperado com a dor. — Ai! pobre do meu rabo! Lambe o rabo, sacode a cabeça no ar, tomando os céus por testemunha. Lambe o rabo outra vez, se lastima, se queixa, torna a acarinhar o rabo, ôh céu! que desgraçada vida essa de guaxinim do banhado!

O guaiamum lá na areia principia se movendo, machucado, num atordoamento mãe. Vem vindo pro mangue outra vez. Guaxinim corre logo e come o guaiamum. Lambendo o focinho, olha o rabo. Suspira: — Paciência, meu rabo.

Sacode outra vez a cabecinha e vai-se embora pro banhado, terra dele.

**28/03/1929**[1]

---

[1] Nos manuscritos de *Os filhos da Candinha* está o recorte "O Turista Aprendiz – Paraíba (4 de fevereiro)", assinado "MARIO DE ANDRADE", com rasuras do escritor, a lápis preto, modificando trechos para o livro de 1943; e uma cruz a lápis vermelho sobre esse texto que saiu no *Diário Nacional*, em São Paulo, no dia 28 de março de 1929 ("28-III-29"), o qual está na edição citada de *O Turista Aprendiz*, às p. 318-319. (N.E.)

# Ensaio de *BIBLIOTHÈQUE ROSE*[1]

— Fecha a porta, Ritinha! Olhe o golpe de ar no pescoço de seu pai!

Deu uma raiva nela. Sempre esse besta de golpe de ar! Pouco se amolavam que ela sofresse, que o mundo tivesse caído em cima dela e a vida não valesse mais a pena por causa de Fride. Fride era o Frederico tão lindo e sócio atleta do Paulistano. Não havia mais dúvida: Fride dera o fora nela e por causa disso o mundo caíra.

Nem bem acabara o trabalho da loja, correra ao encontro e Fride não estava. Esperou, esperou muito e se fez tarde. Nem com a carta, cheia de amor e paixão, ele viera, cachorro! E foi então que o mundo caiu. Abalou até o clube, doida, responderam que o Fride estava sim, foram chamá-lo. Fride não veio ou veio, não sabia direito. Estava tão distraída imaginando no mundo que caíra por cima dela que, quando olhou, parece que a porta se mexia fechando. E logo vieram dizer que Fride saíra.

E agora, nem bem entrava em casa, quando todos deviam correr pra ela, abraçá-la, pedir que ela não morresse tanto assim, já lhe gritavam que fechasse a porta depressa por causa do golpe de ar, ingratos! Também respondeu dura que já tinha jantado e foi pro quarto.

Deitou vestida mesmo. Lhe viera uma fadiga deliciosa com o passeio e esta noitinha de verão, meiga, quase fria com os ventos chegados da Serra do Mar. O corpo de Ritinha se desmanchava na cama, nessa voluptuosa desmaterialização das desilusões enormes. Só se materializou

---

[1] No título está a ironia à biblioteca das moças. (N.E.)

de novo quando os manos, fazendo uma zoada vasta, entraram no quarto gritando que Pedro viera convidar pra um passeio na máquina. Os olhos de Ritinha brilharam de ódio e ela foi até a porta da rua.

— Olha o golpe de ar no seu pai, Rita!

Fechou a porta com estrépito atrás de si. Os meninos já tinham se instalado no torpedo de aluguel, que brilhava, ainda em plena mocidade bem tratada. Pedro até era bem simpático, bigodinho já na moda e o moreno trazido do sertão. Só entrava às dez no serviço, e viera convidar, porque amava. Mas Ritinha se lembrou que o mundo tinha caído e que num momento desses ninguém se lembra de passear. Respondeu que não ia. Pedro ainda perguntou por quê. Ritinha disse:

— Estou triste.

Ele insistiu um bocado, explicando que só entrava às dez no serviço que largaria às três da madrugada. Depois disse adeus e partiu muitíssimo triste.

Ela entrou desesperada, prodigiosamente triste, com dois mundos, muitos mundos caídos por cima dela. Se atirou na cama e agora pôde chorar. Depois de chorar, dormiu. Acordou sobressaltada, não era nem meia-noite, ôh fome! Mesmo na mala, escondidos por causados manos, estavam os últimos chocolates que Pedro sempre lhe trazia do serviço antigamente, no mês passado. Mas uma desinfeliz não come, Ritinha imaginou. E ficou imaginando nos chocolates. Eram bem gostosos os chocolates, mas sempre lhe vinha aquela ideia deslumbrada de que o Fride era moço chique, só chofer de si mesmo naquela grandiosa baratinha em que ela passeara duas vezes. Passeios aliás sem calma por causa do Fride querer tanta coisa. Da primeira vez deu um beijo; da segunda deu muitos e aprendeu pra sempre que não devia mais passear na baratinha, não passeou. Mas Fride...

 Levantou-se maquinalmente e foi buscar os chocolates porque não podia mais com a fome. Deitou de novo, mas que-dê sono! Só que estava bem alimentada agora, com força pra ser desinfeliz. Pedro não! Só Fride! Fride do meu amor e da minha paixão! Estava com muita sede, mas água não tinha no quarto, só na varanda. O relógio bateu tenebroso as três da madrugada. Era a hora em que Pedro acabava o serviço o mês passado e Ritinha, muito vestida da cintura pra cima, entreabria a janela pra dizer boa-noite e receber chocolates. Deu um desespero tão grande por Fride neste momento, que Ritinha se lembrou que devia suicidar-se, mas com o quê? Se atirar daquela janela baixa não matava. Ah! o golpe de ar! tinham medo que o golpe de ar matasse o pai, pois ela é que ia morrer com o golpe de ar. Aquela perigosa combinação de porta da rua e corredor da varanda seria a arma do suicídio. E assim ela aproveitava pra beber água. Se olhou no espelho, estava bem-vestidinha, pôs um pó-de-arrozinho no nariz.

 Cautelosa mas com certa pressa, três e dez, foi à sala de jantar e matou a sede. Agora tinha que matar-se também. Tirou com muito jeito a tranca da porta da rua, abriu e fez uma fenda bem larga pra entrada do golpe de ar. Encostou a porta pra não bater. Depois sentou no lugar do pai, puxando o decote da blusa nas costas, oferecendo corajosa o pescocinho ao golpe de ar. E logo entrou um golpe de ar violento que fez Ritinha estremecer, que delícia! Que delícia morrer, ela pensava. O golpe de ar a enlaçava apertando Ritinha e cadeira no mesmo abraço musculoso, uivando com amor e paixão, "Ritinha! Ritinha!" E afinal não pôde, afundou os beiços ardendo no pescoço macio dela, pinicando com o bigodinho aparado, torrado pelo sol queimador do sertão.

— Ritinha, faz isso não! O que passou, passou! eu caso com você!

Ritinha chorava manso, deixando que o lenço meio sujo, misturado com fiapos de fumo de rolo e cheiro de níqueis, lhe enxugasse as lágrimas bonitas. E o golpe de ar a erguia poderoso da cadeira de suicídio e mandava, escondido nos cabelos dela:

— Fecha a porta, Ritinha!, vá pra cama, que você apanha com um golpe de ar!

05/04/1930[2]

---

[2] Publicado no *Diário Nacional*, em 5 de abril de 1930, o "Ensaio de *bibliothèque rose*" foi retomado em 1942 para figurar em *Os filhos da Candinha* (1943). (N.E.)

# Educai vossos pais

Nós ainda somos apenas educados pelos nossos pais... Se vê a criança detestando quanto os pais detestam... Depois começam desequilíbrio e hipocrisia. É o tempo do "no meu tempo"... O rapaz, a morena é um bloco maciço de modas novas. Os pais detestam essas modas e querem torcer a gente para o caminho que eles fizeram, na bem-intencionada vaidade de que são exemplos dignos de seguir. A gente, não é que não queira, nem pode! Se vive em briga, mentira, dá vontade de morrer.

Creio que, para a felicidade voltar, tudo depende do moço. O melhor é a gente se fazer passar por maluco. Faz umas extravagâncias bem daquelas, descarrila exageradamente umas três vezes, depois organiza uma temporada dramática aí de uns quinze espetáculos. Fazendo isso com arte e amor até é gostoso. "Nosso filho é um perdido", se dizem os pais. Sofrem a temporada toda, você com muito carinho abana o sofrimento mas sustenta a mão. E eles afinal sossegam, reeducados. E você conquistou a liberdade de existir.

Há por exemplo o caso da cadelinha Lúcia que me impressiona bem. A cadelinha Lúcia era uma espécie de Greta Garbo, mais maravilhosa que linda. Você podia ficar tempo contemplando bem de perto os olhos inconcebíveis dela, a cadelinha Lúcia não dava um avanço pra abocanhar nosso nariz. Então chegava a primavera. Você cansava, não dando mais atenção e a cadelinha Lúcia virava um sabá de flores de retórica, latidos, estalidos, luzes, festa veneziana, a guerra de 14 e o cisne de Saint Saëns-Paulova.[1] Me esqueci de contar que ela era branca. Um branco tamisado de esperanças de cor, duma riqueza reflexiva tão profunda que, não sei se por causa dela se chamar Lúcia, a gente sentia naquele esborrifo andante os valores da única maravilha desse mundo que tem direito a se chamar de Lúcia, a pérola.

Lúcia era brabinha como já contei e alimentava grandes ideais. Ninguém entrava no jardim sem sabá. Isso ela vinha que vinha possuída de toda a retórica do furor e mais os dentes. Mordia. Estragava a roupa, era uma dificuldade.

Porém a gente percebia que a cadelinha Lúcia não era feliz. Não lhe satisfazia arremeter eficaz contra os humanos, e pouco a pouco, na contemplação latida das grades do seu jardim lhe brotara um ódio poderoso contra os vultos gigantes da rua. Um dia afinal, pilhando o portão aberto, saiu como uma sorte grande, era agora! Olhou arrogante, e enfim vinha lá longe, num heroísmo de polvadeira, o grandioso bonde. Lúcia esperou, acendrando ódio na impaciência, e quando o bonde já estava a uns vinte metros, ei-la que sai em campo, enfunada, panda, côncava de pérolas febris. Atira-se e compreende enfim.

---

[1] Anna Pavlova (1881-1931) tornou célebre *A morte do cisne*, coreografia criada para ela em 1905, com música de Charles Camille Saint-Saëns (1835-1921), compositor francês, por Michel Fokine (1880-1942), bailarino e coreógrafo dos Ballets Russes, que representavam o balé imperial no exterior, revolucionando a dança sob a direção de Sergei Pavlovitch Diaghilev (1872-1929). (N.E.)

O bonde só fez juque![2] e quebrou a mãozinha direita da cadelinha Lúcia.

Vocês imaginam o que foi aquela morte de filho em casa. Correrias, choro, médico, telefonemas, noite em claro... A cadelinha Lúcia salvava-se, mas ficava manquinha pra sempre. Quando veio do hospital, convalescente e com o enorme laço de fita no pescoço, milagre! o laço parava no lugar. Continuava o maravilhoso bichinho, mas a alma era outra.

Dantes preferira a glória ao amor. Agora queria apenas a beleza e o amor. Mansa, pusera de parte os dentes e os ideais, e todos a adoravam. E pouco depois dos tratamentos do hospital, teve os primeiros filhos. Pedidos, presentes, mas um ficou na casa.

Chincho foi educado nessa mansidão. Não era possível a gente imaginar uma doçura mais suave que a do cachorrinho Chincho. Ora, bons tempos depois, eu indo naquela casa, a cadelinha Lúcia estava no gramado entredormida. Eis que ergue a cabecinha, se esborrifa toda e geme um ladrido desafiante, porém muito desamparado. O que eu vejo! Sai detrás da casa o cachorrinho Chincho, e vem num sabá furioso sobre mim, quase recuei, sai, passarinho! Que sair nada! Olhou pra mãe, lá na sua grama, hesitante:

— Ajuda, minha velha!

E ela veio reeducada, furiosa pra cima de mim. Me chatearam, quase me morderam. Depois, quando a criada me salvou, ficaram brincando na grama, parceiros, muito em família. Educai vossos pais! Não dou três meses, e o ca-

---

[2] A onomatopeia "juque!", marcando rapidez, aparece na voz do narrador de *Macunaíma*, a rapsódia modernista publicada por MA em 1928. (N.E.)

chorrinho Chincho fará a cadelinha Lúcia odiar os bondes outra vez. Pode ser que ambos percam a vida nisso, mas não é a vida que tem importância. O importante é viver.

29/06/1930³

---

³ Esta segunda versão, no manuscrito/"exemplar de trabalho", apresenta variantes em relação à primeira, publicada na coluna mantida por Mário de Andrade no *Diário Nacional*, em São Paulo, entre 5 de fevereiro de 1930 e 14 de setembro de 1932, ali sucedendo a coluna "Táxi" que vai de 9 de abril de 1929 a 21 de janeiro de 1930. A versão publicada no jornal foi recuperada por Telê Ancona Lopez em *Táxi e crônicas no Diário Nacional*. São Paulo: Duas Cidades/Secretaria da Cultura, Ciência e Tecnologia, 1976, p. 215-217. "Educai vossos pais" veio a público pela primeira vez no *Diário Nacional*, 29 de junho de 1930. Em 1942 foi retomado pelo autor e passou às páginas de *Os filhos da Candinha* (1943). (N.E.)

## A SRA. STEVENS

— Mme. Stevens.
— Sim, senhora, faz favor de sentar.
— Fala francês?
— ...ajudo sim a desnacionalização de Montaigne.
— Muito bem. (Ela nem sorriu por delicadeza.) O sr. pode dispor de alguns momentos?
— Quantos a sra. quiser. (Era feia.)
— O meu nome é inglês, mas sou búlgara de família e nasci na Austrália. Isto é: não nasci propriamente na Austrália, mas em águas australianas, quando meu pai, que era engenheiro, foi pra lá.
— Mas...
— Eu sei. É que gosto de esclarecer logo toda a minha identidade, o sr. pode examinar os meus papéis. (Fez menção de tirar uma papelada da bolsa-arranha-céu.)
— Oh, minha senhora, já estou convencido!
— Estão perfeitamente em ordem.
— Tenho a certeza, minha senhora!
— Eu sei. Estudei num colégio protestante australiano. Com a mocidade me tornei bastante bela e como era muito instruída, me casei com um inglês sábio que se dedicara à Metafísica.
— Sim senhora...
— Meu pai era regularmente rico e fomos viajar, meu marido e eu. Como era de esperar, a Índia nos atraía por causa dos seus grandes filósofos e poetas. Fomos lá e depois de muitas peregrinações nos domiciliamos nas proximidades dum templo novo, dedicado às doutrinas de Zo-

roastro.[1] Meu marido se tornara uma espécie de padre, ou melhor, de monge do templo e ficara um grande filósofo metafísico. Pouco a pouco o seu pensamento se elevava, se elevava, até que desmaterializou-se por completo e foi vagar na plenitude contemplativa de si mesmo, fiquei só. Isto não me pesava porque desde muito meu marido e eu vivíamos, embora sob o mesmo teto, no isolamento total de nós mesmos. Liberto o espírito da matéria, só ficara ali o corpo de meu marido, e este não me interessava, mole, inerte, destituído daquelas volições que o espírito imprime à matéria ponderável. Foi então que adivinhei a alma dos chamados irracionais e vegetais, pois que se eles não possuíssem o que de qualquer forma é sempre uma manifestação de vontade, estariam libertos da luta pela espécie, dos fenômenos de adaptação ao meio, correlação de crescimento e outras mais leis do Transformismo.

— Sim senhora!

— Como o sr. vê, ainda não sou velha e bastante agradável.

— Minh...

— Eu sei. Com paciência fui dirigindo o corpo do meu marido para um morro que havia atrás do templo de Zoroastro, donde os seus olhos, para sempre inexpressivos agora, podiam ter, como consagração do grande espírito que neles habitara, a contemplação da verdade. E o deixei lá. Voltei para o bangalô e fiquei refletindo. Quando foi de tardinha escutei um canto de flauta que se aproximava. (Aqui a sra. Stevens

---

[1] Zoroastro ou Zaratustra: fundador da antiga religião persa, o masdeísmo, um dos primeiros monoteísmos, situado pelos historiadores entre os séculos VI e VII a. C., embora alguns recuem essa data até 1000 a.C. (N.E.)

começa a chorar.) Era um pastor nativo que fora levar zebus ao templo. Dei-lhe hospitalidade, e como a noite viesse muito ardente e silenciosa, pequei com esse pastor! (Aqui os olhos da sra. Stevens tomam ar de alarma.)

— Mas, sra. Stevens, o assunto que a traz aqui a obriga a essas confissões!...

— Não é confissão, é penitência! Fugi daquela casa, horrorizada por não ter sabido conservar a integridade metafísica de meu esposo, e concebi o castigo de...

— Mas...

— Cale-se! Concebi meu castigo! Fui na Austrália receber os restos da minha herança devastada e agora estou fazendo a volta ao mundo, em busca de metafísicos a quem possa servir. Cheguei faz dois meses ao Brasil, já estive na capital da República, porém nada me satisfez. (Aqui a sra. Stevens principia soluçando convulsa.) Ontem, quando vi o sr. saindo do cinema, percebi o desgosto que lhe causavam essas manifestações específicas da materialidade, e vim convidá-lo a ir pra Índia comigo. Lá teremos o nosso bangalô ao pé do templo de Zoroastro, servi-lo-ei como escrava, serei tua! oh! grande espírito que te desencarnas pouco a pouco das convulsões materiais! Zoroastro! Zoroastro! lá, Tombutu,[2] Washington Luís,[3] café com leite!...

---

[2] O escritor abrasileirou o topônimo Tombuctu, da cidade da então África Equatorial Francesa, no atual Mali, importante centro difusor do islamismo desde o século XIV, quando era a capital do império mandinga e reinava o imperador Mansa Mussa ou Gongo Mussa. (N.E.)

[3] Washington Luís Pereira de Souza (1870-1957), último presidente da República Velha, deposto pela Revolução de 1930. O cronista alude à política do café com leite, que unia os dois pontos principais da economia brasileira, São Paulo e Minas Gerais. (N.E.)

Está claro que não foram absolutamente estas as palavras que a sra. Stevens choveu no auge da sua admiração por mim (desculpem). Não foram essas e foram muito mais numerosas. Mas com o susto, eu colhia no ar apenas sons, assonâncias, que deram em resultado este verso maravilhoso: "lá, Tombutu, Washington Luís, café com leite". Sobretudo faço questão do café com leite, porque quando a sra. Stevens deu um silvo agudo e principiou desmaiando, acalmei ela como pude, lhe assegurei a impossibilidade da minha desmaterialização total e, como a coisa ameaçasse piorar, me lembrei de oferecer café com leite. Ela aceitou. Bebeu e sossegou. Então me pediu dez mil-réis pra o templo de Zoroastro, coisa a que acedi mais que depressa. Aliás, pelo que soube depois, muitas pessoas conheceram a sra. Stevens em São Paulo.

31/08/1930[4]

---

[4] Crônica publicada na coluna de MA no *Diário Nacional*, em São Paulo, em 31 de agosto de 1930. A segunda versão do texto, de 1942, saiu em *Os filhos da Candinha* (1943). (N.E.)

## O Diabo

— Mas que bobagem, Belazarte — fazer a gente entrar a estas horas numa casa desconhecida!

— Te garanto que era o Diabo! Com uma figura daquelas, aquele cheiro, não podia deixar de ser o Diabo.

— Tinha cavanhaque?

— Tinha, é lógico! Se toda a gente descreve o Diabo da mesma maneira! Está claro que não hei-de ser eu o primeiro a ver o Diabo, juro que era ele!

— Mas aqui não está mesmo, vam'bora. Engraçado... parece que a casa está vazia...

—Vamos ver lá em cima. Está aí uma prova que era o Diabo! se vê que a casa é habitada e no entanto não tem ninguém.

— Mas se era mesmo o Diabo decerto já desapareceu no ar.

— Isso que eu não entendo! Quando vi ele e ele pôs reparo em mim, fez uma cara de assustado, deitou correndo, entrou por esta casa sem abrir a porta.

— Pensei até que você estava maluco quando gritou por mim e desembestou pela rua fora...

— Bem, vamos ficar quietos que aqui em cima ele deve estar na certa.

Remexemos tudo. Foi então que de raiva Belazarte inda deu um empurrão desanimado na cesta de roupa suja do banheiro. A cesta nem mexeu, pesada. Belazarte levantou a tampa e

— Credo!

Gelei. Mas imaginava que ia ver o Diabo em pessoa, em vez, dentro da cesta, muito tímida, estava uma moça.

— Não me traiam, que ela falou soluçando, com um gesto lindo de pavor querendo se esconder nas mãos abertas. Era casada, se percebia pela aliança. Belazarte falou autoritário:

— Saia daí! O que você está fazendo nessa cesta!

A moça se ergueu abatida.

— Sou eu mesmo... Mas, por favor, não me traiam!

— Eu, quem!

Ela baixou a cabeça com modéstia:

— Sim, sou o Diabo...

E nos olhou. Tinha certa nobreza firme no olhar. Moça meia comum, nem bonita nem feia, delicadamente morena. Um ar burguês, chegando quando muito à hupmobile.[1]

— A senhora me desculpe, mas eu imaginei que era o Diabo; se soubesse que era uma diaba não tinha pregado tamanho susto na senhora.

Ela sorriu com alguma tristeza:

— Sou o Diabo mesmo... Como diabo não tenho direito a sexo... Mas Ele me permite tomar a figura que quiser, além da minha própria.

— Então aquela figura em que a senhora estava na frente da igreja de Santa Teresinha.

— Aquela é a minha caderneta de identidade.

---

[1] Mulher bela, curvilínea, na gíria da época, no Brasil; metáfora ligada ao automóvel de luxo fabricado pela empresa Hupmobile de Detroit, nos Estados Unidos. Fundada em 1908 pelos irmãos Robert e Louis Hupp, existiu até 1941. (N.E.)

— Não falei!

— Só quando é assim quase de madrugada e já ninguém mais está na rua, é que vou me lastimar na frente das santas novas.

— Mas por que que a senhora... isto é... o Diabo toma forma tão pura de mulher!

— Porque só me agradam as coisas puras. Já fui operário, faroleiro, defunto... Mas prefiro ser moça séria.

— Já entendo... É deveras diabólico...

A moça nos olhou, vazia, sem compreender.

— Mas por quê?

— Porque assim a senhora torna desgraçada e manda pro inferno uma família inteira duma vez.

— Como o senhor se engana... Pois então não façam bulha.

E por artes do Diabo principiamos enxergando através das paredes. Lá estava a moça dormindo com honestidade junto dum moço muito moreno e chato. No outro quarto três piazotes lindos, tudo machinho, musculosos, derramando saúde. Até as criadas lá embaixo, o *fox-terrier*, tudo tão calmo, tão parecido! Mas a felicidade foi desaparecendo e o Diabo-moça estava ali outra vez.

— Foi pra evitar escândalo que quando os senhores entraram fiz minha família desaparecer sonhando. Meu marido esfaqueava os senhores...

— Estavam tão calmos... pareciam felizes...

— Pareciam, não! Minha família é imensamente feliz (uma dor amarga vincou o rosto macio da moça). É o meu destino... Não posso fazer senão felizes...

— Mas por que a senhora está chorando então?

— Por isso mesmo, pois o senhor não entende! Meu marido, todos, todos são tão felizes em mim... e eu adoro tanto eles!...

Feito fumaça pesada ela se contorcia num acabrunhamento indizível. De repente reagiu. A inquietação lhe deformou tanto a cara que ficou duma feiura diabólica. Agarrou em Belazarte, implorando:

— Não! pelo que é mais sagrado nesse mundo pro senhor, não revele o meu segredo! Tenha dó dos meus filhinhos!

— É! mas afinal das contas eles são diabinhos! A senhora assim de moça em moça quantos diabinhos anda botando no mundo!

— Que horror! meus filhos não são diabos não! lhe juro! eu como Diabo não posso ter filho! Meus filhos são filhos de mulher de verdade, são gente! Não desgrace os coitadinhos!

Nem podia mais falar, engasgada nas lágrimas. Belazarte indeciso me consultou com os olhos. Afinal era mesmo uma malvadeza trazer infelicidade, assim sem mais sem menos, pra uma família inteira. A moça creio que percebeu que a gente estava titubeando, fez uma arte do Diabo. Principiamos enxergando de novo a curuminzada, o *fox*, tão calminhos... Só o moço estava mexendo agitado na cama, sem o peso da esposa no peito. Se acordasse era capaz de nos matar... A visão nos convenceu. Seria uma cachorrada desgraçar aquela família tão simpática. Depois o bruto escândalo que rebentava na cidade, nós dois metidos com a Polícia, entrevistados, bancando heróis contra uma coitada de moça. Resolvi por nós dois:

— A senhora sossegue, nós vamos embora calados.
— Os senhores não me traem mesmo!
— Não.
— Juram... juram por Ele!
— Juro.
— Mas o outro moço não jurou...
Belazarte mexeu impaciente.
— Que é isso, Belazarte, seja cavalheiro! Jure!
— ...juro...
A moça escondeu depressa os olhos numa das mãos, com a outra se apoiando em mim pra não cair. Era suave. Pelos ofegos, a boca mordida, os movimentos dos ombros, me pareceu que ela estava com uma vontade danada de rir. Quando se venceu, falou:
— Acompanho os senhores.
E sempre evitando mostrar a cara, foi na frente, abriu a porta, olhou a rua. Não tinha ninguém na madrugada. Estendeu a mão e teve que olhar pra nós. Isso, caiu numa gargalhada que não parava mais. Torcia de riso, e nós dois ali feito bestas. Conseguiu se vencer e virou muito simpática outra vez.
— Me desculpem, mas não pude mesmo! E vejam bem que os senhores juraram, heim! Muito! muito obrigada!
Fechou depressa a porta. Estávamos nulos diante do desaponto. E também daquela placa:

"DOUTOR Leovigildo Adrasto Acioly de Cavalcanti Florença, formado em Medicina pela Faculdade da Bahia, Diretor Geral do Serviço de Estradas de Rodagem do Est. de São Paulo. Membro da Academia de Lettras do Siará

Mirim e de vários Institutos Historicos, tanto nacionaes como extrangeiros."[2]

**26/04/1931**[3]

---

[2] Respeitamos o anacronismo ortográfico que sustenta a paródia e a sátira: "Diretor", sem "c", coexistindo com "Lettras" e "nacionaes", por exemplo. Partidário da ortografia modernizante, o autor escreveu "Bahia" apenas nesse caso. Em todas as outras ocorrências da palavra ao longo do livro, adotou "Baía", aqui reconduzida à grafia oficial, consideradas as declarações dele nas crônicas "Ortografia", em 7 e 8 de dezembro de 1929, 18 de janeiro e 5 de fevereiro de 1930, no *Diário Nacional*, recolhidas em *Táxi e crônicas no Diário Nacional* (Estabelecimento de texto, introdução e notas de Telê Ancona Lopez. São Paulo: Duas Cidades/ Secretaria de Cultura, Ciência e Tecnologia, 1976. p. 165-168, 185-188). Eis as declarações: "Quem escrever inglês dum jeito que não está nos dicionários, erra. Tem a responsabilidade nacional de se tornar digno de censura. [...] O importante é ter uma ortografia, o importante é adquirir o direito de errar. Nós atualmente não temos uma ortografia porque a chamada 'usual' é a nuvem mais inconsistente e inconstante que jamais não escureceu estes céus napolitanos. A Academia, num dos seus gestos mais fecundos, nos proporciona o direito de errar. Nos dá uma ortografia. E nisso ela andou muito mais próxima do Modernismo artístico brasileiro do que nem sonhou." ("Ortografia II", p. 167.)
"[...] Se só a Academia empregar a Reforma não aceitarei porque não vingará. Mas se a Reforma for sancionada por lei nacional, ensinada nas escolas, usada pelos jornais e papéis públicos, imediatamente principiarei escrevendo nela." ("Ortografia I", p. 185-186.)
"[...] raríssimos são os intelectuais que não tenham já hesitado num caso facílimo desses. O coitado hesita, é obrigado a um raciocínio etimológico, se socorrer do parco latinório escolar; dúvida que embora viva cinco segundos é suficiente pra desviar o escritor da corrente de ideias em que estava, enfraquece o impulso ideativo e desossa a inspiração. Isso constitui um suplício arranhante que dura toda a nossa vida. E tal suplício é que a Reforma vem diminuir enormemente." ("Ortografia II", p. 187.) (N.E.)

[3] Crônica publicada, com variantes, na coluna de MA no *Diário*

Nacional, em São Paulo, 26 de abril de 1931 (ANDRADE, Mário de. *Táxi e crônicas no Diário Nacional*. Ed. cit., p. 371-374). A personagem Belazarte, companhia do cronista que perambula pela cidade de São Paulo, nasce nas "Crônicas de Malazarte", série de Mário de Andrade na revista *América Brasileira*, do Rio de Janeiro, em 1923-1924. A crônica foi retomada em 1942 para figurar em *Os filhos da Candinha* (1943). (N.E.)

# Assim seja!

Uns quatro quilômetros mais ou menos da pouco histórica cidade de Araraquara, se, atravessado o tecido urbano como quem foge da Estação, a gente embica um bocado pra esquerda da avenida Sete de Setembro, topa logo com uma espécie de corredor de verdura desviando dos caminhos que descem pro Jacaré. Tomado esse corredor, serão quando muito uns cem metros entre bastidores à direita, de mato anêmico à esquerda, de confiante bambuzinho, aparece um mata-burro. Do outro lado do mata-burro uma tabuleta correta, vai logo dizendo: "Nesta Chácara não se vende Fruta". Aí que estou morando.

É um retiro prodigiosamente puro, bom pra se descansar. Mas ninguém imagine que por essa falsa gratidão dos escrevinhadores, vou devassar indiscretamente as delícias deste lar e o feito dos seus donos, não; estou mas é pensando nesta paz indiferente ao mundo que a gente adquire quando descansa, principalmente descansa de si mesmo, no convívio da roça. Se as almas têm cor, a minha, depois que se completou, é vermelha. Não desse encarnado rutilante, valente e volante dos nordestinos e dos ítalo-paulistas em geral, cor que me lembra aquele cego que pretendendo mostrar como compreender o encarnado descrito pra ele, afirmava que essa cor era que nem um toque de clarim. A minha alma será dum vermelho humildezinho, cor de sangue velho, cor de desgosto derramado, e ineficaz não-conformismo. Ora nem bem penetrei morando no sábio aspecto de entre roça e civilização desta chacra que não vende fruta, meu vermelho se alagou de não sei que alvuras contemplativas que tudo me virou cor-de-rosa, um rosa velho, pensarento não tem dúvida, mas cheio de paciência e muita paz. São inúteis os rancores trazidos da capital desta colônia brasileira. Todos os meus amargores e revoltas são inúteis neste suave recompor de forças diante duma natureza tão sincera que desafia as metáforas dos mais ardidos caçadores de imagens. Aqui, poetas, lua é lua mesmo, passarinho é passarinho. O próprio borrachudo é tão borrachudíssimo que morde e não dói nem mais nem menos: dói como mordida de borrachudo.

Ora, dados tais açúcares, era natural que minha alma em férias se roseasse toda, vestindo de paciências seu vermelho. Meu mundo por um mês desejo que se restrinja ao visto, e o visto é manso. Este clima é fantasticamente macio! e bem compreendo agora um amigo meu que vive afirmando que quando os estranhos souberem o que é o inverno do interior paulista, virarão isto numa... estação de águas. É assim. Nem sei que horas são, não me interessa, mas a alma dos passarinhos me sugere as quatorze horas. Vem uma bulha de automóvel lá do corredor de verdura. É visita, falo comigo. Surge um for de, dentro uma mulher loira e só, guiando. Vem sorrindo, feliz, independente, faz a volta do canteiro, vai-se embora sem parar a marcha. É uma visão. Será u'a metáfora? penso inquieto. Não é metáfora; é a dura realidade. Não vê que os paulistas venderam a nossa energia elétrica aos ianques, que mandaram pra cá seus empregados e as esposas dos seus empregados. Não foi visão, não é metáfora, não será aventura. É uma norte-americana. E elas são todas assim.

Meus olhos aceitos descem o aclive dos pastos cor de sujo, moqueados pelas geadinhas da estação. Do outro lado a vista é deliciosa. Da esquerda vem um morro mais alto que o nosso, que é um divisor de águas em miniatura. Da banda de lá ele faz concha pro ribeirão do Ouro já engrossado por aquela aguinha que atravessa Araraquara e tem o evocativo nome de córrego da Servidão. É pena mas esta "Servidão" não celebra os escravos, celebra mais o serviço que nos primeiros tempos da cidadinha o córrego prestava, carregando os lixos dela. Quando o morro para e afunda de repente, já bem pra direita da vista, é que as águas do Ouro estão se fundindo nas do Chibarro pra logo adiante se lançarem no Jacaré. Esses terrenos de meiga convexidade são dessas paisagens que raro a gente encontra no Brasil fora do nosso Estado. Estão repartidos por numerosíssimos pequenos proprietários, sitiantes de 5 mil pés, emigrantes de ontem, hoje com luz elétrica na casinha branca, um filho chofer na cidade, a filha mulher de administrador, outro filho etc. Formam uma risonha humanidade, não sei se feliz, mas risonha, com sitiocas que cabem na cova dum dente ianque, quadriculadas em canaviais, milharais, pastinho e cafezal. Vieram imigrantes. Hoje são assim.

Esta verdadeira e confortadora vista o proprietário da chacra escolheu pra desfiar com placidez e bom-senso o seu pessimismo. Ele também é assim... Me permitam pensar, ao menos neste mês de férias, que só nos anúncios de Jataí e nas repúblicas novas, é que o homem acredita fazer o que existe, e a vida deixa de ser uma intransponível fatalidade.

**28/06/1931**[1]

---

[1] "Assim seja!" foi publicada no *Diário Nacional*, em São Paulo, 28 de junho, 1931. O texto aqui apresentado foi confrontado com o texto do jornal. (N.E.)

# FÁBULAS

No quase fundo do pastinho desta chacra,[1] junto do aceiro da cerca, tem uma arvoreta importante, com seus quatro metros de altura e folhagem boa. No sol das treze horas quentes passa um velho arrimado a um bordão. Para, olha em torno, vê no chão um broto novo, ainda humilde, de futura arvoreta, e o contempla embevecido. Quanta boniteza promissora nesta folhinha rósea, ele pensa. Já descansado, o velho vai-se embora. Diz o broto: — "Está vendo, dona arvoreta? A senhora, não discuto que é o vegetal mais corpudo deste pastinho, mas que valeu tamanha corpulência! Velho parou, foi pra ver a boniteza rósea de mim." — "Sai, cisco!" que a arvoreta secundou; "velho te viu mas foi por causa da minha sombra, em que ele parou pra gozar."

Ora andava o netinho do velho brincando no pasto, catando gafanhoto, nisto enxergou longe, lá na beirada do aceiro, um tom vermelho. Correu pra ele, era o broto, na intenção capitalista de o arrancar. Mas chegando perto, faltou ar pro foleguinho curto do piá, ele parou erguendo a carinha pra respirar e se embeveceu contemplando a arvoreta que lhe pareceu imensa no pastinho ralo. Esqueceu o broto que, de perto, já nem era encarnado mais, porém dum róseo sem força. Depois cansou também de contemplara arvorita que nem dava jeito de trepar, deu um pontapé no tronco dela e foi embora. — "Ah, ah", riu a arvoreta, "está vendo, seu broto? Você, não discuto seja mais colorido

---

[1] Conservamos a forma "chacra", oral; Mário de Andrade assim se referia à chácara da Sapucaia, em Araraquara, propriedade de seu primo Pio Lourenço Corrêa, local onde escreveu as primeiras versões de *Macunaíma*, no final do ano de 1926 e no começo de janeiro de 1927. (N.E.)

que eu, porém columim parou foi pra espantar com a minha corpulência." — "Sai, ferida!" que o broto respondeu; "diga: por que foi que o columim te enxergou, diga! por quê! Ahm, não está querendo dizer!... pois foi minha cor, ferida! foi minha cor lindíssima que o chamou. Sem mim, jamais que ele parava pra te ver, ferida!"

Ora sucedeu chegar a fome num formigueiro enorme que tinha pra lá da cerca, e as saúvas operárias saíram campeando o que lhes enchesse os celeiros. Toparam com uma quenquém inimiga que, só de malvadeza, pras saúvas ficarem sofrendo mais fome, contou a existência do broto encarnado. As saúvas foram lá e exclamaram: — "Isso não dá pra cova dum nosso dente! antes vamos fazer provisão nesta enorme árvore." Deram em cima da arvoreta que, numa noite e num dia, ficou pelada e ia morrer. O broto, sementezinha da arvoreta mesmo, noite e dia que chorava e que gemia, soluçando: — "Minha mãe! minha mãe!"

Carecendo de fogo em casa, no outro dia, o velho saiu pra lenhar. Passou pela arvoreta que era só pau agora e ficou furibundo: — "Pois não é que essas danadas de saúvas me acabaram com a única sombra que eu tinha no pasto!" E de raiva, deu uma machadada no chão. Acertou justo no broto que se desenterrou bipartido e ia morrer. O velho foi buscar formicida e matou todas as saúvas que, aliás, já estavam morre-não-morre porque a folha da arvoreta era veneno. E o velho pegou de novo no machado e foi à procura dum pau pra lenhar. Enquanto isso, a arvoreta moribunda, com vozinha muito fraca, olhava o broto arrancado no chão: — "Meu filho! meu filho!"

— Onde que vai, vovô? exclamou o netinho topando o importante machado no ombro do velho.

—Vou lenhar.

O columim logo lembrou a árvore enorme que tanto o espantara na véspera: — "Pois então pra que você não derruba aquele pau grande que está na beirada do aceiro, lá"? — "Ora, que cabeça a minha!" pensou o velho; "pois senão dá sombra mais e está perdida, melhor é derrubar a arvinha mesmo." Porém muito já que tinha se movimentado no ardente sol. Nem bem derrubou o tronco, veio um malestar barulhento por dentro, nem soube o que teve, fez "ai, meu neto!", deu um baque pra trás e morreu.

No outro dia, enquanto andavam fazendo o enterro chorado do velho, o netinho estava entretidíssimo com o tronco derrubado da arvoreta. Assim retorcido como era, fazia um semicírculo que nem de ponte chinesa, sobre o chão. Isso o menino fez, só que não imaginando na China. Era uma ponte formidável sobre um imenso rio. O columim atravessava a ponte, chegava do outro lado e era o porto. Então embarcava num galho da arvoreta, caído por debaixo da ponte, remava com outro galhinho e estava tão satisfeito que pegando a folhinha já roxa do broto, solta ali, enfeitou com ela o chapéu. Uma única saúva salva, que estava agarrada na folhinha do broto, mordeu a orelhinha do piá, que deu um imenso berro e foi embora chorando pra casa. Pra consolar o filho, a mãe deu uma sova no broto que ocasionara a mordida da saúva.

O menino viveu mais cincoenta-e-sete-anos, casou-se, fez política, deixou vários descendentes. Uma quarta-feira morreu.

**05/07/1931**[1]

---

[1] Crônica publicada na coluna de MA no *Diário Nacional*, em 5 de julho de 1931. A segunda versão do texto, de 1942, saiu em *Os filhos da Candinha* (1943). (N.E.)

## Meu engraxate

É por causa do meu engraxate que ando agora em plena desolação. Meu engraxate me deixou. Passei duas vezes pela porta onde ele trabalhava e nada. Então me inquietei, não sei que doenças mortíferas, que mudança pra outras portas se pensaram em mim, resolvi perguntar ao menino que trabalhava na outra cadeira. O menino é um retalho de hungarês, cara de infeliz, não dá simpatia nenhuma. E tímido o que torna instintivamente a gente muito combinado com o universo no propósito de desgraçar esses desgraçados de nascença. "Está vendendo bilhete de loteria", respondeu antipático, me deixando numa perplexidade penosíssima: pronto! estava sem engraxate! Os olhos do menino chispeavam ávidos, porque sou dos que ficam fregueses e dão gorjeta. Levei seguramente um minuto pra definir que tinha de continuar engraxando sapatos toda a vida minha e ali estava um menino que, a gente ensinando, podia ficar engraxate bom. É incrível como essas coisas são dolorosas. Sentei na cadeira, com uma desconfiança infeliz, entregue apenas à "fatalidade inexorável do destino".

Pode parecer que estou brincando, estou brincando não. Há os que fazem engraxar os sapatos no lugar onde estão, quando pensam nisso. Há os como eu, que chegam a tomar um bonde comprido, vão até a rua Fulana, só pra que os seus sapatos sejam engraxados pelo "seu" engraxate. Há indivíduos cujo ser como que é completo por si mesmo, seres que se satisfazem de si mesmos. Engraxam sapato hoje num, amanhã noutro engraxate; compram chapéu numa chapelaria e três meses depois já compram noutra; conversam com a máxima comodidade com os empregados duma e doutra casa e com todos os engraxates desse mundo. Indivíduos assim me dão uma impressão ostensiva de independência feliz, porém não os invejo.

De primeiro, faz[1] talvez vinte anos, meu engraxate foi trabalhar com o meu freguês[2] barbeiro. Era cômodo, ficava tudo perto da minha casa de então. Meu barbeiro, serzinho de uma amabilidade tão loquaz que acabou me convencendo da perfeição da gilete, logo me falou que aquele engraxate falava o alemão. Perguntei por passatempo e o italiano fizera a guerra, preso logo pelos austríacos. Era baixote, atarracado, bigode de arame e uma calvície fraternal. Se estabeleceu uma corrente de forte interdependência entre nós dois, isso o homenzinho trabalhou que foi uma maravilha e meus sapatos vieram de Golconda.[3] Nunca mais nos largamos. Entre nós só se trocaram palavras tão essenciais que nem o nome dele sei, Giovanni? Carlo? não sei. Um dia ele me contou baixinho, rápido, que mudava de porta. Foi o que me deu a primeira noção nítida de que o meu barbeiro era mesmo duma amabilidade insustentável. Mudei com o meu engraxate e, pra não ferir o barbeiro que afinal das contas era um homem querendo ser bom, me atirei nos braços da gilete a que até agora sou fiel.

Veio o dia em que a engraxadela aumentou de preço. Só soube muito mais tarde, por acaso, meu engraxate não

---

[1] MA, no intuito de adotar formas da língua falada, escreveu "fazem", que preferimos não conservar. (N.E.)

[2] Na época, era corrente o sentido de freguês designando o fornecedor habitual de algum serviço ou mercadoria. (N.E.)

[3] Cidade da antiga Índia, famosa por seus diamantes. (N.E.)

me contou nada, preferindo ficar sem gorjeta, não é lindo! Nos fins de ano, jamais pediu festas, eu dava porque queria. Hoje, tanto as festas como as pequenas gorjetas me produzem um sentimento de mesquinhez, não sei por que dificuldades meu engraxate terá passado, quanto lutou consigo e com a mulher. Afinal não aguentou mais esta crise, vamos ver se vender bilhete rende mais!

O menino, até me deu raiva de tanto que demorou. (Meu engraxate também demorava demais quando era eu, mas não dava raiva.) O menino, pra falar verdade, engraxou tão bem como o meu engraxate e meus sapatos continuaram vindo de Golconda. Não sei... não voltei mais lá. Faz semana que não engraxo meus sapatos. Sei que isso não pode durar muito e o mais decente é ficar mesmo freguês do menino, porém minha única e verdadeira resolução decidida é que vou comprar bilhetes de loteria. Não tenho intenção nenhuma de tirar a sorte grande mas... mas que malestar!...

**13/12/1931**[4]

---

[4] Segunda versão, no manuscrito/"exemplar de trabalho", com variantes em relação à primeira versão da crônica publicada em 13 de dezembro de 1931, na coluna de MA no *Diário Nacional*, em São Paulo. (N.E.)

# Idílio novo

Oh! quem são esses entes fugazes, duendes fagulhando na luxuosa cidade!... Eles brotam dos bueiros, das portas, das torres, rostos lunares, e a dentadura abrindo risos duma intimidade ignorada no ambiente gélido. Chatos, troncudos eles barulham, pipilam, numa fala mais evolucionada que a nossa, fulgurante de vogais sensíveis e de sons nasais quentes, que são carícias perfeitas. Quem são esses sacizinhos felizes, confiantes nos trajes improvisados, portadores da alegria nova, estrelando na ambiência da agressiva cidade!...

Naquele recanto de bairro a casa não era rica mas tinha seu parecer. Aí moravam uma senhora e seus filhos. Era paulista e já idosa, com bastante raça e tradição. Cultivava com pausa, cheia de manes que a estilizavam inconscientemente, o jardinzinho de entrada e o silêncio de todo o ser. Suas mãos serenas davam rosas, manacás, consolos e, abril chegando, floresciam numa esplêndida trepadeira de alamandas, que fora compor seu buquê violento num balcão. Nos abris e maios do bairro, os automóveis passando, até paravam pra contemplar.

Outro dia estava a senhora lidando com as sedas sírio-paulistas da filha, quando a criada veio falar que tinha na porta um sordado. A senhora percorreu logo a criada com olhos de inquietação. Com as últimas revoluções a senhora tivera portão vigiado, armas escondidas, filho preso. Ergueu-se, recompôs o estilo do rosto, foi ver. No portão estava um tenentinho moreno, cheio da elegância, mais a mulher dele, menos flexível, achando certa dificuldade, se via, em se vestir com distinção. Mas ambos figuras duma simpatia imediata, confiantes como água de beber.

— Bom dia! sorriram.
— Bom dia.
— Madame é a dona da casa!
— Sou.
— Nós passamos sempre por aqui! Achamos muito linda essa trepadeira que a senhora tem no balcão!...
— Como se chama essa flor!...
— Alamanda.
— Alamanda!
— É.
— Nós moramos ali em cima naquela casa grande da esquina, e Hosana sempre me chama a atenção para a sua trepadeira! aquela ali de frente não é tão bonita assim!
— É tão bonita. É a mesma.
— Não parece não! não acha, Catita!
— Até parece outra, olha só a cor! Nós queríamos pedir à senhora que nos desse um galho pra plantarmos em nosso jardim!
— Eu dou o galho... Mas não sei se esta planta pega de galho. Comprei ela já crescida.
— A senhora quer que ajude! Hosana, vá com madame!
— Muito obrigado, não carece.

Então a senhora já completamente sossegada subiu ao balcão. Com a natural cordialidade pouco visível exteriormente nela, escolheu três ou quatro galhos bem robustos, foi cortando. Ela de lá, eles de baixo, estabeleceu-se logo uma conversação agradável, toda criada pelo tenentinho e sua mulher, que ainda durou no portão, com muitos agradecimentos do casal, já uma certa familiaridade e oferecimentos de casa e dos préstimos.

A senhora não soube corresponder porque nunca aprendera isso tão depressa. Meio que a assustava aquela intimidade com vizinhos, pedir coisas, mandar presentinhos, jeitos que jamais não tivera na vida nem lhe ordenavam os seus manes. Não pôde oferecer nada, aquela colaboração com vizinhos lhe desarranjava todo o silêncio. Mas soube sorrir com um "possível carinho" no adeus. E era incontestável que lhe ficava no peito uma espécie de felicidade. Não era verdade, ela sabia, mas sempre tinha no mundo alguém que achara as flores dela mais bonitas que as do jardim rico defronte. Estava próxima de querer bem o tenentinho e sua mulher.

24/04/1932[1]

---

[1] Nova versão, com variantes, da crônica que saiu na coluna de MA, no *Diário Nacional*, em São Paulo, em 24 de abril de 1932.

## Café queimado

Paul Morand foi a Santos exclusivamente porque queria ver a famosa queima do café paulista. Foi e viu o que era: coisa mesquinha, minúscula, sem grandiosidade nenhuma. Fazem montes pecurruchos do trabalho paulista e tacam fogo. E o café vai queimando, queimando, enfumaçado, se consumindo. Mesmo de noite o espetáculo não tem nada que ver: dá a impressão duma quantidade, nem ela impressionante, de fogueiras de São João, depois de festa acabada. Braseiros, nada mais! Está claro que isso contado pelo escritor francês virou em itatiaias horrendos numa inferneira de labaredas formidandas que nem Dante!... Ficou lindíssimo. E esplêndido para se contar, assim, numa conferência literária.

Agora estão queimando café aqui mesmo, nas barbas da cidade. Da minha casa se enxerga. Não a queima propriamente; se enxerga é o resultado do ar, noite e dia, coisa martirizante, noite e dia, mesquinha, noite e dia, sem grandiosidade nenhuma. Se fosse norte-americano já tinha arranjado um jeito elétrico de queimar todos esses milhões de sacas de trabalho paulista duma vez só. Então ficava grandioso. O cenário havia de se encher de jornalistas, haveria fotógrafos, e todos os jornais cinematográficos haviam de falar e mostrar a heroica resolução norte-americana. Mas a queima assim noite e dia acaba mas é por deixar o ânimo da gente esgotado duma vez, que suplício!

A gente chega de-tarde em casa, e lá pra banda do poente enxerga a fumaceira. É o trabalho paulista queimando. Não pensem não que estou rebatendo sempre esse "paulista" por qualquer paulistanismo estaduano e estreito. O fato seria igualmente medonho se fosse de inglês ou de pernambucano. "Paulista" no caso, está por "humano": o que acaba com a gente é isso: presenciar noite e dia toda essa prodigiosa massa de trabalho humano, de esperanças de salvação, de ambições, de fadiga, engenho, atividade, tudo sacrificado pela estupidez... humana. Que também aqui é estupidez paulista, convenhamos. Pelo menos em máxima parte.

De-tarde é a hora em que os perfumes do arvoredo e dos jardins saem na rua para nos descansar. Porém agora no meu bairro não tem mais perfume de flor. A tarde só cheira a café queimado, um cheiro meio de podrume também, muito desagradável, não aquele odor sublime das torrefações. Deste é que se devia fazer uma essência pra paulista usar. Paulista... Sim, aquele paulista de dantes pelo menos, que criou todo o nosso progresso pra que depois nós, filhos desses criadores, nos orgulhássemos daquilo que os nossos pais fizeram. E que nós não estamos sabendo fazer mais.

Pra divertir um bocado toda esta minha amargura irritada com a queima do café aqui perto de casa, quero citar um fato verdadeiro, passado outro dia comigo. É apenas uma anedota, mas me parece típica da situação de bem-estar que os nossos criaram e não soubemos manter. Eu estava passeando por aí de automóvel e num momento tivemos que atravessar um campo vasto, completamente salpicado de cupim. E uma senhora paulista que estava conosco, muito acostumada com a sua tradição e o seu bem bom, perguntou:

— O que é isso que está espalhado no pasto?

— É cupim, falei.

— Parece feno, ela respondeu com toda a simplicidade.

Não parecia não. Infelizmente aquilo só parecia cupim mesmo. O que importa dolorosamente, no caso, é a conversão duma imagem de castigo, em promessa vigorosa de bem-estar, pra não dizer da riqueza. Virar cupim em feno, só mesmo paulista duma estirpe antiga, que por todas as aparências, não quer dar fruta mais. Gente da têmpera dessa mulher, ou queimava todo o café duma vez, ou emperrava, não queimava, e acabava dando certo. Porque a mais terrível das experiências históricas é que no fim, nesse fim sem data que é o tempo que passa, tudo acaba dando certo.

Não é bom a gente pensar assim. E sobretudo é inútil... Não vale de nada se saber que no fim tudo dá certo, quando a gente chega em casa, altas horas e enxerga por detrás da casa o clarão assombrado do incêndio. Estão queimando café... A sensação fica logo tão sinistra como naqueles dias inenarráveis da revolução de 24, em que do longe a gente enxergava os clarões dos incêndios das fábricas lá pela Mooca, pelo Belenzinho. Acabem com isso logo! Não se aguenta um martírio pequenino de noite e dia! acabem com isso! A gente vai ficando também com vontade de acabar tudo, arranjar brigas, matar! acabem com isso!

**01/05/1932**[1]

---

[1] "Café queimado" foi publicado no *Diário Nacional*, em São Paulo, 01 de maio, 1932. O texto aqui apresentado foi confrontado com o texto do jornal. (N.E.)

# O MAR

—Vamos pra Santos?
— Mas fazer o quê!
— ... ver o mar.
— ...então vamos.

E assim constantemente, ninguém sabendo, feito os amantes clandestinos, vou para Santos ver o mar. A primeira vez que vi o mar, não me esqueço. Parece que isso ficou dentro de mim como uma necessidade permanente do meu ser. Teria uns dez anos, se tanto, estava no Ginásio N. S. do Carmo. Quando chegou o tempo de junho, uns parentes próximos alugaram uma casa muito grande na praia do José Menino, e na mesa falou-se vagamente num convite. E na precisão que todos tínhamos de ir ver o mar. Senti um frio ardente em mim, não sei, o mar das pinturas, verde-limão, com a praia boa da gente disparar. Porém tudo ficara num talvez tão mole, que o mais certo era mesmo ir pra fazenda como sempre. E a minha incapacidade de ser desistiu do mar. Havia a esperança, mais fácil de sentir, que eram as férias pra d'aí a duas semanas, fiquei todo nessa esperança.

Ora uma tarde, inda faltavam uns quatro dias pras férias, apareceu um padre na classe, cochichou com o professor, e este disse alto que tinham mandado me chamar de casa e fosse. Agarrei nos livros, papéis, lápis, meio atordoado, sem saber o que era, crivado de olhares invejosos, na orgulhosa petulância de que tivesse acontecido uma desgraça danada em casa, morte de alguém, não sei. Sei que saí muito assustado, mas competentemente feliz. Na porta do colégio estava um primo, homem de idade, rindo pra mim com essa barulhenta complacência dos que uma vez na vida se resolvem praticar um ato de caridade. Que fôssemos depressa pra casa, que se eu não queria ir ver o mar, mamãe tinha deixado, o trem partia numa hora. Fiquei simplesmente gelado de comoção. Não é questão do sangue português, isso é bobagem, e parece mesmo que não tenho sangue português: foi de chofre, o mar, uma grandeza longínqua, enorme, fiquei doentio, não ia, me levavam...

Em casa arrumavam a mala, havia pressa, mas francamente eu estava numa ventura mais dolorosa que feliz. Nenhuma ideia do mar tomara até então importância, nem na minha vida de família nem nas histórias que eu vivia em mim. Era mesmo tamanha a insuficiência de dados, de noções, de concepções do mar em mim, que naquela prodigiosa inércia em que eu ficara, meio abobado, a única realidade que me sustentava a angústia assombrada, eram as palavras: *o mar...*[1] "O mar... o mar..." estava ecoando meu pensamento, sem mais nada, mas em bimbalhes formidáveis porém. Entregue inteiramente à prática do meu primo que me levava, tomei o trem sem ver, viajei sem ver. É uma tendência minha, muito pouco provável pelo que tenho sido publicamente, mas é mesmo uma tendência minha, isso de sentir sempre um respeito quase religioso por qualquer espécie de grandeza. Na minha vida particular acabei por tomar uma decisão enérgica: me afastar sistematicamente de todos os indivíduos altamente colocados, porque a presença deles me insulta muito, tenho porte de escravo, uma coisa qual-

---

[1] No exemplar de trabalho/ recorte, sublinhado o segmento "o mar...", ênfase em itálico, na presente edição. (N.E.)

quer me obriga a uma atitude de preestabelecido respeito, que é quase subserviência. Até quando os graúdos falam alguma coisa razoável, com que é inteligente concordar, meu apoiado me fere como se fosse um consentimento de capacho. Creio que achei a explicação do assombro angustioso em que estava, naquela viagem pra ir ver o mar. Era o mar na realidade a primeira grandeza conceptivamente entendida por minha meninice, com que eu ia me encontrar na vida.[2] Positivamente viajava sem ver. Não me fica dessa viagem senão a contrariedade topada em Santos. Rebentara uma greve qualquer, ou coisa assim, os bondinhos de burro não estavam circulando. Já era tarde avançada, e meu primo, um sovina de marca maior, nos fez batermos a pé pro José Menino.

 Só noite fechada chegamos junto da praia, que cheiro! Não me desfatigava, entontecia muito, mais ruim que bom naquele primeiro encontro. A praia parecia acabar perto das casas, comida pela noite nublada. E o mar era aquele ruído incessante, grandiosamente ameaçador, que rolava sem pressa na escureza. Me mandaram dormir mas dormi mal. Acordava a todo momento, e levantava a cabecinha do travesseiro, pra haurir no silêncio da casa dormida todos os sintomas do mar. Havia sempre o ruído, é certo, mas os parentes conhecidos, o conforto da casa, me decepcionavam vagamente, como seu eu tivesse imaginado que de-noite é que todo mundo devia estar em guarda, aos gritos erriçados, em frente do mar. E só no retardado dia seguinte, enfiado numa roupa-de-banho emprestada, me avistei com o mar. Tenho essa primeira

---

[2] No exemplar de trabalho/ recorte: supressão do possessivo no segmento "na minha vida." (N.E.)

presença dele até hoje nos meus olhos, um mar pardo, cor das nuvens muito baixas, com frio. Mas toda a criançada estava alegríssima com as brincadeiras do banho, e eu era o novato, mimado por todos por isso, na superioridade real que tinham sobre mim, não eram hóspedes e já tinham tomado muitos banhos de mar. Toda a comoção do encontro se diluiu por isso numa criançada, em que tomei um conhecimento excessivo das ondas, pra que continuasse respeitando o mar.

Eu sei que essas recordações sem interesse, fazem pouco caso deste meu cantinho de jornal que, como toda a folha, é destinado aos leitores. Mas[3] sinto que algum dia tinha mesmo que fazer parte aos outros destas confissões. Gosto[4] muito do mar; e é junto dele, nalguma praia lá do Nordeste, que pretendo morar.

12/06/1932[5]

---

[3] No exemplar de trabalho/ recorte rasurado: supressão do pronome "eu". (N.E.)

[4] No exemplar de trabalho/ recorte rasurado: supressão do pronome "Eu". (N.E.)

[5] A crônica "O mar" foi confrontada com os textos rasurados a tinta preta pelo escritor, em recortes do diário, que se tornaram exemplares de trabalho ou manuscritos de uma nova versão – "Mar". Neste, as rasuras são indicadas no rodapé. "O mar" foi publicado no *Diário Nacional*, em São Paulo, 12 de junho, 1932. (N.E.)

## Caso de jabuti

Ora não vê que o jabuti estava passeando, no seu pensamento remoendo umas primeiras noções de fome, "não tenho fome, não tenho fome não" ele resmungava baixinho... Isso não era suficiente pra ele se convencer de que não tinha fome, porém a atenção empregada em repetir a frase bem certo, disfarçava a sensação, e jabuti não tinha fome, por esquecimento. Nisto a serrapilheira clareou mais e junto dum tronco forte, seu jabuti encontrou uma fruta de inajá. "Eis que tenho fome!" ele falou bem alto, se escutou, sentiu a fome bem,[1] e papou a fruta da inajá.

Então, meio com desejo de mais, subiu o olhar pelo tronco robusto, e isso era uma palmeira inajá linda, viçosa, carregadinha de fruta. E lá no cocuruto, suspenso facilzinho, estava Ivalecá, seu macaco, se regalando com a cocada inajá, como se aquilo fosse dele, desaforo. Seu jabuti sentiu uma bruta fome, disse:

— Olá compadre, pincha umas frutinhas prá gente!

Mas o macaco secundou:

— Que nada! Suba ocê! Eu não subi? pois suba!

— Não tem dúvida que o jabuti respondeu, mas eu queria era provar uma fruta só, parece que nem valia a pena subir, pincha uma só, compadre!

Mas seu macaco:

— Nem casca atiro, suba ocê! Eu não subi? pois suba!

---

[1] No exemplar de trabalho/ recorte rasurado: acréscimo da vírgula. (N.E.)

Só que com o movimento pra olhar lá embaixo seu jabuti, Ivalecá relou o braço numa fruta que estava mesmo cai não cai, fruta caiu. Mais que depressa, o macaco gritou:

— Lá vai uma, tá bom! Como ocê quer só experimentar, uma eu te mando!

Seu jabuti comeu a fruta da inajá, e sentiu uma grande fome, só de pirraça. Buscou o encanto da voz pra falar implorando a Ivalecá:

— Uhmm, fruta boa!... Seu macaco, seu macaco, esta vida é um buraco, vamos, seja camarada, não te custa nada, joga pra mim, por exemplo, uma semana de frutas!

Mas qual, seu macaco sempre respondia se rindo, que a gente quando quer fruta de inajá, sobe nela, pois subisse. Então seu jabuti, não foi por distração, foi de raiva, campeou um jeito de subir no tronco da inajá, mas qual! não conseguiu. Ia se esfregando, esfregando, chegava a ficar de pé, todinho, e era aquela marmelada, rolava pra baixo outra vez. Seu macaco, cheio de paciência divertida, mostrou com uma elegância mãe como é que se subia. Jabuti ficou pasmo com tanta beleza, estava já pra elogiar, mas se lembrou que perdia tempo com as palavras e era capaz de esquecer a lição. Se esfregou no tronco, se esfregou, ficou de pé todinho, e foi aquela marmelada, rolou pra baixo outra vez. Sentiu-se fraco:

— Ah, seu macaco, compadre, me carrega lá pra cima, eu!

Macaco não teve pena, mas se lembrou porém de pregar uma boa no jabuti:

— Pois sim, compadre. Vou te suspender.

Desceu, meteu o jabuti no sovado fedido, que foi só espirro, e pousou o ilustre bicho bem equilibradinho, lá na altura, sobre a cocaria da inajá.

— E agora, não se esqueça de apitar na curva, benzinho! que ele caçoou do jabuti. E foi-se embora pra sempre, achando que a vida é bela.

Seu jabuti compreendeu tudo num relance e ficou frio de susto, e agora pra descer! Mas assim mesmo, numa voz aguda, ia falando:

— Oh, que horizonte maravilhoso!... "Olinda"! como dizem os pernambucanos, como dizem... os pernambucanos. Os pernambucanos. Os pernambucanos. Quarenta séculos vos contemplam... Infandum regina jubes, cui, cué, cuode. Cuí... cuá... cuá-cuá-cuá... cuá-cuá-cuá-cuá... ai, esta vida é um buraco...

E sentiu uma saudade, mas tão dolorida, dos buracos, que até lhe veio uma lágrima no olho. Bem que pretendeu citar o "tremeu e quedou silenciosa",[2] não foi possível mais, estava numa preocupação danada. Mas logo a preocupação lhe provou que não tinha motivo pra tanta preocupação. Com tanta fruta junto, inda ficava muito bem ali, por quarenta dias, tempo demais, pra sair da enrascada. Mas como estava carinhoso por ter visto a morte perto, quis fazer bem pra natureza,[3] "vou cantar, sou passarinho", imaginou. E buscando na garganta os sons mais dulcíssimos da voz, botou a boca no mundo, cantando com horrendo som. A Lua que subia no alto da tarde, parou olhando, espaventada com o horror daquela

---

[2] No exemplar de trabalho/ recorte rasurado: supressão da referência ao escritor português e acréscimo da vírgula no segmento: "'tremeu e quedou silenciosa" de Guerra Junqueiro'". (N.E.)

[3] No exemplar de trabalho/ recorte rasurado: correção a erro de impressão, recompondo a frase: "estava carinhoso por ter visto a morte perto, quis fazer bem pra natureza". (N.E.)

voz. O corgo que gemia não longe,[4] parou gemido, pasmo daquela horrenda voz. E a noite chegando, o orvalho, os peixes, bacuraus, carapanãs e estrelas, tudo parava, sarapantado, sua vida, tudo pasmo daquela horrenda voz. Mas passou por ali um sabiá tenor, deve despeito.

—Você, seu titica de galinha, está imaginando que todos te admiram? estão mas é pasmos da vossa horrenda voz.

O ilustre bicho secundou:

— Eu sei, ôh menestrel das selvas brasileiras, bem que[5] sei. Mas dá na mesma.

E continuou no canto. O sabiá bem que pretendeu tenorar um bocado, mas ninguém dava atenção pra ele, porque a natureza toda estava pasma, gozando o ridículo daquele espetáculo, um jabuti trepado na inajá, cantando com horrenda voz.

**19/06/1932**[6]

---

[4] No exemplar de trabalho/ recorte rasurado: supressão do advérbio "bem". (N.E.)

[5] No exemplar de trabalho/ recorte rasurado: acréscimo do "que" expletivo, para enfatizar. (N.E.)

[6] "Caso de Jabuti" foi publicado no *Diário Nacional*, em São Paulo, 19 de junho, 1932. O texto aqui apresentado foi confrontado com o texto do jornal. (N.E.)

# Esquina

É chegado o momento de vos descrever minha esquina. Eu moro exatamente na embocadura dum desses igarapés cariocas feitos de existências em geral apressadas — ruazinhas, vielas que, nascidas no enxurro do morro próximo, desembocam na famosa rua do Catete. Estranha altura este quarto andar em que vivo... Não é suficientemente alta para que a vida da esquina se afaste de mim, embelezada como os passados; mas não chega a ser bastante baixa pra que eu viva dessa mesma vida da rua e ela me marque com seu pó. Mas apesar dos quartos-andares e outras comodidades modernas que a cercam nos becos e praias próximas, a rua do Catete é ainda caracteristicamente uma rua a dois andares. O andar térreo, onde mascateia um comércio miúdo sem muitas ambições, e, tenham as casas três ou quatro andares, um só andar superior, onde se enlata no ar antigo, muitas vezes respirado, uma gentinha de aluguel.

Contemplando essa gente do segundo andar, me ponho imaginando a classe a que pertence. É um lento exército de infiéis, que fazem todos os esforços pra não pertencer à classe operária. Mas é fácil verificar que não chegam a ser essa pequena burguesia que vive agarrada ao seu bem-bom e indiferente a tudo mais. Não. É uma casta de inclassificáveis, cuja forma essencial de vida é a instabilidade. Enorme parte dela é pessoal do biscate, que a audácia faz pegar qualquer serviço, qualquer. Ou são empregados baratos que insistem em bancar alturas, e só começam vivendo quando de-noite, no sábado, se transfiguram na roupa cinza e no sapato de praia, e vão por aí, feito gatos, buscando amor. Ou são costureirinhas, bordadeiras, chapeleiras que não trabalham na oficina, isso não! trabalham "particular", menos vivendo do seu recato ou tradição renitente que da espera de algum príncipe que as eleve a frequentadoras de bar. Há também as famílias: pai cansado, cujo exclusivo sinal de vida é o cansaço, mãe desarranjada que dá pensão pra estudantes de fora e as crianças, muitas crianças, de dois até treze anos. Porque é uma coisa terrivelmente angustiosa estado andar superior da rua do Catete: a quase completa ausência de adolescentes. Com a rara exceção de algum estudantinho pensionista, não se vê uma só garota, um só rapaz de quinze até vinte anos. Não sei se morrem, se fogem — em qualquer dos dois casos buscando vida melhor.

Instáveis no trabalho, instáveis na classe, estes seres são principalmente instáveis na moradia. É mesquinho, mas ninguém mora mais de três meses na mesma casa. As famílias, os sozinhos chegam e da mesma forma partem, quase mensalmente. Mas sem ruído, com humildade sorrateira, mudanças tão reles que não chegam sequer a colorir a existência da esquina. E o andar superior da rua do Catete se enfeita de barbantes em cuja ponta acenam papelões, fazendo o sinal do "Aluga-se".

Minto. No meio de toda essa instabilidade, há um caso altivo que tem me preocupado até demais. Quase em frente da esquina, há uma casa de janelas fechadas. Desque[1] cheguei aqui, faz uma no e oito meses, essa casa viveu sempre assim. De primeiro imaginei que ninguém morasse ali, e o andar estivesse condenado pela Higiene, que ideia minha! Se a Higiene quisesse agir, creio con-

---

[1] O cronista adota a forma popular, oral, que funde "desde que". (N.E.)

denaria toda a rua do Catete. Afinal, uma feita, era pela manhã, percebi que uma nesga tímida se abria numa das portas de sacada da tal casa. A nesga foi se abrindo com muita lentidão, e afinal se aventurou pela abertura uma cabecinha de criança. Criou coragem, entusiasmada com o dia, entrou todinha na sacada, chamou outra da mesma idade e graça, e ambas se debruçaram sobre a rua, olhando tudo, mostrando tudo. E de repente, esquecidas, principiaram soltando felizes risadas. Pela abertura, se percebia que a sala estava inteiramente despida, nenhum móvel. Então apareceu uma senhora que não olhou pra nada, nem inquieta parecia. Apenas deu uns petelecos nas crianças e fechou tudo outra vez. De vez em longe a cena se repete inalterável. As crianças conseguem abrir a porta e se debruçam, brincando de ver a esquina. Não dura muito, surge a senhora que não olha mundo, dá uns petelecos nas crianças e fecha tudo outra vez.

    E há o caso do rapaz que se olhava nu, altas horas, num jogo de espelhos... E há o caso da gorda, o do paralítico a quem morreu a mulher que o tratava, o das duas irmãs, mas tenho que descer para o andar térreo. Na rua, quem vive são os operários. Este operariado do Catete, que mora por aqui mesmo, no fundo das casas, no oco dos quarteirões, nos vários cortiços que arriscam desembocar na própria rua. Muitos vivem de pé-no-chão, mesmo aqui, bem junto da sublime praça Paris. Não é gente triste, embora todos sejam de físico tristonho. O nível de vida é baixíssimo, só as mocinhas se disfarçam mais. Os outros, mesmo os jovens, mesmo os lusíadas resistentes, mostram sempre qualquer ombro tombado ou peito fundo, marca de imperfeição. Deles a vida não é instável, pelo contrário. São sempre os mesmos e já os conheço a todos. Esta gente, passados os vinte-e-dois anos e o "ajuntamento" legal ou não, não se movimenta mais: são os homens que vêm até a esquina. De-noite, após a janta, ou nos domingos de camisa limpa, eles têm que descansar e se divertir um bocado. Então vêm na esquina, se encostam nas árvores ou se ajuntam na porta dos botequins, conversandinho. Os bondes passam cheios do futebol que nos faz esquecer de nós mesmos. Mas estes homens nem de futebol precisam. Só conseguem é vir até a esquina, reumáticos de miséria.

Mas o bom humor brinca assim mesmo nas bocas, até em horas de trabalho, e a esquina é um espetáculo em que há qualquer coisa de desumano, de macabro até. Como é que este pessoal consegue conservar um bom-humor que pipoca em malícias e graças! Esta gente parece ter a leviandade escandalosa do mar de praia que está próximo e se atreve a jogar banhistas quase nus até nesta esquina tão perfeitamente urbana. Mar também achanado, sem crista, de baixo nível de vida, este mar de porto... Nem ao seu parapeito podemos chegar em passeio, porque são tão numerosos os casais indiscretos quanto numerosíssimos os exércitos de baratas, baratinhas, baratões, num assanhamento de carnaval. E é monstruoso, é por completo inexplicável este amor entre baratas, coberto destas baratas que qualquer calorzinho põe doidas, avançam pelo bairro, cruzam lépidas a esquina, invadem o arranha-céu.

Gasto mais de metade do meu ordenado em venenos contra as baratas. Vivo sem elas, mas só eu sei o que isto me custa de energia moral. Altas horas, quando venho da noite, há sempre uma, duas baratas ávidas, me esperando. Se abro a porta incauto, perdido nos pensamentos insolúveis desta nossa condição, isso elas dão uma corridinha telegráfica, entram e tratam logo de esconder, inatingíveis. Eu sei que, feito de novo o escuro no apartamento, elas irão morrer se banqueteando com os venenos que me custam a metade do ordenado. Mas me vem uma saudade melancólica dos meus ordenados inteiros, dos livros que não comprei, dos venenos com que não me banqueteei. Pra dar banquete às baratas. Às vezes eu me pergunto: por que não mudo desta esquina?... Mas sempre o meu pensamento indeciso se baralha, e não distingo bem se é esquina de rua, esquina de mundo. E por tudo, numa como noutra esquina, eu sinto baratas, baratas, exércitos de baratas comendo metade dos orçamentos humanos e só permitindo até o meio, o exercício da nossa humanidade. Não é tanto questão de mudança. Havemos de acabar com as baratas, primeiro.

**17/12/1939**[2]

---

[2] Nos manuscritos de *Os filhos da Candinha* estão dois recortes do mesmo texto assinado "Mário de Andrade". Trazem nota e rasuras do autor a lápis, identificando a fonte — "Estado de S. Paulo 17-12-39" e "Estado 17-XII-39" —, corrigem erros de impressão e modificam trechos para o livro de 1943. Fazem-se acompanhar do datiloscrito da crônica com rasuras do escritor a lápis e a tinta, última versão que deu base ao texto na edição de 1942. Em dezembro de 1939, MA residia no Rio de Janeiro, à rua Santo Amaro, 5, próxima à rua do Catete. (N.E.)